D1719672

www.tredition.de

Peter Conrad ist tief gefallen: gestern noch erfolgreicher Investmentbanker, jetzt nach einem Steuerskandal arbeitslos. Seine Ehe gescheitert, seine Welt zusammengebrochen. Er hat nur noch einen Anker, der ihn davor bewahrt, endgültig unterzugehen: Ewa. Sie ist zwar eine Prostituierte, aber Conrad will ganz fest glauben, dass sie trotz allem nur ihn wirklich liebt. Allerdings geht ihm zunehmend das Geld aus, um sie zu bezahlen. Da kommt ihm ein überraschender Anruf sehr gelegen. Ein Mann mit amerikanischem Akzent bietet eine Million Dollar, wenn Conrad mit seinen Kenntnissen die Biotechfirma NEWTEC in eine Übernahme durch einen großen ausländischen Investor aus Asien führt. Und zwar an den strengen Abwehrregeln der Politik vorbei. Nach der Virus-Krise ist NEWTEC dabei, einen Impfstoff zu entwickeln, und verspricht, Milliardengewinne abzuwerfen, wenn das gelingt.

Conrad stimmt zu, aber er kann nicht ahnen, auf was er sich einlässt, wie viele Menschen dabei zugrunde gehen und welche Krisen er auch in der Berliner Politik auslösen wird. Wird es ihm gelingen, diesen Coup durchzuziehen und seine Liebe zu Ewa zu retten?

Werner Sonne

VIRUS KILLER

Bis dass der Tod Euch scheidet

www.tredition.de

© 2020 Werner Sonne

Verlag & Druck:
tredition GmbH, Halenreie 40-44, 22359 Hamburg

ISBN
Paperback: 978-3-347-12824-8
Hardcover: 978-3-347-12825-5
E-Book: 978-3-347-12826-2

Kapitel 1

Frankfurt

Ihr Duft hing noch im Raum, schwer und süß. Wie jedes Mal hatte sie ihn mit schnellen Bewegungen über ihren Oberkörper versprüht. Mit Parfums kannte er sich nicht aus, aber er glaubte Dior auf dem gläsernen Flacon gelesen zu haben. Dann war sie gegangen, ohne sich umzusehen.

Einen Moment lang hatte er fast instinktiv seine Arme nach ihr ausstrecken wollen. Als könne er sie halten. Aber da war die Tür schon ins Schloss gefallen und sie war verschwunden.

Das Geld hatte er wie immer in einen Briefumschlag gesteckt, diskret, wie er glaubte. 500 Euro. Sie hatte es sofort an sich genommen, kommentarlos, noch bevor sie sich ausgezogen hatte, und es in ihre Handtasche gesteckt. Auch mit Handtaschen kannte er sich eigentlich nicht aus, aber dieses Modell war ihm vertraut. Die indische Verkäuferin in der Mall of Dubai hatte sie ihm so sehr empfohlen, als er sie nach etwas Besonderem gefragt hatte. Die 'Lady D-Lite' Tasche bringe vollendete Eleganz und Schönheit zum Ausdruck, hatte sie gesagt, und er hatte genickt. 3500 Euro zeigte das Preisschild damals, als das für ihn noch kein großes Ding war. Schwarz war sie, mit goldenen Dior-Buchstaben, die vom Tragegriff herunterhingen.

Das war vor einem Jahr gewesen, als er in Dubai im Auftrag der Bank einen Scheich aus Saudi-Arabien getroffen hatte, einen der vielen Prinzen aus dem großen Königshaus. Sie waren sich schnell einig gewesen über das Geschäft – den Kauf einer Hotelkette. Die Bank hatte den Kredit sofort gewährt und für ihn war ein Bonus dabei herausgesprungen.

Als er zurück in Frankfurt war, hatte er die Tasche auf den Nachttisch des luxuriösen Doppelzimmers in dem nicht minder eleganten Hessen Palais gestellt, in dem sie sich seit fünf Monaten regelmäßig trafen. Er hatte Ewa dort an der Bar aufgegabelt. Oder sie ihn, bei genauer Betrachtung.

Ewa, Ewa Oksana, aus Kiew. Auch nach zehn Jahren hatte ihr Deutsch den ukrainischen Akzent. Er fand ihn exotisch. Er fand alles an ihr exotisch, attraktiv. Und natürlich sexy. Ihr langes blondes Haar, das sie für ihn herabfallen ließ, wenn sie zusammen waren, ihre breiten Hüften, ihre Rundungen, alles, alles, alles. Natürlich hatte ihm sein Kopf gesagt, dass sie ihr Geld damit verdiente, mit anderen Männern zu schlafen. Aber, so versuchte er einen rationalen Gedankengang daraus zu machen, auch er hatte geschäftlich mit Kunden zu tun, die er nicht unbedingt mochte. Das war eben sein Beruf. Manche von ihnen waren, das war ihm klar, sogar Kriminelle, nur eben im ganz großen Stil. Man nannte sie dann Oligarchen, was nichts anderes bedeutete, als dass sie sich beim großen Umbruch in ihren Ländern in Osteuropa schamlos bereichert hatten und ständig auf der Suche nach profitablen Anlagen für ihr Geld waren, am besten schwarz. Er wusste, der Vergleich mit Ewa hinkte. Er gab diesen Männern seinen Sachverstand, sie gab Männern ihren Körper. Zumindest hatte er es sich anfangs genauso zurechtgelegt, als er noch glaubte, für sich selber eine Rechtfertigung finden zu müssen und für sie eine Erklärung. Doch inzwischen hatte er diese mühsame, ja quälende Suche nach einer überzeugenden Begründung eingestellt. Sie war da und das war es, was er brauchte. Jetzt mehr denn je.

Seit ihrer ersten Begegnung hatten sie sich regelmäßig im Hessen Palais getroffen, oder ziemlich regelmäßig, soweit seine zahlreichen Reisen für die Bank es eben zuließen. Dubai, London, New York, Singapur, die Cayman Islands, das war seine Welt. Er drehte das große Rad, Millionen, viele Millionen, und gelegentlich ging es dabei auch um Milliarden. Investmentbanking hieß die Abteilung und er war einer ihrer Stars.

Am Anfang hatte er noch versucht, seine Treffen mit Ewa vor Ingrid geheim zu halten, hatte sich um Ausreden bemüht, um Erklärungen. Aber dann war es ihm mehr oder weniger egal geworden, je öfter er Ewa sah. Er hatte Ingrid wunschgemäß eine Sauna in ihr geräumiges Haus in Kronberg einbauen lassen, im Garten einen Swimmingpool, hatte ihre teure Aufnahmegebühr in den Golfclub bezahlt und irgendwie hatten sie den Schein gewahrt, wenn sie ihn gelegentlich noch zu den Empfängen begleitete, die die Bank für ihre bevorzugten Kunden veranstaltete.

Jetzt wohnte Ingrid immer noch in dem großen Haus und er hatte sich ein Zwei-Zimmer-Apartment in der Frankfurter Innenstadt nehmen müssen. Sie hatte keinen Moment gezögert, als die Bank ihn rausgeworfen hatte. Zwei Tage später hatte Ingrid die Scheidung eingereicht. Kurz darauf kam der Brief von ihrem Rechtsanwalt mit detailliert aufgelisteten finanziellen Ansprüchen. Eigentlich wäre einiges an Geld zu verteilen gewesen, selbst angesichts ihrer ungeheuerlichen Forderungen. Aber eben nur eigentlich, denn die Staatsanwaltschaft hatte seine Konten einfrieren lassen und wenn der Richter gegen ihn entscheiden würde, dann wären Strafzahlungen in Millionenhöhe fällig. Das wäre sein Ende: finanziell, gesellschaftlich, beruflich.

Cum-Ex, Cum-Ex, Cum-Ex. Der Begriff drehte sich immer wieder in seinem Kopf herum. Das verdammte Cum-Ex. Lange hatten ihn die Juristen in der Bank beruhigt, genau wie den Vorstand. Das große Steuermodell, bei dem die Anleger die Erstattungen für die nicht gezahlten Steuern gleich zweimal vom Finanzamt kassierten, sei doch legal. Es habe doch jahrelang funktioniert, Milliardengewinne eingebracht und der Staat habe immer weggeschaut. Doch als dann der Staatsanwalt aus Bonn, wo das Verfahren lief, mit dem Durchsuchungsbefehl vor der Tür stand und die Unterlagen kartonweise aus seinem und anderen

Büros abholte, als die Fernsehteams die Aktion vor der Bank filmten, als plötzlich Cum-Ex das große schmutzige Wort wurde, als auch die Politik in Berlin unter Druck geriet, da reagierte die Bank schnell. Am nächsten Morgen lag das Kündigungsschreiben auf seinem Schreibtisch. Man gab ihm eine Stunde, sein Büro auszuräumen. Bauernopfer, dachte er, du bist das verdammte Bauernopfer.

Ewa hatte am nächsten Tag die BILD-Zeitung mitgebracht und sie stumm auf den Nachttisch gelegt, die Schlagzeile und das Foto von ihm, dem gefeuerten Spitzenbanker, nach oben. Sie hatte ihn fragend angesehen und er hatte sie in den Arm genommen. Das werde sich schon klären, das sei alles ein großes Missverständnis, die Juristen der Bank würden das regeln. Jedenfalls, so flüsterte er ihr ins Ohr, sie solle sich keine Sorgen machen, sie würden das schon gemeinsam schaffen. Dann hatte sie sich ausgezogen, wie immer. Er glaubte zu spüren, dass sie es routiniert tat, ja absolvierte, als er sich auf sie warf, sie nahm, innerlich aufgewühlt und nach Erlösung suchend. Er wollte das nicht realisieren, diese Distanz nicht wahrhaben, aber als sie gegangen war, lag er noch lange wach, und als er am Morgen mit schwerem Kopf aufwachte, stellte er fest, dass die Flasche Whiskey, die neben dem Bett stand, halb leer war.

Einen kleinen Triumph hatte er verbucht. Die Staatsanwaltschaft hatte ein Konto übersehen – bei der Sparkasse in Darmstadt, wo er aufgewachsen war. Er hatte es nie aufgelöst. 57.341,76 Euro lagen dort, nur ein kleiner Einsatz, und das Geld wurde jeden Monat weniger, die Kosten liefen weiter. Für das Apartment, für die Krankenkasse, für den Lebensunterhalt und für Ewa. Er hatte versucht, das zu verdrängen, und früher war es ja auch fast egal. Aber jetzt zählte jeder Euro und die Rechnung war nicht sonderlich kompliziert. Sie kam zweimal in der Woche zu ihm, seit der Viruskrise sogar noch regelmäßiger als früher.

Einmal war sie tatsächlich mit einem Mundschutz bei ihm gewesen. Bis dato hatte er nie darüber nachgedacht, dass Frauen wie sie hoch risikogefährdet waren, was Ansteckungen anging, und dass ein Mundschutz dabei gewiss nicht die Lösung war. Mehrfach war sie in dieser Zeit die ganze Nacht über bei ihm geblieben. Er hatte es genossen, sie an seiner Seite zu spüren, wenn er nachts wach lag, auch wenn ihn seine Sorgen quälten. Und schon wieder hatte er den Gedanken nicht zu Ende denken wollen, dass es vielleicht damit zu tun hatte, dass andere Männer unter den neuen Umständen diese Form des sehr direkten Körperkontaktes nicht wollten und auf ihre Dienste verzichteten. Jetzt war die Krise vorbei und erst jetzt war ihm bewusst geworden, dass er sie zumindest gesundheitlich überstanden hatte – und Ewa anscheinend auch.

Eine Weile hatte er überlegt, ob er ihr nicht anbieten sollte, ganz bei ihm einzuziehen. Doch er traute sich nicht, scheute davor, dass sie diesen Vorschlag zurückweisen würde, und er wollte sich diesen Schmerz ersparen. Die Rechnung war also einfach. Zweimal pro Woche, jeweils 500 Euro, das machte 4.000 im Monat.

Und dann waren da noch die Kinder. Sebastian, der Sohn aus seiner ersten Ehe, war lange schon erwachsen und erfolgreicher Rechtsanwalt in München. Aber Eric, sein Sohn mit Ingrid, studierte noch an der FU in Berlin, war an die regelmäßige Überweisung gewöhnt. Und ihre gemeinsame Tochter Johanna war während der Viruskrise bei ihren Gasteltern in Australien hängengeblieben und flehte ihn mehrfach um Geld an.

Es konnte keinen Zweifel geben, dass das Gerichtsverfahren eine Riesensumme an Anwaltskosten verschlingen würde. Er musste sich dringend um einen Anwalt kümmern und bisher hatte er keine Ahnung, wie er das finanzieren sollte. Die Lage war eigentlich ziemlich einfach zu beschreiben. Nach dem vorläufigen Ende der Viruskrise waren die wirtschaftlichen Schäden riesig und niemand suchte einen 57-jährigen, ausgebrannten Ex-Banker, dem ein spektakuläres Gerichtsverfahren drohte.

Peter Conrad wurde plötzlich bewusst, dass Ewas Duft immer noch im Raum schwebte. Wenn er sie verlieren würde, dann wäre es das Ende. Er wollte aufstehen, um ins Bad zu gehen, als sein Handy klingelte – eine anonyme Nummer.

Kurz zögerte er, ob er den Anruf annehmen sollte. Dann tat er es doch.

„Hallo?", sagte er in den Hörer.

„Peter Conrad?", hörte er eine Stimme und er glaubte, einen Akzent zu hören, denn der Anrufer sagte nicht Peter, sondern mehr Pieter. Es klang amerikanisch.

„Ja, bitte?", antwortete er.

„Mein Name ist Joe Miller", sagte die Stimme. „Ich habe von Ihnen in der Zeitung gelesen. Böse Sache, aber vielleicht brauchen Sie ja einen Job. Und ich hätte da was für Sie. Es geht für Sie um eine Million Dollar."

Kapitel 2

Berlin

„Hier", sagte er triumphierend, „hier!" Julius Bergner blickte auf sein Smartphone. Soeben war über Twitter ein Foto aus dem Hamburger Hafen eingegangen. Es zeigte die Ankunft eines Frachtschiffes mit einer riesigen, turmhohen Containerfracht. Das Schiff kam aus China.

Bergner saß an seinem Schreibtisch im großen, im wilhelminischen Neobarock aus Sandstein gebauten Gebäude an der Invalidenstraße, das nach einer wechselhaften Geschichte jetzt als Wirtschaftsministerium diente. Er zeigte das Foto seinem Büroleiter Berthold Winter, der vor seinem Schreibtisch stand. „Es geht voran, jeden Tag mehr", sagte Bergner. „Klar, die Krise hat leider tiefe Spuren hinterlassen, aber wichtig ist doch, dass wir wieder im Geschäft sind."

Zufrieden legte er das Smartphone auf den Schreibtisch. „Und wer hat das geschafft?", fragte er, war sich aber sicher, dass Winter darauf nicht eingehen würde.

„Ich sage es Ihnen, Winter. Wir waren das. Wir, diese Regierung. Konsequent, nachdrücklich und effektiv."

Natürlich hätte er es lieber gleich so gesagt, wie er es meinte. Nämlich, dass er, Julius Bergner, der Bundeswirtschaftsminister, diese Herkulesaufgabe erledigt hatte, dass er der wichtigste Player dabei war, die Wirtschaft wieder anzukurbeln.

„Selbstverständlich war das eine Teamleistung", beeilte er sich hinzuzufügen. „Dieses Haus, dieses tolle Ministerium hat wieder einmal gezeigt, wie leistungsstark es ist, wenn es darauf ankommt."

„Und sehen Sie hier, die neuesten Zahlen aus dem Politbarometer des ZDF. Die Bevölkerung dankt es uns. Die Zahlen sind so gut wie lange nicht mehr." Er blätterte in den Seiten mit den neuesten Umfragewerten, die seine Sekretärin ihm ausgedruckt hatte. Kurz überlegte er, ob er auch auf die Zahlen eingehen sollte, die die Popularität der Spitzenpolitiker abbildeten. Er unterließ es – mit etwas Mühe. Aber die Zahlen sprachen eine eindeutige Sprache. Auch er, der Bundeswirtschaftsminister, hatte bei diesen Werten einen deutlichen Sprung nach oben gemacht. Das, so dachte Bergner, galt es zu nutzen. Wenn nicht jetzt, wann dann? Die Frage der Nachfolge stand im Raum, jetzt war die Zeit, eine Entscheidung zu forcieren. Und er würde sich daran beteiligen.

„Wir sollten dankbar sein für dieses Echo aus der Bevölkerung. Sie wissen unsere Arbeit zu würdigen", konnte er sich nicht verkneifen zu sagen.

„Aber genug davon, man könnte es sonst ja für Eigenlob halten", übte er sich wieder in aufgesetzter Demut und legte die Blätter mit den Zahlen zurück auf die Tischplatte. „Was gibt es sonst, Winter?"

Berthold Winter legte ihm den Aktendeckel mit den Aufzeichnungen vor, die mit „Geheim" gestempelt waren. Eine neue, dringliche Meldung des Bundesnachrichtendienstes. Die Bezugskürzel POL und WIR wiesen darauf hin, dass es sich um wichtige Informationen aus den Bereichen Politik und Wirtschaft handelte. Bergner warf einen Blick darauf und schaute dann seinem Büroleiter in die Augen:

„Und? Warum jetzt diese Eile, Winter?"

„Weil der BND glaubt, dass diese Meldung hohe Priorität haben sollte. Er hat aus den zahlreichen Erkenntnissen diejenigen herausgefiltert, die jetzt nach der Krise besondere Relevanz haben sollten, und dabei zeigt sich eindeutig, dass es auf dem Weltmarkt ein beherrschendes Thema gibt: Den Impfstoff gegen das Virus."

„Das ist ja nicht unbedingt neu", sagte Bergner.

„Nein, das ist nicht neu, Herr Minister, neu ist aber, dass sich das Feld gerade sortiert und dabei schaut man weltweit auch auf uns, auf unsere Firmen. Die sind dabei ziemlich weit vorn. Und ganz oben steht die Firma NEWTEC."

„Eine gute Nachricht und ein toller Erfolg. Irgendwie doch auch für uns, für uns alle", sagte Bergner. Und für die Politik, die das Forschungsprogramm mit 50 Millionen Euro Steuergeldern unterstützt hatte, wollte er noch hinzufügen, behielt es dann aber für sich.

„Jedenfalls ein Milliardenmarkt", fügte er stattdessen hinzu. „Wem diese Firma gehört, dem gehört eine Gelddruckmaschine, die gar nicht so schnell drucken kann, wie das Geld reinkommt."

„Richtig, Herr Minister, alles richtig", reagierte Winter. „Der Grund, warum sich der BND einschaltet, ist der: Er hat Meldungen aufgefangen, dass irgendjemand eine feindliche Übernahme plant. Sie wissen noch nicht viel mehr, aber anscheinend ist irgendetwas im Gange. Jedenfalls sollten wir wachsam sein."

„Sollte doch kein Problem sein, die biotechnischen Firmen gehören seit kurzem zur kritischen Infrastruktur und da haben wir doch ein deutliches Mitspracherecht. Wer im Ausland mehr als zehn Prozent Anteile erwerben will, braucht unsere Genehmigung. Das haben wir doch kürzlich den Amis klargemacht, als die versucht haben, eine deutsche Firma zu übernehmen, die auch an einem Impfstoff forscht. Nix da, Winter, wer immer das Ding drehen will, da werden wir reingrätschen. Nicht mit uns, nicht mit mir."

Bergner überlegte eine Weile und starrte auf den Geheimstempel.

„Wissen wir, wer der Haupteigner von NEWTEC ist?", fragte er schließlich.

„Ja, wissen wir, Herr Minister. Der Großinvestor Kurt Friedrich."

„Oh, gute Nachrichten, Winter, ein guter Mann! Sehr erfolgreich. Hat immer den richtigen Riecher. Der wird sich auf so einen Deal nicht einlassen."

Bergner verkniff sich, ein wichtiges Detail hinzuzufügen. Kurt Friedrich gehörte seit vielen Jahren zu den zuverlässigen Großspendern für die Parteikasse. Alles sorgfältig aufgelistet, dachte Bergner. Alles im Rechenschaftsbericht der Partei für den Bundestag aufgelistet und öffentlich einsehbar. Keine Gefahr an der Front. Friedrich spendete auch an andere Parteien, aber für Bergners Partei spendete er mehr als für alle anderen zusammen. Guter Mann, dachte Bergner wieder. Und was die Geheim-Meldung über einen anonymen Käufer für NEWTEC anging, würde der sich schon auf nichts einlassen.

„Der BND soll das weiter beobachten", sagte er zu Winter. „Und sorgen Sie dafür, dass ich hier auf dem Laufenden gehalten werde."

„Wird gemacht, Herr Minister", entgegnete Winter und ging. Bergner holte wieder die Umfragezahlen hervor und streichelte über das Blatt.

Sehr schön, dachte er, sehr schön. Vor einem halben Jahr hätte er sich das noch nicht vorstellen können, doch jetzt würde er ins Rennen gehen. Für irgendwas musste diese Krise doch gut sein.

Kapitel 3

Frankfurt

Der athletisch wirkende Mann mit den kurzen, an den Rändern schon leicht angegrauten Haaren war Anfang 50 und trotzdem ohne Bauchansatz. Er trug einen blauen Blazer, ein gestreiftes Hemd ohne Krawatte, ungebügelte Khakihosen und Sneaker. Unter den rechten Arm hatte er eine BILD-Zeitung geklemmt – das Zeichen, das sie für dieses Treffen verabredet hatten. Das war er offensichtlich, sein Eine-Million-Dollar-Mann, dachte Peter Conrad.

Er winkte ihm unauffällig zu, als er sich suchend in dem Lokal gleich neben dem Opernhaus umschaute. Der Mann kam auf ihn zu und streckte die Hand aus. Conrad schüttelte sie.

„Joe Miller", stellte er sich vor und setzte sich ihm gegenüber an den kleinen runden Tisch. „Schön, dass Sie es möglich machen konnten."

„Danke, dass Sie gekommen sind", versuchte Conrad den höflichen Ton zu erwidern.

Ein Kellner kam und nahm die Bestellung auf.

Miller hatte die BILD-Zeitung vor sich auf den Tisch gelegt. Es war die alte Ausgabe. Die, die die Story von der Durchsuchung in der Bank und seinen Rauswurf gebracht hatte.

„Wirklich eine dumme Geschichte", sagte Miller ohne weitere Einleitung.

Conrad zog es vor, nicht darauf zu antworten. Der Kellner kam zurück und brachte einen Cappuccino für Conrad und das Glas Weißwein, das Miller bestellt hatte.

„Aber wie sagt man so schön: Jede Krise birgt auch ihre Chance." Millers Deutsch schien korrekt, wenn auch etwas angestrengt, aber er hatte einen unverkennbaren amerikanischen Akzent.

Conrad rührte mit seinem Löffel in der Tasse, während Miller einen Schluck aus dem Weinglas nahm.

„Ich will es nicht unnötig ausdehnen", sagte Miller und zog ein Foto aus seiner Jackentasche. Conrad schaute hin. Es zeigte einen Golfplatz, den er sogleich erkannte, und einen Mann, mit dem er ebenfalls seit vielen Jahren bekannt war: den Golfplatz neben dem Schloss Kronberg und, auf seinen Golfschläger gestützt, Kurt Friedrich. Daneben stand er selbst, Peter Conrad, im Gespräch mit seinem alten Kunden. Das Foto war offenbar aus einer größeren Entfernung mit einem Teleobjektiv aufgenommen worden und Conrad vermutete, dass der Fotograf an einem der Fenster des Fünf-Sterne-Hotels Schloss Kronberg gestanden haben musste. Von dort aus hatte man einen guten Blick über den Golfplatz.

„Wie man hier sehen kann, verkehren Sie ja in bester Gesellschaft", nahm Miller das Gespräch wieder auf. „Wie wir wissen, haben Sie auch auf der ganzen Welt hervorragende Geschäftskontakte. Das ist genau das, was wir suchen. Und Kurt Friedrich ist dabei besonders wichtig."

Conrad nahm den Löffel aus der Tasse und schaute Miller an.

„Und was genau soll ich für Sie tun?", fragte er.

„Sehen Sie, es ist so: Wir sind gerade durch eine beispiellose Krise gegangen und wir vermuten, dass das noch nicht wirklich vorbei ist. Die ganze Welt wartet auf einen Impfstoff, auf einen, der ein noch breiteres Spektrum abdeckt als nur das eine Virus. Das wird bestimmt mutieren. Und wer diesen Impfstoff anbieten kann, der hat gewonnen. Big time! Herr Conrad, big time!"

„Gut, das verstehe ich. Das weiß inzwischen jeder", warf Conrad ein. „Wir sind mitten in einem Wettbewerb, wie wir ihn lange nicht gesehen haben."

„Genauso ist es, Herr Conrad, genau so. Und jetzt kommen Sie ins Spiel. Sie kennen ja offensichtlich Kurt Friedrich. Sie und wir wissen, dass Friedrich der Hauptanteilseigner an NEWTEC ist. Und wir haben einen Kunden, der die Firma übernehmen will. Und zwar schnell. Einen Kunden in einem sehr großen Land. Dazu brauchen wir die Anteile von Kurt Friedrich oder zumindest 51 Prozent. Und da haben wir gedacht, vielleicht können Sie das in Hand nehmen."

Conrad begann wieder mit dem Löffel in seinem Cappuccino herumzurühren, um Zeit zu gewinnen. Natürlich hatte er verstanden. Das Anliegen war zumindest im Prinzip einfach, aber genauso galt auch, dass es in der Realität so nicht gehen würde. Selbst dann nicht, wenn Friedrich mitmachen wollte.

„Ich glaube nicht, dass ich hier helfen kann", sagte er schließlich. „Bei uns in Deutschland gibt es dafür Gesetze, die solche Verkäufe kontrollieren. Man nennt es das Außenwirtschaftsgesetz. Und es ist gerade erst verschärft worden. Es umfasst jetzt auch biotechnische Firmen. Wer aus dem Ausland mehr als zehn Prozent der Anteile kaufen will, braucht die Genehmigung der Regierung. Und ganz offen, Mr. Miller, ich glaube kaum, dass die Regierung gerade in diesem Fall zustimmen wird."

„Ich sehe, Sie kennen sich aus, Herr Conrad. Und genau deshalb sind wir ja auch auf Sie gekommen. Im internationalen Geschäft gibt es doch immer Mittel und Wege, das weiß doch kaum jemand besser als Sie. Und wie schon am Telefon erwähnt: Für Sie geht es dabei um eine Million Dollar. Natürlich steuerfrei. Auf ein Konto in Malta oder wo immer Sie wollen. Da kennen Sie sich doch auch aus. Und Spesen – soviel es eben braucht."

Miller machte eine Pause. Offenbar um zu sehen, wie sein Angebot wirkte.

„Und ich denke, die Million könnten Sie gerade jetzt sehr gut gebrauchen."

Conrad antwortete nicht, aber er war beeindruckt, wie gut sich dieser Miller in seinem Leben auskannte.

„Herr Conrad, geben Sie sich Mühe, seien Sie kreativ. Hier ist meine Karte. Sie können mich jederzeit anrufen. Wir zählen auf Sie."

Miller legte einen Zwanzig-Euro-Schein auf den Tisch und stand auf.

„Wir zählen auf Sie", wiederholte er. Dann wandte er sich dem Ausgang zu.

Kapitel 4

London

Seinen Whiskey trank er ohne Eis. Zu oft war er draußen gewesen, in Gegenden, in denen es nicht einfach so Eis gab wie hier im Kühlschrank in seinem Apartment in London. Auf dem Papier sah seine Karriere beeindruckend aus. 26 Jahre bei der CIA; Afghanistan, Irak, Pakistan, Moskau, Venezuela und Berlin.

Und dabei benutzte er viele Namen: Joe Miller, wie im Augenblick. Oder Carlos Ramirez oder welcher Name gerade zu einer Operation passte. Sie standen in einem seiner vielen Pässe. In Wirklichkeit hieß er Matthew Snyder und stammte aus einem verdammten Kaff in Montana, dem großen, weiten, über weite Strecken fast menschenleeren Bundesstaat, hoch oben an der kanadischen Grenze. Dort war er auf einer Farm aufgewachsen. Und das war der eigentliche Grund, warum er sich von der CIA hatte anheuern lassen, nachdem er den Militärdienst abgeleistet hatte, damals im ersten Irakkrieg. Er wollte einfach nur raus. Raus aus diesem Kaff, raus aus den Kuhställen, raus in die Welt. Und obwohl er aus der Provinz kam, hatte der kleine Matthew ein Talent. Er konnte Sprachen lernen, scheinbar mühelos. Die seiner Mutter sowieso. Sie war als junge Frau aus Bayern seinem Vater, einem GI, nach Montana gefolgt. Von ihr hatte er wohl dieses Talent und eben auch seine guten Deutschkenntnisse. Aber er lernte sogar Spanisch, Russisch und natürlich Arabisch. Es lief gut, bis die Sache im Irak passierte, die drei seiner CIA-Kollegen das Leben kostete. Es war ein Hinterhalt, eine iranische Miliz hatte die Bombe gelegt. Die anschließende Untersuchung deckte einen Hinweis auf, dem man hätte nachgehen müssen. Er war der Vorgesetzte und man gab ihm die Schuld. Dann war es vorbei.

Es war die Zeit, als es ihm egal war, ob der Whiskey mit oder ohne Eis kam. Hauptsache es gab eine Flasche, die ziemlich schnell leer wurde. Bis zum schweren Alkoholiker schaffte er es nicht, das war sein Glück. Denn bald kam der Anruf von der Firma Security International. Anfangs zögerte er, denn natürlich kannte er das Geschäftsmodell: Die Aufträge kamen aus der ganzen Welt, grenzübergreifend, und sie wurden ausgeführt – solange der Preis stimmte. Doch er traf so viele, die er noch persönlich kannte. Alle aus dem Sicherheitsgewerbe: Ex-Geheimagenten, Kommandosoldaten, Drogenfahnder und jetzt, nach dem Ende im Dienst einer Regierung, waren sie alle auf der Suche nach einem Arbeitgeber, der wieder eine Perspektive bot. Also unterschrieb er und wurde einer von ihnen. Tauchte ein in eine Schattenwelt, eine internationale Mischung aus Söldnern und Glücksrittern, die, straff organisiert, ihre ganz eigenen Gesetze hatte und die übrigen Gesetze fast nach Belieben ignorierte.

Auch bei Security International machte er schnell Karriere. Und jetzt hatte er den Etat für eine der großen Operationen. 20 Millionen Dollar von einem Kunden aus Asien. Eine davon würde am Ende ihm gehören. Allerdings nur, wenn er lieferte. Mehr wusste er nicht, aber Miller hatte eigentlich keinen Zweifel, wer tatsächlich dahinterstand. Die Fingerabdrücke, die es überall gab, zeigten in die gleiche Richtung: Peking. Das Ziel war NEWTEC und er sollte es umsetzen, koste es, was es wolle. Es ging nicht um Millionen, es ging um Milliarden.

Als es an der Tür klingelte, zog er, wie aus alter Gewohnheit, seine Glock aus der Schublade der Kommode im Flur, steckte sie aber wieder ein, als er das Gesicht von Fred im Türspion erkannte. Fred war Engländer, lange beim SAS, der britischen Kommandoeinheit. Nordirland – ganz früher –, dann Irak, dann Afghanistan. Das Übliche. Mittlerweile war er zu alt. Er war der zweite Mann in der NEWTEC-Operation.

„Wie läuft´s?", fragte Fred, nachdem Miller ihm ein Glas Whiskey hingestellt hatte.

„Naja, sind noch am Anfang. Hab mit diesem Conrad gesprochen. Im Augenblick sieht er noch mehr Probleme als Lösungen.

Die Deutschen haben ziemlich strikte Gesetze, was Firmenübernahmen angeht. Der gleiche Trend wie in den USA. Alle sind jetzt aufgewacht, alle sehen den Feind im Osten, der alles aufkauft, sich alles besorgt: Knowhow, Rohstoffe, Firmen. Und seit dem Virus sind sie erst richtig paranoid", setzte Miller zu einer Erklärung an. „Alle haben es jetzt begriffen: Gesundheit ist die neue Goldmine."

„Können wir irgendwas tun, um ihm auf die Sprünge zu helfen?", fragte Fred.

„Noch zu früh, er soll sich erstmal sammeln. Geben wir ihm ein paar Tage Zeit. Aber dran bleiben müssen wir schon. Es eilt - ziemlich. Wenn eine andere Firma schneller ist, dann ist die Show vorbei. Und was Conrad angeht, ist ziemlich klar: Er braucht die Kohle, und zwar ganz dringend. Er hat da was mit dieser Ukrainerin am Laufen, immer dieselbe. Eine Hure, aber anscheinend kann er nicht von der lassen. Teuer Spaß, denke ich. Aber vielleicht bringt die ihn auf Trab."

Auch Miller nahm einen Schluck aus dem Whiskeyglas.

„Wir müssen ihn jedenfalls im Blick behalten, schon, damit er nicht auf dumme Gedanken kommt und eine eigene Show daraus macht. Hans soll sich weiter darum kümmern."

„Wird gemacht", sagte Fred. „Ich werde ihn weiter auf Conrad ansetzen. Er hat ja schon gute Vorarbeit geleistet."

„Ja, hat er", nickte Miller, „gutes Foto von Conrad und Friedrich auf dem Golfplatz. Conrad war ziemlich beeindruckt, als ich es ihm gezeigt habe. Wo hast du den aufgegabelt?"

„Hans kenne ich noch aus Afghanistan. Vom deutschen Kommando Spezialkräfte KSK, ist ein cleverer Bursche, hat aber gelegentlich mit den alten Schatten zu kämpfen. Einmal schwer verwundet bei Kunduz, sein Kumpel hat es nicht mehr geschafft."

Fred machte eine Pause.

„Hans hatte noch die Kraft, auf den Taliban zu schießen und hat ihn voll erwischt, als er mit einem Auto abhauen wollte. Der war hin, aber leider auch seine Frau und zwei kleine Kinder, die mit in dem Auto saßen."

Miller schaute skeptisch. Schon wieder einer, den es aus der Bahn geworfen hatte. Die Geschichte kam ihm allzu bekannt vor.

„Ist aber ein zuverlässiger Typ", beruhigte Fred. „Und natürlich genau der Richtige für einen Einsatz in Deutschland."

Kapitel 5

Frankfurt

Sie waren verabredet, aber bisher war sie nicht gekommen. Ihr zweites Treffen in dieser Woche. Jetzt war Ewa schon über eine Stunde überfällig. Er spürte dieses Gefühl, das ihn schon seit Wochen quälte. Wo war sie? Was machte sie? Warum ließ sie ihn warten?

War ein anderer gerade wichtiger als er? Sein Verstand meldete sich, machte ihm wieder einmal klar, welcher Beschäftigung sie nachging. Er schob seine Gedanken beiseite und doch war es offensichtlich, was er wirklich spürte und nicht länger verdrängen konnte: Er war eifersüchtig auf all die Unbekannten, die sie bediente. Und diese Eifersucht nahm zu, war kaum noch zu bändigen. Sie gehörte doch ihm, ihm, ihm. Es musste einen Weg geben, sie aus diesem Gewerbe zu erlösen, es ihr endlich zu ersparen, auf diese Weise Geld verdienen zu müssen. Conrad fühlte sich schuldig. Es lag doch an ihm, dass er ihr kein richtiges Zuhause bieten konnte, kein standesgemäßes Leben an seiner Seite, so wie er es mit Ingrid gelebt hatte.

Wie immer hatte er die 500 Euro in den Briefumschlag gesteckt und auf den Nachttisch neben dem Bett gelegt. Peter Conrad schaute unruhig auf die Uhr, wieder einmal. Eine 10.000-Euro-Rolex, die er einmal in Hongkong gekauft hatte. Er hatte sich bisher nie viel dabei gedacht, sie war selbstverständlicher Teil seines Lebensstils, aber jetzt fragte er sich, wie lange er sie wohl noch tragen konnte. Der letzte Kontoauszug von seinem Konto bei der Darmstädter Sparkasse zeigte einen eindeutigen Trend und der ging steil nach unten. Eigene Einnahmen hatte er keine. Nur noch Ausgaben, und davon viele.

Den Schlüssel für den S-Klasse-Mercedes, den er bisher gefahren hatte, hatte die Bank sofort einkassiert. Es war ein Dienstwagen gewesen, ein weiteres Privileg, das er nun schmerzlich vermisste. Er fuhr nun einen VW Polo, den er als Drittwagen genutzt und der meist ungebraucht in der Garage gestanden hatte. Der TÜV war seit einem Monat überfällig und er hatte bisher darauf verzichtet, weil er fürchtete, es könnten teure Wartungsarbeiten anfallen.

Ingrid wohnte weiter in dem großen Haus in Kronberg. Er hatte es vor drei Jahren gekauft, für zwei Millionen. Aus steuerlichen Gründen hatte er nur einen kleinen Teil in bar eingebracht, 90 Prozent deckte ein Kredit ab. Die monatliche Rate betrug 5.000 Euro. Als er es kaufte, war das kein Problem. Die Bank hatte sich damals sein Einkommen angesehen und keine Minute gezögert, den Kredit zu gewähren. Jetzt würde er das nicht mehr lange bedienen können. Dann würde das Haus verkauft werden müssen, das ohnehin überwiegend der Bank gehörte. Ob Ingrid das eigentlich klar war?

In drei Tagen war er zu einer weiteren Vernehmung in Sachen Cum-Ex-Steuerskandal einbestellt und das konfrontierte ihn erneut mit der Notwendigkeit, endlich einen Anwalt zu finden. Die Bank ließ ihn hängen, von seinem alten Arbeitgeber hatte er nichts mehr zu erwarten. Die Strategie war eindeutig: Sich von ihm distanzieren und ihn als die treibende Kraft bei diesem Steuerbetrug hinzustellen. Ein Top-Anwalt musste her, ohne Zweifel, wenn er überhaupt noch eine Chance haben wollte, da irgendwie herauszukommen. Es gab nur ein Problem: Er wusste nicht, wie er den bezahlen sollte. Er sah keine andere Möglichkeit mehr. Er musste es mit Manfred Köhler besprechen. Ein renommierter Strafverteidiger, der auch Wirtschaftsstrafrecht draufhatte und den er schon aus früheren Verfahren kannte, als er noch auf der anderen Seite stand, auf der Seite der Bank. Mehrfach hatte Köhler Bankkunden, die mit den Steuergesetzen in Konflikt geraten waren, verteidigt. Und das erfolgreich. Wie er war Köhler Mitglied im Kronberger

Golfclub. Gott sei Dank hatte er die Mitgliedsbeiträge schon zum Jahresbeginn im Voraus bezahlt, immerhin.

Für Köhler war es ein hervorragendes Mandat, spektakulär dazu, die Schlagzeilen waren ihm sicher. Aber es war klar, Köhler würde das nicht umsonst machen. Warum sollte er? Morgen würde er ihn anrufen und sich mit ihm auf dem Golfplatz verabreden. Die Frage war, ob er ihm von dem Angebot erzählen sollte, das ihm eine satte Million versprach. Er beschloss, es vom Verlauf des Gespräches abhängig zu machen.

Plötzlich schreckte er auf. Conrad hörte ein Geräusch an der Wohnungstür. Ein Schlüssel drehte sich im Schloss, dann ging die Tür auf. Er merkte, wie sein Blutdruck plötzlich anstieg. Sie war da, Ewa war da.

Er hatte ihr schon vor Monaten einen Schlüssel in die Hand gedrückt und sie hatte ihn kommentarlos in ihre Handtasche gesteckt.

Conrad ging auf sie zu, nahm sie in den Arm und drückte sie an sich. Er spürte ihren Körper dicht an seinem, roch den Geruch ihrer blonden Haare.

„Gott, wie hab ich dich vermisst", flüsterte er. Sie blieb stumm. Endlich ließ er sie los und sie begann, ihre dunkelblaue Bluse aufzuknöpfen. Sie trug einen schwarzen BH. Aber bevor sie fortfuhr, nahm sie den Briefumschlag und verstaute ihn in der DIOR-Tasche.

Conrad nahm sie bei der Hand und führte sie zum Doppelbett. Sie zog sich weiter aus, schien aber verwundert, dass er das nicht machte. Eigentlich war es eine seiner größten Leidenschaften.

Sie legte weiter ab und als sie nackt war, schlüpfte sie unter die Bettdecke. Ewa schaute ihn fragend an, als er keine Anstalten machte, ihr dorthin zu folgen, sondern sich stattdessen auf die Bettkante setzte und ein ernstes Gesicht aufsetzte.

„Ich … wir … wir müssen etwas besprechen", sagte er zögernd.

Sie schaute auf, überrascht. Conrad rang um Worte. Wie sollte er beginnen? Was wollte er ihr überhaupt sagen?

„Es ist …", begann er zögerlich, „es ist so: Du weißt, ich habe ein Problem. Ein Riesenproblem. Es …", wieder machte er eine Pause.

„Es geht ums Geld. Finanziell geht es mir ziemlich mies …"

Ihr Gesicht blieb unbewegt. Sie blickte ihn nur an, aufmerksam, abwartend. Noch immer rang er um Worte. Schließlich übernahm sie die Initiative.

„Was willst du mir sagen? Dass wir das hier abbrechen sollen, weil du es dir nicht mehr leisten kannst?"

Conrad wurde bleich. Ihre Frage traf ihn ins Mark, die Kälte, das geschäftliche Kalkül, Leistung gegen Gegenleistung. Seine Hände zitterten. Mit dieser Reaktion hatte er nicht gerechnet. Wie konnte sie nur von Abbrechen sprechen? Gerade jetzt, wo er sie mehr brauchte als je zuvor?

„Nein, nein … Um Gottes willen, nein …", stotterte er. „Wie kannst du so etwas sagen?"

„Also, worauf willst du hinaus?", blieb sie hartnäckig.

„Ich will dir nur sagen, dass es so nicht weitergehen kann. Ich muss etwas tun. Vielleicht etwas, das sehr schwierig wird. Aber wenn es gut geht, dann sind wir nicht nur über den Berg …"

Er pausierte kurz, überlegte, ob er es sagen sollte, ob dies genau der richtige Moment war. Dann gab er sich einen Ruck:

„Dann haben wir eine Zukunft, verstehst du, wir zusammen."

Ihre Augen wurden groß, schienen fast zu funkeln.

„Es geht um eine Million. Eine Million Dollar", sagte er und wiederholte es noch einmal. „Eine Million Dollar."

Dann erzählte er ihr alles, der Reihe nach. Das Treffen mit Miller, sein Angebot, das Geschäft, das er vorgeschlagen hatte, seine Rolle dabei, Friedrich, NEWTEC, seine Situation, einfach alles. Es brach aus ihm heraus, alles, was sich in ihm aufgestaut hatte. Am Ende war er regelrecht euphorisch. Sein Gesicht glühte. Er ergriff ihre Hände, drückte sie fest. Sie ließ es geschehen.

„Und dann, Ewa, sind wir frei! Wir können weggehen, weit weg. Zusammen."

Er blickte sie an, wartete auf eine Antwort, aber sie zog es vor, nicht darauf einzugehen. In ihren Augen glaubte er so etwas wie gespannte Aufmerksamkeit zu entdecken. Peter Conrad wertete das als Zustimmung. Sie schlug die Bettdecke auf und gab den Blick auf ihren nackten Körper frei. Sie zog ihn zu sich.

„Komm", sagte sie, „komm endlich."

Kapitel 6

Berlin

Julius Bergner stand am Fenster seines Büros und schaute auf den Verkehr auf der Invalidenstraße. Das übliche Gewusel, die vielen Autos, die Straßenbahnen, die auf dem Weg zum schräg gegenüber liegenden Hauptbahnhof waren. Ein Bild der Normalität. Nur, dass das, was früher als Normalität galt, jetzt als etwas Besonderes erschien. In der Krise war das Leben auf der Straße zum Erliegen gekommen, die Bürgersteige blieben leer. Jetzt pulsierte es wieder. Er hatte überhört, dass Winter den Raum betreten hatte. Winter räusperte sich. Bergner drehte sich um und ließ sich an seinem Schreibtisch nieder.

„Der DAX ist gestiegen, schon wieder zweieinhalb Prozent", strahlte er. „Und das nun schon den dritten Tag in Folge. Wir kommen raus, Winter, wir kommen raus aus der Krise."

„Ja, in der Tat, Herr Minister", sagte sein Bürochef. Er legte ein Blatt Papier vor ihn auf den Schreibtisch.

„Eine E-Mail vom Arbeitgeberverband. Sie wollen nächste Woche ihre verschobene Jahreshauptversammlung nachholen. Und sie würden sich sehr freuen, wenn Sie dort ein Grußwort sprechen würden."

Begierig griff Bergner nach der Einladung und studierte sie sorgfältig.

„Selbstverständlich, Winter, das machen wir. Aber kein kurzes Grußwort. Ich halte den Hauptvortrag. Wenn nicht der Bundeswirtschaftsminister, wer denn sonst? Und der Titel ist doch klar: Unser Weg aus der Krise."

„Gute Idee", stimmte ihm Winter eilfertig zu. „Aufschwung hat auch immer etwas mit Psychologie zu tun. Positiv denken und so. Das ist dann schon die halbe Miete."

„Richtig, Winter, völlig richtig. Setzen Sie für heute Nachmittag einen Termin mit Schneider und Kornelius an. Unsere ach so begnadeten Redenschreiber sind doch sozusagen der personifizierte Optimismus. Dann werden wir das Konzept besprechen. Sie sollen vor allem das Anspringen der Exporte herausstellen und wie unsere Maßnahmen zum Schutz der Arbeitsplätze beigetragen haben. Und natürlich zum Überleben der Wirtschaft überhaupt. Und unsere tiefe Dankbarkeit für die besonnene Haltung der Arbeitgeber und so weiter, und so weiter. Eben das ganze Programm, volle Breitseite. Ich will den ersten Entwurf morgen früh auf meinem Schreibtisch sehen."

„Wird gemacht Herr Minister, wird gemacht", sagte Winter. „Ich werde es dem Arbeitgeberverband gleich mitteilen."

„Und noch eins, Winter", fügte Bergner hinzu. „Sie sollen das mit der Pressestelle koordinieren. Die sollen vor allem das Fernsehen einladen. Und sorgen Sie dafür, dass die Nachrichtenagenturen den vollen Text der Rede vorab bekommen."

Als Winter gegangen war, lehnte sich Bergner in seinem Schreibtischsessel zurück und verschränkte die Hände hinter dem Kopf. Das lief gut, verdammt gut. Viel, viel besser, als er sich das hätte vorstellen können.

Dann griff er sich den Zeitungsstapel, den seine Sekretärin auf seinem Schreibtisch deponiert hatte. Schnell überflog er die Überschriften und suchte sich die Artikel heraus, die sich mittlerweile wieder mit der Frage beschäftigten, wer denn die Nachfolge im Kanzleramt antreten solle. In der Krise schien das untergegangen zu sein, doch jetzt heizte sich das Thema wieder auf.

Hans-Peter Mertens hatte von der Krise profitiert. Der Gesundheitsminister lag nun gut im Rennen. Seine Umfragewerte zeigten eindeutig nach oben. Und er hatte ja schon vor der Krise seinen Anspruch auf das hohe Amt angemeldet. Immerhin hatte er einen unbestreitbaren Vorteil: Er war der Günstling der Kanzlerin, ihr

Favorit. Und da war noch Edgar Reiter, der Ministerpräsident, der mit markigen Sprüchen auf sich aufmerksam gemacht hatte und nun plötzlich als potenter Mitbewerber galt. Bergner kannte ihn noch aus der gemeinsamen Arbeit in der Jugendorganisation der Partei. Das alte Schlitzohr, dachte er. Ein Profi durch und durch. Selbstverständlich würde er erst einmal kein Wort über eine Kandidatur verlieren. Erst das Land, erst das Ende der Krise, keine törichten Machtspiele, das war die Botschaft, die er regelmäßig aussendete. Aber Bergner kannte ihn. Ein untrügliches Zeichen war, dass er in den letzten Wochen immer häufiger in den Talkshows auftauchte. Etwaigen Fragen wich er geschickt aus, aber natürlich machte er niemals deutlich, dass er auf keinen Fall zur Verfügung stehen würde. Wenn es so weit war, dann würde Reiter zugreifen, da war sich Bergner sicher. Aber er kannte ja Reiters verwundbare Stelle, war einer der ganz wenigen, die das dunkle Geheimnis aufdecken konnten. Und wenn es nötig werden würde, dann würde er das tun.

Nachdem er die deutschen Zeitungen überflogen hatte, griff er zur New York Times. Seine Sekretärin hatte einen Artikel mit dem Rotstift angestrichen. „Germany's new Wirtschaftswunder" lautete die Überschrift von Judith Johnson, der Berliner Korrespondentin. Er kannte sie. Sie hatte in Harvard Volkswirtschaft studiert und war dann im Journalismus gelandet. Ihr Wort hatte in der internationalen Wirtschafts- und Finanzwelt Gewicht. Aufmerksam las er den Artikel. Den vierten Absatz hatte seine Sekretärin rot umrandet. Dort stand zu lesen, der deutsche Wirtschaftsminister Julius Bergner habe einen wichtigen Anteil am deutschen Aufschwung. Er habe gewiss das Zeug, das Land auch an anderer Stelle zu führen.

Bergner spürte, wie das Adrenalin in ihm anstieg, seinen Körper durchströmte. Konnte die Frau Gedanken lesen? Verdammt, das war es. Eine unabhängige, glaubwürdige Stimme von außen, die das aussprach, was er selber dachte. Das musste man nutzen.

Er griff zu seinem Smartphone und öffnete die Twitter-App. Darin war er seit langer Zeit ein Meister, kein Tag ohne einen Eintrag von ihm. „Unser Land ist wieder auf dem Weg nach oben", schrieb er. „Danke an alle! Und das sieht auch die New York Times so. Interessanter Artikel über unseren Aufschwung. Lesenswert!" Er drückte auf Senden. Wenige Augenblicke später sah er die ersten Reaktionen, mehrere Likes tauchten auf.

Bei den Arbeitgebern würde er die Bombe platzen lassen. Das war die richtige Gelegenheit. Er war fest entschlossen, jetzt war endlich der richtige Zeitpunkt gekommen.

Er war wieder in den Wirtschaftsteil der New York Times vertieft, der sich vor allem mit der Lage Chinas beschäftigte, als Winter erneut auftauchte. Er legte einen Aktendeckel auf Bergners Tischplatte. Bergner schlug ihn auf und sah den Geheimstempel.

„Die neueste BND-Meldung. Sie sehen weiter Bewegungen beim Thema feindliche Übernahme von NEWTEC. Irgendwer dreht da an dieser Schraube, aber sie wissen immer noch nicht, wer dahintersteckt", sagte Winter.

Verdammt, dachte Bergner, das würde er gerade jetzt nicht gebrauchen können. Oder vielleicht doch? Das war doch auch eine Chance, Tatkraft zu beweisen. Nur wie?

Kapitel 7

Frankfurt

Er hatte schlecht geschlafen, sich dann einen starken Kaffee gemacht und saß, unrasiert und in einem verknitterten T-Shirt, am Tisch und versuchte, sich zu konzentrieren. An der Wand gegenüber hing ein großer, rechteckiger Spiegel, der den Raum größer erscheinen ließ, als er war. Peter Conrad betrachtete sich selbst, einen 57-jährigen Mann mit einem starken Bauchansatz, einer Haarlinie, die schon deutlich zurückging und in der die Farbe Grau obendrein dominierte. Dazu trug er eine mittelstarke Brille. Das, so musste er sich eingestehen, war hier und heute die Realität. Das war der Mann, der mit Ewa sein Leben verbringen wollte. 25 Jahre Altersunterschied. Ingrid hatte es ihm bei einer ihrer immer häufiger auftretenden Auseinandersetzungen einmal ins Gesicht gesagt: Wenn du glaubst, du kannst bei einer Jüngeren landen, dann schau doch mal in den Spiegel. Viel Erfolg dabei.

Genau das tat er gerade. Er schaute, wenn auch widerwillig, in den Spiegel. Er wusste, dass die Stunde der Wahrheit in dem Augenblick gekommen war, als er sie in dieser Nacht eingeweiht hatte. Nachdem er mit Ewa gesprochen hatte, gab es kein Zurück mehr. Er hatte es endlich ausgesprochen, endlich den Mut gefunden, es ihr zu sagen: Die gemeinsame Zukunft, sie und er, er und sie. Und jetzt oder nie.

Aber dazu brauchte er das Geld. Er musste einen Weg finden, wie er die Übernahme von NEWTEC arrangieren konnte. Das ging, nur so viel war klar, nicht ohne Kurt Friedrich. Alles Weitere musste man dann sehen. Er nahm sein Smartphone und suchte unter den Kontakten nach der Nummer. Gerade war er dabei, den Knopf zu drücken, der den Wahlvorgang auslösen würde, als er das Geräusch an der Tür hörte. Überrascht blickte er auf. Ewa stand in der Tür, den Schlüssel noch in der Hand. Sie war, wie so oft, noch spät in der Nacht verschwunden und es war noch nie vorgekommen, dass sie am nächsten Morgen so früh zurückkehrte. Doch jetzt stand sie da, eine Tüte Brötchen in der Hand. Sie trug enge Jeans und einen schwarzen Hoodie, ihre blonden Haare lugten unter einem schwarzen Basecap hervor und ihre Füße steckten in modischen Sneakern. Ihr Make-up, sonst eher aufdringlich, war dezent. Sie ging auf ihn zu und hauchte ihm einen Kuss auf die Stirn.

„Ich habe uns was mitgebracht, zum Frühstück." Sie öffnete die Tüte, präsentierte zwei Croissants und verteilte sie auf den beiden kleinen Tellern, die sie aus der Küche holte. Danach goss sie ihm einen Kaffee aus der vor ihm stehenden Kanne nach und bediente sich dann selber. Conrad war verlegen.

„Bitte entschuldige meinen Aufzug", sagte er, „ich wusste ja nicht, dass ich zu dieser Stunde Besuch bekommen würde. Und dann auch noch so einen wunderbaren."

Sie lächelte: „Macht doch nichts, wirklich, macht gar nichts." Ewa knabberte an ihrem Croissant und nahm einen großen Schluck aus der Tasse.

„Ich habe nachgedacht", sagte sie dann. „Wirklich eine interessante Geschichte, die du mir da erzählt hast. Ich verstehe nicht viel von diesen Dingen, aber ich möchte dir natürlich gerne helfen."

Conrad ergriff spontan ihre Hand. „Wirklich?"

„Ja, wirklich. Das ist doch eine Riesenchance und du … wir sollten sie nutzen."

Conrad hielt weiter ihre Hand und drückte sie noch fester.

„Ja, du hast recht. Ganz sicher, du hast recht."

„Hast du schon einen Plan?", setzte sie nach.

„Nein, noch nicht wirklich. Aber sicher ist, dass ich als Erstes mit Friedrich reden muss."

„Das verstehe ich. Hast du nicht gesagt, dass er schon eine ganze Weile Witwer ist?"

„Ja, das ist so. Warum fragst du?"

„Ach, nur so. Ich meine, auch Witwer sind nicht scheintot. Sie haben Bedürfnisse." Ewa machte eine Pause, dann fuhr sie fort: „Nun ja, wenn ich da irgendetwas tun kann…"

Conrad lief rot an. Einen Moment lang wollte er sich einreden, sie nicht richtig verstanden zu haben, wusste aber, worauf sie hinauswollte.

„Nein, nein, das … das würde ich niemals von dir verlangen", sagte er schnell und hoffte darauf, das Thema damit beenden zu können. Ewa blieb dran.

„Du brauchst dir keine Sorgen zu machen. Ich tue da nichts anderes als sonst auch", sagte sie, ohne eine weitere Regung zu zeigen. Ewa suchte seinen Blick und hielt ihm stand.

„Hab dich nicht so. Wir haben doch ein gemeinsames Ziel und du hast selber gesagt, ohne Friedrich wird das nichts. Also sollte jeder das tun, was er am besten kann. Was uns anbetrifft, muss das doch überhaupt nichts ändern."

Conrad schien weiterhin nicht überzeugt. Er schämte sich bei dem Gedanken, wollte ihr das aber nicht eingestehen. Ewa begann, ihren Hoodie auszuziehen. Darunter trug sie ein gelbes, tief ausgeschnittenes T-Shirt, das ihre Rundungen betonte.

„Ich mache dir einen Vorschlag. Du gehst jetzt erst einmal duschen und ich mache in der Zwischenzeit das Bett. Und wenn der Herr mich dann dort besuchen möchte, bitte sehr…"

Sie warf ihren Hoodie endgültig auf den Boden und begann, ihre Jeans aufzuknöpfen.

„Und das mit dem Briefumschlag, das lassen wir heute mal…"

Kapitel 8

Berlin

Noch einmal ging Julius Bergner über den Redetext. Quatsch, dachte er, viel zu allgemein. Das ist doch nur Politsprech. Das muss griffiger werden, aber immer noch so sein, dass man ihn hier nicht festnageln konnte. Für konkrete Aussagen würde er schon selber sorgen. Mit einem grünen Stift brachte er letzte Korrekturen an. Statt „Wir wollen uns gemeinsam der Herausforderung stellen", wie es seine Redenschreiber formuliert hatten, machte er daraus ein: „Wir müssen Verantwortung übernehmen und dürfen uns nicht wegducken, wenn es um Spitzenfunktionen geht. Das kann die Bevölkerung von uns erwarten. Und das gilt auch für den Bundeswirtschaftsminister. Gerade jetzt." Dann brachte er, immer noch hemdsärmelig, das Manuskript selber in sein Vorzimmer und bat seine Sekretärin, es noch einmal neu auszudrucken.

„Sagen Sie auch der Pressestelle Bescheid, dass es hier noch Änderungen gegeben hat, wenn sie nachher den Redetext an die Nachrichtenagenturen geben", bat er.

Winter wartete schon im Vorzimmer, als er aus seinem Büro zurückkam. „Schon den neuen Text gelesen?", fragte Bergner, der inzwischen das Jackett zu dem heute sorgfältig ausgesuchten dunkelblauen Anzug übergezogen hatte. Winter nickte.

„Und? Besser?", fragte er.

„Kommt darauf an, worauf Sie hinauswollen."

„Das werden Sie heute noch erleben. Sagen Sie der Pressestelle, dass ich gerne bereit bin, nach der Rede noch einige kurze Fragen zu beantworten. Und tun Sie mir einen Gefallen und rufen Sie Kai Herrmann von der BILD-Zeitung an. Guter Mann, heller Kopf. Sagen Sie ihm, wir hätten da noch ein Extra für ihn, wenn er will, exklusiv. Nur für den Fall, dass er mich nach meinen Zukunftsplänen fragen möchte."

Der Saal war bis auf den letzten Platz gefüllt. Gottlieb Heberle, der Arbeitgeberpräsident, dämpfte mit einer Handbewegung den pflichtgemäßen Beifall, als Julius Bergner eintraf.

„Noch sind die Wunden durch das Virus nicht geheilt", sagte Heberle vom Rednerpult aus, „die schwere Krise wird noch lange nachwirken. Umso gespannter sind wir nun, was uns der Bundeswirtschaftsminister zu sagen hat. Bitte sehr, Herr Bergner, Sie haben das Wort."

Wieder ertönte Beifall, höflich bislang. Bergner schaute in die Runde. Die vielen Scheinwerfer der Fernsehteams blendeten ihn leicht. In der zweiten Reihe entdeckte er ein vertrautes Gesicht. Nein, er täuschte sich nicht. Es war tatsächlich Kurt Friedrich.

Dann hob er an, hob den Aufschwung der Wirtschaft nach der Krise hervor, dankte den Industriellen, dem Mittelstand - ja ganz besonders dem Mittelstand, schließlich stelle der die meisten Arbeitsplätze - und natürlich der Exportwirtschaft. „…Und nicht vergessen sollten wir auch die Arbeitnehmer, ihren Einsatz und ihre Geduld." Dank ihnen gehe es wieder bergauf und alle müssten auch weiterhin ihren Beitrag leisten.

Dann kam er zu seinen Korrekturen und brachte den überarbeiteten Satz von der Verantwortung an und, dass man sich gerade jetzt auch bei Spitzenfunktionen nicht wegducken dürfe. Dann machte er eine Pause, schaute wieder in den Saal vor ihm und direkt in die Kameras: „Das kann die Bevölkerung von uns erwarten und das gilt auch für den Bundeswirtschaftsminister." Wieder eine kurze Pause, danach endete er auf ein stark betontes: „Gerade jetzt."

Der Beifall nach der Rede war jetzt deutlicher, gewiss nicht tobend, aber Bergner interpretierte es so, dass eine gewisse Anerkennung darin mitschwang. Vielleicht jedenfalls. Es gab einen kleinen Empfang; Wein wurde gereicht, kleine Häppchen. Bergner schaute sich suchend um, bis er Kurt Friedrich entdeckt hatte. Er ging auf ihn zu und schüttelte ihm die Hand.

„Wie gut, Sie zu sehen. Erlauben Sie mir, Ihnen zu danken – für Ihre stets großzügige Unterstützung unserer Partei und unserer Politik."

Friedrich wehrte ab. „Solange Sie den richtigen Weg beschreiten, immer gerne, Herr Minister."

Bergner nahm ihn beiseite.

„Übrigens, wie geht es bei NEWTEC? Machen die Fortschritte?"

„Große Fortschritte, soweit ich das aus den Labors höre", sagte Friedrich. „Die Marktreife steht wohl in einigen Monaten an."

„Unter uns, wir hören da von großem Interesse aus dem Ausland. Die entsprechenden Behörden warnen sogar vor einer Übernahme. Wir sollten diesbezüglich besonders wachsam sein", sagte Bergner leise.

„Keine Sorge, Herr Minister, ich passe da schon auf. Ohne mich geht da nichts. Übrigens: interessant Rede, die Sie da gehalten haben. Von wegen der Verantwortung bei Spitzenfunktionen."

Bergner lächelte, die Botschaft war anscheinend angekommen. Er hatte eine plötzliche Idee, spontan und ungeprüft.

„Na ja, steht ja noch nicht unmittelbar an. Aber was ist eigentlich mit Ihnen? Hätten Sie nach all den Jahren nicht auch mal Interesse an einem Rollentausch?"

„Rollentausch? Was meinen Sie?"

„Eine Rolle in der Politik. Ein Mann mit Ihren Erfahrungen könnte uns da doch guttun."

„An was denken Sie genau?", zeigte Friedrich sich neugierig.

„Ist natürlich alles viel zu früh. Aber vielleicht brauchen wir ja auch mal einen neuen Bundeswirtschaftsminister. Für den Fall der Fälle, Sie verstehen ..."

„Sie meinen, wegen der Verantwortung bei Spitzenpositionen?"

„Genau. Aber warten wir das mal ab. Denken Sie in Ruhe darüber nach, ich käme dann gegebenenfalls wieder auf Sie zu."

Sie schüttelten sich die Hände. Winter hatte das Gespräch abgewartet. „Hier geht es zu den Journalisten, Herr Minister", sagte er und wies auf die Reporter, die im Vorraum Aufstellung bezogen hatten.

Mehrere Mikrofone streckten sich ihm entgegen.

„Sie haben von der Verantwortung für Spitzenpositionen gesprochen. War das etwa eine Bewerbung für das Kanzleramt?", kam gleich die erste Frage von einem Tagesschau-Reporter.

„Ich habe nur das Selbstverständliche gesagt: Dass jeder Politiker, der in der Verantwortung steht, sich nicht wegducken darf, wenn die Pflicht ruft. Gerade in diesen Zeiten der Krise", entgegnete Bergner.

„Schließen Sie aus, dass Sie sich als Kandidat zur Verfügung stellen?", setzte der Reporter nach.

„Ach, diese ewige Ausschließeritis. Das ist doch eine Dauerkrankheit in der Politik. Ein verantwortungsvoller Politiker sollte bei solchen Spielchen nicht mitmachen. Ich jedenfalls tue das nicht. Vielen Dank!"

Bergner drehte sich weg. Die TV-Teams packten ihre Kameras ein. Am Rande der Meute wartete Kai Herrmann.

„Kommen Sie", sagte Bergner. „Sie können mich im Auto auf dem Weg ins Ministerium begleiten. Dann haben wir noch Zeit, ungestört zu reden."

Der BILD-Reporter hatte bereits sein kleines Aufnahmegerät in der Hand, als sie in den schweren, schwarzen Audi einstiegen. Er schaltete es ein.

„Nun mal Klartext, Herr Minister: Wollen Sie wirklich gegen die beiden anderen, aussichtsreichen Kandidaten beim Rennen um das Kanzleramt antreten?"

„Sie wissen doch, das entscheidet nicht ein Einzelner. Das ist die vornehmste Aufgabe der Partei."

„Aber wenn die Partei Sie ausdrücklich dazu auffordern würde, würden Sie dann Nein sagen?"

„Noch einmal: Es gilt die Entscheidung der Partei. Aber wir sind hier in Berlin, im Herzen des alten Preußens. Und in Preußen stand immer die Pflichterfüllung im Vordergrund. Kein verantwortungsvoller Politiker, der das Wohl des Landes im Auge hat, hat das Recht, sich einer solchen Pflicht zu entziehen. Auch ich nicht. Es ist Zeit, dass wir hier jetzt klare Verhältnisse schaffen."

Herrmann schaltete das Gerät aus.

„Ich habe Sie sicherlich nicht falsch verstanden, dass dies eine eindeutige Ansage war. Kann ich das alles so verwenden?"

„Selbstverständlich! Wort für Wort", sagte Bergner.

Bergner war schon um sieben ins Büro gekommen, eine Stunde früher als sonst. Natürlich wollte er wissen, was Herrmann aus dem sorgfältig platzierten Interview gemacht hatte. Die BILD-Zeitung lag auf seinem Schreibtisch.

„Machtkampf in Berlin" lautete die Riesenschlagzeile. Darunter: Wirtschaftsminister tritt an und verlangt klare Verhältnisse.

Das ARD-Morgenmagazin hatte bereits mehrfach bei seinem Pressesprecher Torsten Müller angerufen, das erste Mal um fünf Uhr, dazu dreimal in der vergangenen Stunde, und dringend um ein Live-Interview gebeten. Erneut klingelte sein Handy. Schon wieder Müller.

„Sie lassen nicht locker, Herr Minister", sagte Müller. Er klang genervt. „Was soll ich denen sagen?"

„Sagen Sie, dass in der BILD-Zeitung alles steht, was im Augenblick dazu zu sagen ist", blieb Bergner ruhig.

„Aber sie wollen das Thema unbedingt weitertreiben. Das ist doch der Knaller", berichtete Müller.

„Sollen sie doch", sagte Bergner. „Seien Sie sicher, dieses Thema wird uns erhalten bleiben."

Julius Bergner wollte nicht sofort sein ganzes Pulver verschießen. Jetzt musste überlegt vorgegangen werden. Er schaltete den Fernseher ein, der an der gegenüberliegenden Wand hing. Er sah ein vertrautes Gesicht, dem er schon dutzende Male begegnet war: Hans-Peter Mertens, der Gesundheitsminister, war im ARD-Morgenmagazin zu sehen. Schau an, dachte Bergner. Er machte den Ton lauter.

„Wenn ich ehrlich bin, und das sollten wir Politiker ja sein, dann muss ich sagen: Natürlich war das auch für mich eine Überraschung", sagte Mertens gerade in die Kamera.

„Wie ernst nehmen Sie die neue Bewerbung?", setzte Julia Bellmann, die Berliner Korrespondentin des ARD-Morgenmagazins nach. „Sie galten doch schon vor der Krise als der klare Favorit und aus dem Kanzleramt war immer zu hören, dass Sie auch der bevorzugte Kandidat der Amtsinhaberin sind. Und jetzt mischt Julius Bergner das Bewerberfeld auf und verlangt klare Verhältnisse. Hat er das tatsächlich mit niemandem abgestimmt, fühlen Sie sich überrumpelt?"

„Wie ich schon sagte, überrascht bin ich schon. Die Erfahrung bei unseren politischen Wettbewerben zeigt doch, dass es nicht gut ist, wenn sich eine Partei quälend lange Personaldebatten leistet. Mehr Bewerber bedeutet nicht automatisch mehr Chancen beim Wähler, das verwirrt nur. Das ist auch Gift für den Aufschwung, gerade jetzt. Nein, das Land braucht Führung, das hat die Krise deutlich gezeigt."

„Bleiben Sie im Rennen?", versuchte es Julia Bellmann noch einmal.

„Selbstverständlich! Aber noch einmal: Jeder sollte es sich gut überlegen, ob er jetzt den Störenfried machen will."

Bergner nickte zufrieden. Mertens war offensichtlich ziemlich von der Rolle. Er hatte ihn kalt erwischt. Genauso sollte es sein. Jetzt war der offene Kampf entbrannt. Und jetzt galt es, sich um seine Gegner zu kümmern. Mertens war eindeutig verunsichert. Jetzt würde er ihn eine Weile zappeln lassen. Als Nächstes würde er sich erst einmal Reiter vorknöpfen. Die alte Geschichte, nun musste sie ans Tageslicht.

Kapitel 9

Frankfurt

Ewa blieb noch im Bett, während er Kaffee aufsetzte, ihn zu ihr brachte und dann ins Bad ging. Es war ein völlig neues Gefühl, sie morgens beim Aufwachen neben sich zu spüren, ohne dass sie ständig auf die Uhr schaute und sich auf dem Weg zu einem weiteren Kunden machte - wie sie das nannte. Sie hatte einen großen Koffer und eine schwere Tasche mitgebracht; und ihre Sachen, ohne zu fragen, neben seine in den eingebauten Kleiderschrank gehängt. Es schien ihm wie ein stark verbrauchtes Klischee, aber tatsächlich stand ihre Zahnbürste nun im Bad neben seiner. Zwar verschwand sie im Laufe des späteren Tages immer wieder für einige Stunden, ohne dies zu erklären, und er hütete sich, sie danach zu fragen, weil er fürchtete, sie könnte es sich doch noch anders überlegen. Aber sie tauchte immer wieder auf und brachte gelegentlich sogar Lunchpakete von dem kleinen Take-out-Chinesen an der Ecke mit.

Er nutzte die Zeit, um seine Notizbücher mit den alten Kontakten durchzugehen, Telefongespräche mit Geschäftspartnern von früher, mehrere davon aus dem Ausland, zu führen, Aktienkurse zu studieren und sich mit dem Kleingedruckten in Gesetzestexten zu beschäftigen. Besonders zwei Dinge beschäftigten ihn bei seinen Recherchen: die Wertsteigerung biotechnischer Konzerne und die strengen Vorgaben des Außenwirtschaftsgesetzes. Völlig legal würde das Geschäft nicht über die Bühne gehen, das war offensichtlich. Aber es war seit Jahren eben auch nichts Neues für ihn. Immer wieder hatte er Mittel und Wege gefunden, große Deals abzuwickeln und dabei Methoden zu nutzen, die an den Gesetzen vorbei zu Ergebnissen führten; mit kreativen Lösungen, wie er das nannte. Es kam schließlich auf die Details an, darauf welche Gesetze im Einzelfall galten. Und die fielen in unterschiedlichen Ländern eben auch sehr unterschiedlich aus. Was hier illegal war, war in Panama ein intensiv genutztes Geschäfts-modell.

Dreimal hatte sich Joe Miller mit einer SMS gemeldet, immer die gleiche Frage: Schon Neuigkeiten? Er hatte nur zurückge-schrieben: Noch nicht, aber ich arbeite daran. Melde mich.

Conrad hatte sein morgendliches Ritual umgestellt, duschte lange, rasierte sich sorgfältig und zog sich dann so an, dass er es für das halten konnte, was man in seinen Kreisen smart casual nannte, lässig gepflegt. Er hatte seine Kalorienzufuhr reduziert und hoffte darauf, dass sein Bauchansatz langsam, aber sicher verschwinden würde, was sich bisher aber als vergeblich heraus-stellte. Er hatte vor zwei Jahren das Rauchen eingestellt und danach zehn Kilo zugenommen, die er nicht mehr loswurde. Er holte ein weißes Hemd aus dem Schrank und zog es über, ganz so, als wollte er in die Bank gehen. Ewa hatte bisher die Nachrich-ten auf ihrem Smartphone gelesen und schien auf ihre WhatsApp-Anfragen zu antworten. Conrad gab sich keinen Illusionen hin, was das bedeutete, blieb aber bei seiner Linie, darauf nicht einzu-gehen. Jetzt, die Kaffeetasse in der Hand, blickte sie zu ihm herüber.

„Hast du schon mit ihm Kontakt aufgenommen?", fragte sie.

„Nein, noch nicht. Ich musste mir erst etwas überlegen", ant-wortete er. Conrad glaubte Ungeduld in ihren Augen zu erkennen. Er ging zum Bett herüber und küsste sie auf die Stirn.

„Ich werde ihn gleich anrufen", sagte er leise und griff nach ihrer Hand. Er hielt sie fest und sie ließ es geschehen, wandte sich aber nach einer Weile wieder ihrem Smartphone zu. Beiläufig, den Blick weiter auf den kleinen Bildschirm gerichtet, sagte sie:

„Ich habe es dir ja schon gesagt: wenn ich irgendwas tun kann…"

Es war das Letzte, was er wollte, aber er beschloss, kein Thema daraus zu machen, das vielleicht zum Streit führen konnte. Er musste eine Lösung finden. Das war seine Aufgabe und die würde er erfüllen.

Ewa war aus dem Bad gekommen, in ein enges schwarzes Kleid geschlüpft und hatte ein Paar hochhackiger Schuhe angezogen. Sie küsste ihn flüchtig auf die Wange, nahm ihre Dior-Tasche und steckte den Schlüssel ein.

„Bis später", sagte sie nur, dann verschwand sie.

Es quälte ihn jeden Tag aufs Neue, und das wurde ihm immer schmerzlicher bewusst, seitdem sie bei ihm wohnte. Andererseits empfand er ihre Anwesenheit als das größte Geschenk, als das Signal, auf das er so lange gehofft hatte: Sie hatte sich für ihn entschieden, sie gehörten zusammen. Sie wollte dieses schwierige Problem mit ihm durchstehen, sich sogar für ihn einsetzen, auch wenn er das von ihr vorgeschlagene Mittel auf keinen Fall zulassen konnte. Musste er ihr nicht ausdrücklich dankbar sein? Heute kam es ihm zumindest nicht ungelegen, dass sie nicht da war. So konnte er diesen Anruf in Ruhe hinter sich bringen.

„Ach Sie", reagierte Kurt Friedrich, als er Conrads Stimme erkannte. „Das nenn ich eine Überraschung. Mit Ihnen habe ich nun wirklich nicht gerechnet."

„Das kann ich gut verstehen, Herr Friedrich", nahm Conrad den Ball an seinem Handy auf. „Wie Sie vermutlich in der Zeitung gelesen haben, bin ich geschäftlich gerade etwas indisponiert, wenn Sie verstehen, was ich meine."

„In der Tat", antwortete Friedrich, „aber so ist es nun mal. Ich stehe hier in Kronberg auf dem Golfplatz am fünften Loch. Es regnet, aber da muss man durch. Um es kurz zu machen: Was kann ich für Sie tun?"

„Das trifft sich gut, Herr Friedrich. Genau darum geht es. Ich wollte Ihnen gerade vorschlagen, ob wir uns mal wieder zum Golfspielen treffen könnten? Sozusagen wie in alten Zeiten. Ich hätte da eine Idee, und die würde ich sehr gerne mit Ihnen besprechen."

Conrad merkte, wie Friedrich zögerte. Er konnte es ihm nicht verübeln. Wer hatte im Augenblick noch Lust, sich mit einem wie ihm zu treffen. Jemandem der doch aus der Umlaufbahn dieser Welt der Hochfinanz geschleudert worden war, der jetzt ein Außenseiter war, der schlechte Nachrichten bedeutete?

„Na ja, meinetwegen", hörte er Friedrich sagen. „Mein Partner hat sich zufällig für die morgige Runde krankgemeldet. Also abgemacht, morgen früh um zehn. Volle Runde, natürlich. 18 Loch. Sonst lohnt es sich ja nicht. Und Conrad: Es regnet in Strömen. Bringen Sie gutes Wetter mit."

Conrad legte auf und atmete tief durch. Dann tippte er eine SMS in sein Smartphone. „Treffen morgen früh." Er drückte auf Senden. 30 Sekunden später kam die Antwort. Joe Miller schickte ein Emoji, ein grinsendes Gesicht.

Kapitel 10

Kronberg/Taunus

Das Tief Oskar hatte sich über Westdeutschland festgesetzt. Es regnete und regnete, nur gelegentlich klarte es auf. Peter Conrad war beunruhigt. Würde Friedrich unter diesen Umständen wirklich kommen?

Als er bei dem Kronberger Golf- und Land-Club ankam, sah er Friedrichs Jaguar bereits auf dem Parkplatz stehen. Er hievte den Sack mit den Schlägern aus dem Kofferraum seines VW, stellte ihn auf den Trolley und ging los. Nicht, dass er viel von Golf verstand. Er konnte gerade so mithalten und wurde mit seinem Handicap von 35 von den meisten Mitspielern eher bemitleidet. Für ihn war Golf immer nur Mittel zum Zweck: Verbindungen knüpfen, sie erhalten, Gespräche führen. Deshalb war er schon seit Jahren Mitglied in diesem Prestige-Club vor den Toren der Finanzmetropole Frankfurt. Friedrich dagegen war dem Spiel verfallen, nahm es ernst und ließ keine Gelegenheit aus.

Kurt Friedrich wartete schon beim Abschlag auf ihn. Er trug eine wasserdichte Jacke und eine dunkle Schirmkappe. Er hatte bereits einen Schläger in der Hand. Conrad hoffte darauf, dass Friedrich ein Einsehen haben und sich mit einer Neun-Loch-Runde zufriedengeben würde. Aber gerade in diesem Augenblick klarte es auf und Friedrich grinste:

„Volle Runde, so wie verabredet. Ready Golf, spielen statt warten." Und trotz seines Handicaps von 14, das ihm die Ehre einräumte, als erster schlagen zu dürfen, fügte er gönnerhaft hinzu: „Sie fangen an."

Ergeben zog Conrad seinen Schläger, einen Driver, holte nervös und unkonzentriert aus und verfehlte den geteeten Ball, traf aber nicht gleich. Friedrich ließ den Luftschlag als Probeschlag gelten. Conrad riss sich zusammen, teete erneut auf und schlug ab. Der Ball landete nach 100 Metern. In dem Moment starben die letzten Hoffnungen auf ein schnelles Spiel. Es würde dreieinhalb Stunden dauern, mindestens, und am Ende wäre er klatschnass. Der Platz galt als anspruchsvoll, enge Fairways mit Gebüsch und Bäumen an den Seiten. Das Terrain erforderte möglichst präzise und gerade Schläge. Bald kam er trotz des nassen Wetters ins Schwitzen. Aber er brauchte das Gespräch mit Friedrich allein schon, um Ewa nicht zu enttäuschen.

Nach zehn Minuten setzte der Regen wieder ein. Friedrich verzog keine Miene. Conrad hatte bald den Eindruck, dass sein Partner es geradezu genoss, ihn über die volle Strecke von 4938 Metern zu quälen. Vorbei an den mächtigen, teils exotischen Baumriesen und den blühenden Rhododendronbüschen, die dem Club am Rande des Taunus vor der eindrucksvollen Kulisse des Schlosshotels den Ruf eingebracht hatten, eine der schönsten Golfanlagen des Landes zu sein.

Endlich hatte er es überstanden. Natürlich hatte Friedrich haushoch gewonnen und war nicht einmal darauf angewiesen, Conrads negative Handicap-Vorgabe hinzuzurechnen, die ihn zusätzlich begünstigte. Er war gut gelaunt. Im Casino saßen lediglich die wenigen Spieler, die ebenfalls dem Regen getrotzt hatten. Conrad achtete darauf, dass er einen Platz im Clubrestaurant fand, der nicht direkt in Hörweite der anderen Gäste lag. Unter einem der Halbbögen setzten sie sich an einen kleinen, mit lachsfarbenen Tulpen dekorierten Tisch. Als der Kellner kam, bestellte Friedrich Wildgulasch und Conrad schloss sich an.

Friedrich orderte einen Rotwein, einen Merlot, und aß mit großem Appetit. Conrad tat sich schwer, war innerlich angespannt und hätte am liebsten die Hälfte übriggelassen. Den angebotenen Wein lehnte er ab.

„Sie wollten etwas mit mir besprechen, Conrad? Also raus mit der Sprache", ergriff Friedrich das Wort.

„Die Zeiten sind schwierig", versuchte Conrad einen Einstieg.

„Ach Conrad, das Schwarzmalen muss ein Ende haben. Die Viruskrise ist vorbei. Haben Sie sich heute schon mal die Aktienkurse angesehen?", reagierte Friedrich.

„Genau deshalb sitze ich ja hier", beeilte sich Conrad, den Hinweis aufzunehmen. „Gerade wenn die Zeiten schwierig sind, soll man ja einsteigen."

„So ist es Conrad, genau so. Was schlagen Sie vor?"

„Es geht um NEWTEC. Sie sind der Großinvestor. Und ich habe einen Interessenten an der Hand, der Ihnen Ihre Anteile abkaufen will, mindestens 51 Prozent. Zu einer Summe, die keinen Wunsch mehr offenlässt. Und da wäre, unter uns, sogar noch Luft nach oben. Allerdings: Der Interessent kommt aus dem Ausland. Aus einem ziemlich fernen, sehr großen Ausland."

Friedrich nahm einen Schluck aus seinem Rotweinglas.

„Und dafür lassen Sie sich fast vier Stunden im Regen über einen Golfplatz jagen? Sind Sie noch ganz bei Trost? Sie wissen doch, schon die gesetzliche Grundlage macht das unmöglich. Das wird die Regierung niemals genehmigen. Biotech-Firmen stehen im Augenblick unter besonders scharfer Beobachtung. Sie sind doch nicht blöd. Wer an der Viruskrise verdienen will, der muss sich schon was anderes einfallen lassen."

Conrad hatte erwartet, dass das Gespräch nicht einfach sein würde, war aber von der harschen Reaktion schockiert.

„Sehen Sie, das weiß der Interessent natürlich auch. Wir müssten eben etwas kreativer vorgehen. Zum Beispiel die Anteile stückeln und auf dem Papier an verschiedene Investoren verteilen, dass sie immer unter zehn Prozent bleiben. Aber eben nur auf dem Papier. Über eine Reihe von Firmen laufen sämtliche Anteile wieder beim Interessenten zusammen. Am Ende kommt es doch nur darauf an, dass Sie dabei einen kräftigen Gewinn machen. Und den kann ich Ihnen garantieren."

„An was hatten Sie dabei gedacht?" Friedrich schaute ihn mit einem lauernden Blick an.

„Eine Milliarde", sagte Conrad.

„Schöne runde Summe", entgegnete Friedrich. „Und die Stückelung, wie genau soll das funktionieren?"

„Panama, Cayman Islands, Malta", erläuterte Conrad.

„Briefkastenfirmen?"

„Ja, so in der Art."

Friedrich winkte dem Kellner und zeigte auf sein Glas. Der kam gleich darauf mit der Rotweinflasche und goss nach. Friedrich nahm einen tiefen Schluck und ließ ihn sich genüsslich auf der Zunge zergehen.

„Mein Gott, Conrad, das klingt ja wie in einem schlechten Film. Hätte nicht geglaubt, dass Sie mich für so naiv halten. Lesen Sie keine Zeitungen? Alle sind verrückt nach einem Impfstoff. Diese Milliarde kommt sehr leicht zusammen. Auch ohne Ihren Firlefanz."

Wieder hob er sein Glas und genoss den dunkelroten Merlot.

„Ich wünsche Ihnen einen schönen Tag, Herr Conrad."

Conrad sah sich nach dem Kellner um, um seine Rechnung zu begleichen, doch Friedrich winkte ab.

„Lassen Sie mal, das mache ich. Geschäftsessen. Setze ich von der Steuer ab, ganz legal natürlich. Ich denke, Sie werden ihr Geld noch brauchen."

Peter Conrad nahm es so, wie es gemeint war. Eine herablassende Geste, die ihm klarmachen sollte, dass er verloren hatte.

Kurt Friedrich sah Conrad hinterher, als er seine schwere Golftasche schulterte und das Casino verließ; hinaus in den Regen, der noch immer, wenn auch nicht mehr so stark, aus dem Himmel nieselte.

Was für ein Loser, dachte er. Beinahe überkam ihn ein Anflug von Mitleid. Auch er hatte sich seinen Reim auf Conrads Rauswurf bei der Bank gemacht. Die wollen sich unbedingt bei Cum-Ex einen schlanken Fuß machen und diese arme Sau, dieser Conrad, muss dafür den Kopf hinhalten. Friedrich war froh, dass er sich nicht auf diese Steuergeschäfte eingelassen hatte, obwohl die Bank sie auch ihm nachdrücklich angeboten hatte.

Er griff zu seinem Handy und wählte eine Berliner Nummer aus seinen Kontakten aus. Es klingelte mehrfach und er wollte den Anruf gerade abbrechen, als er doch noch eine Stimme am anderen Ende der Leitung hörte.

„Hallo?", sagte Julius Berger.

„Hallo Herr Minister, Friedrich hier."

„Ah, Sie sind´s Endlich mal ein erfreulicher Anruf in diesen aufgeregten Zeiten. Schön von Ihnen zu hören. Kann ich irgendetwas für Sie tun?"

„Ich wollte Sie nur kurz darüber informieren, dass Sie bei unserem letzten Treffen recht hatten. Es gibt tatsächlich ein Rennen um die Mehrheit bei NEWTEC, offenbar im internationalen Stil. Ich habe gerade einen Versuch abgewimmelt, mich zu ködern. Aber ich denke, Sie sollten aufpassen", berichtete Friedrich.

„Wie kam das zustande?"

„Dieser Conrad hat mich kontaktiert, Sie wissen, dieser Cum-Ex-Mann, den die Bank rausgeschmissen hat. Einzelheiten hat er nicht genannt, aber mein Gefühl sagt mir, dass es bei diesen Größenordnungen eigentlich nur China sein kann."

„Cum-Ex? Das ist ein böses Krebsgeschwür. Das wächst. Unter uns gesagt: Da stehen wir erst am Anfang. Das wird noch manchen in die Tiefe reißen", stieg Bergner spontan auf das Thema ein.

„Aber bleiben wir bei NEWTEC und dem Übernahmeangebot. Wie haben Sie reagiert?"

„Ich habe Conrad natürlich abblitzen lassen. Warum sollte ich mich darauf einlassen? Das ist auch so eine bombensichere Anlage. Und außerdem weiß ich doch, dass Sie schon per Gesetz wegen den Daumen da draufhalten müssen."

„Sie sind ein wahrer Patriot, Herr Friedrich. Wirklich vorbildlich", hörte er Bergners Stimme.

„Übrigens, gute Show mit Ihrer Kandidatur für das Kanzleramt", schob Friedrich nach.

„Gut, dass Sie das erwähnen. Ja, das läuft im Augenblick ganz gut. Und denken Sie daran, was ich Ihnen angeboten habe: Wenn das Ding läuft, dann sind Sie mein Kandidat für das Amt des Bundeswirtschaftsministers. Ein Mann aus der Praxis, der was vom Geld versteht, und, wie sich wieder zeigt, ein Mann, der nicht nur an sich, sondern auch an die Interessen des Landes denkt."

Bergner machte eine kurze Pause, überlegte offenbar.

„Soll ich Sie da mal ins Gespräch bringen? Nicht direkt natürlich. So, dass man es immer noch abstreiten kann. Aber es könnte die Debatte beleben, einen so erfolgreichen Namen mit auf der Liste zu haben."

Friedrich wollte spontan Nein sagen, sein Bauchgefühl riet ihm, besser die Finger davon zu lassen, kein Teil der Ränkespiele der Berliner Politik zu werden. Damit kannte er sich nicht aus. Er war einer, der selber die Kontrolle behalten und sich nicht anderen ausliefern wollte. Der lieber im Hintergrund die Fäden zog und damit jahrelang sehr erfolgreich gewesen ist. Aber dann brach das durch, was er immer zu unterdrücken versucht hatte: die Suche nach Anerkennung. Endlich aus dem Schatten herauszutreten, endlich nicht immer nur der Investor zu sein. In der Fachwelt genoss er selbstverständlich große Bewunderung für seine zumeist gewinnbringenden Investitionen. Die fanden dann im Handelsblatt Erwähnung; doch stets im Kleingedruckten, stets auf den hinteren Seiten. Seit Gertruds überraschendem Tod vor zwei Jahren spürte er diesen Drang noch mehr. Sie hatte ihm Halt gegeben, Erdung, einen Lebensinhalt. Der fehlte jetzt. Herr Minister Friedrich, das klang doch irgendwie gut. Mit am Kabinettstisch zu sitzen, wenn die großen Entscheidungen fielen, auf der Regierungsbank im Bundestag.

„Wenn Sie meinen …", hörte er sich sagen. Fast so, als ginge es um einen Dritten, nicht um ihn selbst.

„Danke, lieber Herr Friedrich. Sie sind wie immer eine große Hilfe. Ich kümmere mich darum", sagte Bergner und legte auf. Friedrich hielt noch einen Moment das Handy an sein Ohr, unsicher, worauf er sich da gerade eingelassen hatte.

Kapitel 11

London

Es war schiefgegangen. Peter Conrad hatte nicht geliefert. Das war der einfache Sachverhalt. Das große Geld blieb aus - für Conrad, für die Security International und für ihn. Und natürlich für den Auftraggeber im Hintergrund, der keinerlei Verständnis dafür hatte, dass ihm dieser Milliardendeal nicht gelingen würde. Sollte, konnte er das hinnehmen? Es stand viel mehr auf dem Spiel als nur das Geld. Die Reputation der Firma, sein eigener Ruf.

Joe Miller war gerade von einem langen Lauf durch den Hyde Park zurückgekommen. Seit seiner Militärzeit gehörte das zu seinen festen Routinen und auch bei seinen Einsätzen für die CIA hatte er immer versucht, fit zu bleiben.

Obwohl er dazu in der Lage wäre, nahm er nicht an größeren Rennen wie dem London-Marathon teil. Zu viele Handybilder, zu große Fortschritte bei der Gesichtserkennung und er wollte lieber keine unnötigen Spuren hinterlassen. Genauso hielt er es mit seiner Lauf-Uhr, die wie alle anderen Fitness-Tracker über GPS gesteuert wurde und ihre Daten auf einen Satelliten sendete, der sie zurück auf die Erde strahlte. US-Truppen in Afghanistan hatten diese Lektion lernen müssen. Weil viele Soldaten Fitness-Tracker trugen, konnte man die Orte nachvollziehen, an denen sie zum Einsatz kamen.

Er trank eine Flasche Mineralwasser in einem Zug aus und warf sie ärgerlich in die Mülltonne. Sollte er Conrad völlig abschreiben? Welche Möglichkeiten gab es noch, an Friedrich heranzukommen? Er blieb die Schlüsselfigur, ohne die erst einmal nichts ging.

Hans, den er mit der Observation in Frankfurt beauftragt hatte, hatte von der Blondine berichtet, die bei Conrad eingezogen war. Es dauerte nicht lange, dann hatte er ein Profil geliefert: Fotos, ihre Aktivitäten, ihre ständigen Besuche bei unterschiedlichen Adressen. Es war nicht kompliziert herauszufinden, was sie trieb. Sie war eine Hure, offenbar eine von den teureren. Und sie lebte jetzt bei Conrad. Warum?

Vielleicht ein Einstieg, wenn sie den Fall Friedrich noch einmal neu aufrollten.

Fred war seit zehn Minuten überfällig. Miller hasste Unpünktlichkeit - selbst bei ihm. Endlich klingelte es an der Tür.

„Es gab einen Unfall. Irgendein Idiot hat sich vor die U-Bahn geworfen", erklärte Fred. „Seit diesem Virus flippen offenbar noch mehr aus als früher." Miller nahm es schweigend hin.

„Es hilft nichts, wir müssen uns diesen Friedrich nochmal ganz gründlich vornehmen. Keiner ist ohne Fehler, jeder hat eine dunkle Seite. Vor allem, wenn er so viel Kohle hat. Geld ist immer der richtige Ansatz. Hör dich um, setz unsere Experten da dran. Sie sollen alles durchgehen, weltweit. Hörst du: alles, wirklich alles. Ich will Ergebnisse, und zwar schnell."

Er ging zu der Kommode herüber, öffnete sie und holte die Whiskeyflasche heraus. Er füllte zwei Gläser und reichte eines davon an Fred weiter.

„Verdammt nochmal, Fred! Wir haben schon so vieles geschafft, wir werden doch jetzt nicht aufgeben."

Fred prostete ihm zu.

„Und sag Hans, er soll sich ganz besonders diese Blondine noch mal genauer ansehen. Ich glaube, ich sollte selbst mal mit ihr reden."

Kapitel 12

Berlin

Julius Bergner war pünktlich. Es war genau acht Uhr, als er Unter den Linden das Café Einstein betrat, das mit seiner roten Markise um Aufmerksamkeit warb. Die Morgensonne hatte das Brandenburger Tor, das sich unweit am westlichen Ende der Straße erhob, in strahlendes Licht getaucht.

„Ihr Gast ist schon da", sagte einer der Kellner, der ihn regelmäßig bediente, wenn er sich im Einstein mit Vertretern aus der Politik, den Medien oder aus der Welt der Wirtschaft verabredete. Von den Wänden schauten Schwarz-Weiß-Fotos von Willy Brandt, aber auch mehrfach Marilyn Monroe aus großen, braunen Holzrahmen auf die Gäste hinab. Auch an diesem Morgen waren die Tische im hinteren Bereich bereits gut besucht, an denen in Berlin so viele Fäden gezogen, so viele vertrauliche Gespräche geführt wurden. Alles informell, alles ohne Protokoll, aber dafür umso gewichtiger. Der Kellner führte ihn an vielen bekannten Gesichtern vorbei, Gäste, die nur kurz aufschauten, knapp nickten und sich dann wieder ihren Gesprächspartnern zuwandten. Wer sich hier traf, der gehörte zum inneren Zirkel. Niemand wunderte sich, Bergner hier zu sehen und auch nicht, dass er sich mit dem BILD-Mann einließ.

Kai Herrmann erhob sich, als der Kellner Julius Bergner zu seinem Tisch bugsierte. Sie schüttelten sich die Hände und für einen Moment lang hatte Bergner tatsächlich überlegt, ob er das nicht besser unterlassen solle, denn in der Krise hatte man sich das in Berlin abgewöhnt.

„Danke nochmal für die schöne Schlagzeile über den Machtkampf in Berlin. Sie haben die Situation gut auf den Punkt gebracht", sagte Bergner.

„Ja, das lief ziemlich gut, sowohl online wie auch in der Print-
ausgabe. Hat sich an dem Tag deutlich besser verkauft als sonst",
antwortete Herrmann.

„Wie schätzen Sie, unter uns, das Rennen ein? Der Ministerpräsident konnte in der Krise punkten. Starke Führung, klare
Ansagen, das mögen die Leute. Und das ergibt gute Umfragewerte", legte er nach.

„Ja, mag sein", räumte Bergner ein. „Aber Sie wissen doch: In
der Politik gibt es immer wieder neue Überraschungen."

„Überraschungen? Habe ich etwas verpasst?"

„Dafür ist die Zeit noch nicht reif. Aber denken Sie an unser
Gespräch von heute zurück, wenn es soweit ist. Falls Sie gerne
wetten, setzen Sie noch nicht all ihr Geld auf den Ministerpräsidenten. Das könnte sich noch böse rächen."

„Ich gebe zu, Sie machen mich neugierig", versuchte Herrmann ihm noch weitere Informationen zu entlocken.

„Das verstehe ich. Und seien Sie versichert, Sie werden der
Erste sein, der es erfahren wird, wenn der Tag gekommen ist. Das
wird Ihre Auflage nochmal deutlich steigern."

Bergner biss in das Lachsbrötchen, das ihm der Kellner wie immer zusammen mit einem starken Kaffee und einem Glas
Orangensaft serviert hatte. Eigentlich wollte er sich auf keinen
Fall weiter auf das Thema einlassen, konnte es dann aber doch
nicht für sich behalten.

„Sie sind zu jung, um sich zu erinnern, aber damals, im großen
Watergate-Skandal in den USA, gab es ein Motto: Follow the
money, folge dem Geld. Und wissen Sie, wie das endete? Mit dem
Rücktritt von Richard Nixon, dem damaligen Präsidenten." Bergner merkte, wie Herrmanns Aufmerksamkeit wuchs, aber weiter
als mit dieser Bemerkung würde er auf keinen Fall gehen, jedenfalls jetzt nicht.

„Und was ist mit Mertens? Als Gesundheitsminister hat er doch auch einen guten Job gemacht. Außerdem ist er Muttis Liebling."

Bergner lächelte.

„Ja, das stimmt. Das muss der Neid ihm lassen. Aber wir beide wissen, was alle in Berlin wissen, inklusive ihm selbst: Er ist einfach noch zu jung. Er hat jetzt den Hut in den Ring geworfen, um auf sich aufmerksam zu machen – für später. Er kann sich Zeit lassen und glaubt, dass er immer noch ans Ziel kommen wird. Nur eben nicht sofort."

„Bleiben also nur noch Sie, wenn ich das richtig verstehe", warf Herrmann ein.

„Es wird Sie überraschen, aber so sehe ich das auch." Bergner lächelte erneut.

„Und wenn Sie die Geschichte zum Machtkampf in Berlin fortschreiben wollen, habe ich hier noch etwas für Sie."

Er sah, wie Herrmann seinen Kugelschreiber zückte, der bisher unangetastet neben seinem Notizblock gelegen hatte.

„Ich mache mir Gedanken über den Tag danach. Ich möchte mit einem überzeugenden Team antreten. Und da habe ich schon mal einen Namen."

Herrmann führte die Spitze seines Kugelschreibers auf den oberen Teil des Notizblocks.

„Ich höre", sagte er.

„Kurt Friedrich, der große Investor. Ein hervorragender Kenner der deutschen und internationalen Wirtschaft. Er würde bestimmt einen guten Wirtschaftsminister abgeben. Außerdem ist er der wichtigste Teilhaber bei NEWTEC und wenn die mit dem Impfstoff erfolgreich sein werden, und davon gehe ich aus, dann hat er mit seinem Investment auch eine wichtige patriotische Tat vollbracht, die Deutschland nach vorne bringen wird."

Herrmann schrieb und blickte dann auf.

„Und? Wird er mitmachen?"

„Davon gehe ich aus", sagte Bergner, „aber natürlich haben Sie das nicht von mir persönlich gehört. Irgendwie aus Berliner Parteikreisen oder einer ähnlichen Quelle. Ich kann das nicht offiziell bestätigen, rate aber, es im Auge zu behalten. Das wird die Diskussion weiter vorantreiben, da bin ich mir sicher."

Herrmann klappte seinen Notizblock zu. Er hatte es plötzlich eilig.

„Ich werde mal sehen, was man daraus machen kann", sagte er. Er winkte dem Kellner zu.

„Die Rechnung bitte."

Kapitel 13

Frankfurt

Hans hatte kein Problem, sie zu finden. Auf der App des Escort-Service „Blue Moon" entdeckte er die relevanten Angaben über Ewa, inclusive eines eindeutigen Fotos. Er mailte den Link an Joe Miller, zusammen mit dem Hinweis, dass das Hessen Palais offensichtlich ihr bevorzugtes Revier war. Sicherlich wegen des zahlungskräftigen Publikums, das sich von den hohen Preisen nicht abschrecken ließ, die der Escort-Service für seine Mädchen aufrief. Einen Versuch war es wert.

Joe Miller hatte die Morgenmaschine der Lufthansa genommen und saß im Taxi auf dem Weg in die Innenstadt. In der Ferne sah er die gläsernen Türme der Banken in den blauen Himmel ragen, die das Image der Stadt geprägt hatten.

Wenn dieser Deal durchging, dann würde auch er in eine andere finanzielle Liga aufsteigen, dachte Miller; endlich. Als die CIA ihn nach dem Desaster in Bagdad rausgeworfen hatte, hatte er die hunderttausend Dollar mitgehen lassen, die er heimlich von dem Geld abgezweigt hatte, das er eigentlich gehortet hatte, in kleineren Summen, die er an sunnitische Stammesführer hätte verteilen sollen, um die schiitischen Milizen einzudämmen, deren Einfluss dank iranischer Unterstützung, immer weiter zunahm. Und bis heute war er überrascht, dass dieser Diebstahl niemandem aufgefallen war. Aber die Zeiten waren hektisch und der Chief of Station ohnehin ein Versager. Zugegebenermaßen hatte er damals ebenso wenig Ahnung von Geld, investierte in einen Hedgefonds, der bald darauf pleiteging, und die Hunderttausend waren weg.

Manchmal ertappte er sich dabei, an seine Kindertage in Montana zurückzudenken. Damals hatte er es dort gehasst, fühlte sich abgehängt von der großen weiten Welt da draußen, wollte nur raus, so weit weg wie möglich.

Was wohl aus Carolyn geworden war, dem Mädchen von der Farm nebenan? Sie hatte ihm erst hinterher gebeichtet, dass sie schwanger geworden war und abgebrochen hatte. Das war der Tag, an dem er sich in Billings beim Rekrutierungsbüro der Army gemeldet hatte und sofort genommen worden war. Er hatte Carolyn nie wiedergesehen.

Jetzt fragte er sich, ob die Weite Montanas, die grandiose Leere, nicht genau das war, was ihm wirklich fehlte. Und ein Mädchen wie Carolyn. Weg von allem; diesem verdammten Job, dem Druck, den Heimlichkeiten. Und weg von den Toten. Er wischte den Gedanken beiseite. Das war der falsche Tag für sentimentale Nostalgie. Wenn er sein Leben überhaupt ändern wollte, dann musste er erst einmal die Voraussetzungen dafür schaffen. Und dafür brauchte er Geld. Viel Geld.

Sie wartete in der Lobby des Hotels auf ihn. Sie war ganz in schwarz gekleidet: ein enger Hosenanzug, hochhackige Schuhe, eine schwarze Dior-Tasche, alles in allem elegant. Nur das grelle Rot ihrer Lippen und auch das Schwarz, mit dem sie ihre langen Wimpern betont hatte, waren etwas zu aufdringlich. Dennoch: Sie war attraktiv, dachte er. Damit konnte man arbeiten. Er wandte sich ab und checkte an der Rezeption ein.

„Da ist ja Ihre Reservierung, eine Nacht, Mr. Miller", sagte die junge Frau an der Rezeption, nachdem sie einen Blick auf den Computerbildschirm geworfen hatte. „Wenn Sie das noch kurz ausfüllen könnten?" Miller unterschrieb den Anmeldeschein. „Einen schönen Aufenthalt, ich hoffe, Sie fühlen sich bei uns wohl. Ein Page wird Sie gleich auf ihr Zimmer begleiten."

„Nein, nein, nicht nötig. Ich komme schon zurecht", wies er das Angebot zurück. Am anderen Ende der Hotelhalle nahm er den Mann wahr, der dort in einer Zeitschrift blätterte. Hans nickte nur ganz kurz in seine Richtung und vertiefte sich dann erneut in sein Automagazin.

Miller wandte sich wieder der blonden Frau zu, die in einem Sessel saß und ihn beobachtete. Noch einmal überprüfte er das Foto auf seinem Handy und verglich es mit der Person vor ihm. Es gab keinen Zweifel. Das musste die Frau sein, die der Escort-Service als Ewa anbot. Er hatte sie für ein Treffen im Hessen Palais gebucht.

Joe Miller ging auf sie zu. Ihr Lächeln war angemessen, professionell eben, dachte er. Ihre Augen blieben kühl und abwartend.

„Joe Miller, einfach Joe." Sie reichte ihm die Hand.

„Freut mich, Joe, ich bin Ewa." Sie erhob sich und wieder stellte er fest, dass sie eine attraktive Erscheinung war.

„Gehen wir?", fragte sie und nahm ihn bei der Hand. „Ich hoffe, das Zimmer entspricht Ihren Erwartungen."

Wenige Augenblicke später betraten sie das Zimmer im dritten Stock. Ewa zog die Vorhänge zu und begann, die Jacke ihres Hosenanzugs aufzuknöpfen. Sie zeigte auf die Minibar. „Noch einen Drink vorher?" „Gerne", sagte er. „Ich nehme einen Whiskey. Und du?"

„Champagner", antwortete sie. Er öffnete den Kühlschrank und stellte die beiden Fläschchen auf den Tisch der Sitzgruppe neben dem breiten Doppelbett. Er öffnete sie und goss den Inhalt in die Gläser.

Nachdem sie getrunken hatten, zog Ewa die Jacke aus und warf sie auf den Sessel. Sie beugte sich zu ihm herüber und lockerte seine Krawatte, aber er lehnte sich zurück, blieb einfach sitzen.

„Gibt es ein Problem? Gefalle ich Dir nicht?", fragte sie offensichtlich irritiert.

„Nein, nein, ganz im Gegenteil", sagte er und drehte das Whiskeyglas in seiner Hand. „Aber hier geht es um ein Geschäft, nicht um Sex."

Sie blickte auf, überrascht, schien aber weiter gelassen.

„Ich höre", sagte sie.

„Wir wissen, dass du mit einem gewissen Herrn Conrad zusammenlebst. Er soll einen Deal mit einem Investor arrangieren. Aber es geht nicht voran."

Ewa zog es vor, erst einmal nicht darauf einzugehen.

„Und wir haben uns gedacht, du könntest dabei helfen, Kurt Friedrich umzustimmen. Als Frau, wenn du verstehst, was ich meine. Sozusagen als Geschäftspartnerin von Conrad."

„Geschäftspartnerin?"

„Wir stellen ihm eine stattliche Summe Geld zur Verfügung und wenn du erfolgreich bist, dann sollte er einen angemessenen Teil an dich weitergeben."

Ewa gab nicht zu erkennen, was sie für angemessen hielt und hielt ihm stumm das Champagnerglas hin. Miller füllte nach. Sie leerte es zur Hälfte.

„Conrad ist von dieser Art der Arbeitsteilung nicht begeistert", sagte sie schließlich. „Er ist da, wie soll ich sagen, etwas romantisch drauf, was mich angeht."

„Es geht hier nicht um Begeisterung. Hier geht es strikt ums Geschäft, ein ziemlich großes Geschäft. Jeder muss seinen Teil dazu beitragen, dass es zustande kommt. Das werden wir Conrad gerne noch einmal klarmachen."

„Das wird nicht einfach werden", warf sie ein.

„Das lass mal unsere Sorge sein. So wie ich das einschätze, ist er nicht unbedingt in der Position, besonders wählerisch zu sein. Die Frage im Augenblick ist ganz einfach: Bist da dabei?"

Ewa leerte nun das Glas ganz.

„Ja, ich bin dabei."

Miller füllte noch einmal nach und prostete ihr dann mit seinem Whiskey zu.

„Willkommen an Bord", sagte er. Nachdem sie ausgetrunken hatten, ging Miller auf die Einzelheiten ein.

„Wir werden dieses Zimmer für die nächsten zwei Wochen buchen. Du sollst es nutzen, sobald du Friedrich herumkriegst. Nur dieses Zimmer, verstehst du."

Ewa nickte und zog es vor, keine weiteren Fragen zu stellen. Sie blickte auf die Uhr.

„Tut mir leid, ich muss los. Ich habe noch einen anderen Termin."

Miller stand auf, holte ihre Jacke und half ihr hinein. Als sie vor ihm stand, küsste er sie auf die Stirn. Einen Moment lang standen sie sich so gegenüber, ohne sich zu rühren. Kurz lehnte sie ihren Kopf an seine Schulter, dann drehte sie sich weg und ging.

Miller setzte sich wieder auf den Sessel und goss sich einen weiteren Whiskey ein. Er trank ihn langsam aus und schaute in das leere Glas.

Endlich griff er zu seinem Smartphone und rief Hans an, der in der Lobby gewartet hatte. Hans brauchte eine Viertelstunde, um das Mikrofon und zwei Mini-Kameras im Zimmer zu installieren. Dann war er wieder verschwunden. Miller legte sich auf das große Doppelbett, schloss die Augen und stellte erschrocken fest, dass er an Ewa dachte.

Kapitel 14

Berlin

Als er kurz vor 9:30 Uhr den Saal für die Kabinettssitzung im Kanzleramt betrat, saß Hans-Peter Mertens bereits auf seinem Platz an dem langen Tisch und las in der BILD-Zeitung. Der Gesundheitsminister grinste, als er Julius Bergner kommen sah.

„Schon gelesen?", fragte er. Natürlich kannte Bergner den Text schon. Alle in diesem Raum kannten ihn.

„Machtkampf geht weiter", lautete die Schlagzeile. „Kandidat Bergner bildet schon sein Regierungsteam – Kurt Friedrich soll Wirtschaftsminister werden."

„Ach Gott, Sie kennen das Gewerbe nun wirklich gut genug", sagte Bergner in Richtung Mertens. „Da hat wieder mal ein übereifriger Korrespondent versucht, eine Geschichte zusammenzuschustern. Es gibt doch überhaupt keine richtige Quelle dafür. Aus Parteikreisen, steht da. Na ja, was hat das schon für ein Gewicht. Sie wissen doch: Personalspekulationen sind das liebste Thema in der Hauptstadt, in den Medien sowieso. Haben wir im Augenblick nichts Besseres zu tun?"

Mertens wandte sich, immer noch grinsend, wieder seiner Lektüre zu. Sorgfältig studierte er die Zahlen, die in einem anderen Artikel wiedergegeben wurden: die letzten Umfragen aus dem Politbarometer des ZDF. Bei den Popularitätswerten hatte die Kanzlerin einen weiteren Sprung nach oben gemacht, nachdem sie mehrere Jahre einen schweren Stand hatte. Beim anstehenden Rennen um ihre Nachfolge hatte sich der Ministerpräsident Edgar Reiter weiter verbessert, auf 1,9. Er profitierte weiterhin von seiner nachdrücklichen Haltung in der Krise. Mit großem Abstand hielt sich Julius Bergner bei 1,5. Er selbst reihte sich mit 1,6 knapp vor dem Wirtschaftsminister ein. Mertens warf ihm einen Blick zu und beobachtete Bergner dabei, wie er so tat, als interessiere ihn die Zeitung nicht weiter. Inzwischen war Kanzlerin Annegret Winkler dazu gekommen. Sie betätigte kurz die Schelle, die auf dem Tisch vor ihr stand. Die Fernsehteams, die für die ersten Augenblicke der Kabinettssitzung zugelassen worden waren, um aktuelle Bilder für die Nachrichtensendungen zu produzieren, verließen den Raum. Die BILD-Zeitung, die Mertens demonstrativ auf der Tischplatte vor ihm liegen gelassen hatte, übersah sie geflissentlich.

Routiniert arbeitete die Kanzlerin die Tagesordnung ab: die weiteren Hilfsmaßnahmen für die Wirtschaft, der bevorstehende Gipfel der Europäischen Union, die komplexen Beziehungen zur Türkei. Dann trug die Ministerriege ihre Projekte vor. Bergner meldete sich noch einmal zu Wort.

„Ein wichtiger Punkt noch: Sie alle kennen vermutlich den BND-Bericht, der vor der Übernahme der Firma NEWTEC warnt. Wir haben Grund zu der Annahme, dass an diesem Bericht etwas dran ist."

„Wissen wir schon mehr, wer dahintersteckt?", fragte die Kanzlerin.

„Wir wissen es nicht genau, aber wir glauben, dass es sich um China handelt", sagte Bergner. „Und das dürfen wir selbstverständlich nicht zulassen. Deutschland muss seine führende Stellung bei diesem wichtigen Impfstoff behalten."

Jetzt gilt es, dachte Bergner, jetzt musste er Führung zeigen, Stärke. Auch er hatte die Zahlen aus dem Politbarometer gelesen. Und er musste Edgar Reiter etwas entgegensetzen. Der Kampf um NEWTEC war dafür ein wichtiges Werkzeug.

Außenminister Volker Berthold hob die Hand.

„Vorsicht", mahnte er. „Vorsicht. Ich darf daran erinnern, dass China unser größter Handelspartner ist. Peking jetzt demonstrativ auf die Anklagebank zu setzen, halte ich für einen schweren Fehler."

„Deutschland war mal die Apotheke der Welt", hielt ihm Bergner entgegen. „Das, Frau Bundeskanzlerin, haben Sie völlig zu Recht selbst festgestellt. Schon jetzt werden unsere Arzneimittel fast ausschließlich in China und Indien hergestellt, wie wir während der Krise schmerzlich feststellen mussten, als es zu Lieferengpässen kam. Das muss endlich wieder anders werden. Die Politik muss die Rahmenbedingungen schaffen, die Arbeit müssen dann deutsche Forscher erledigen. Und deshalb müssen wir uns vor die Firma stellen und den Chinesen auch öffentlich klarmachen: Bis hierhin und nicht weiter!"

„Nein, nein, und nochmal nein. Keine öffentliche Debatte, keine Konfrontation mit Peking. Gerade jetzt können wir uns ein Wegbrechen des chinesischen Marktes nicht leisten", wiederholte der Außenminister. „Wollen Sie das wirklich verantworten?"

„Das halte ich für ein populistisches Argument. Wir alle hier haben erst kürzlich die Bedingungen zum Verkauf kritischer Infrastruktur verschärft. Wollen wir jetzt, wenn es wirklich ernst wird, kneifen? Es ist die Aufgabe des Bundeswirtschaftsministers, sich schützend vor die deutsche Wirtschaft zu stellen."

„Ich protestiere auf das schärfste", hob der Außenminister ein weiteres Mal an. „Wir müssen alles, ich betone alles, daransetzen, dass wir wieder aus dieser Weltwirtschaftskrise herauskommen, dass die Bänder wieder anspringen, dass die Lieferketten wieder funktionieren, dass die Absatzmärkte in Schwung kommen. Mit anderen Worten: dass die Isolation, in die uns das Virus gezwungen hat, wieder aufgehoben wird. Und da brauchen wir China. Nicht zuletzt, weil wir mit unserem zweitgrößten Handelspartner außerhalb der EU, den Amerikanern schon genug Ärger beim Handel haben. Was zählt da schon eine Firma?"

„Hier geht es nicht nur um eine Firma", warf Bergner in scharfem Ton ein. „Ich wiederhole es noch einmal: Hier geht es um die Frage, ob wir bei einer Schlüsseltechnologie die Nase vorne behalten oder alles ans Ausland verscherbeln wollen. Wir haben hier schon zu viel verloren."

„Ach, übrigens", griff nun Hans-Peter Mertens in die Debatte ein, „ist der Hauptaktionär bei NEWTEC nicht Kurt Friedrich? Ganz zufällig derselbe Friedrich, von dem man heute in der Zeitung mit den großen Buchstaben lesen kann?" Er legte die Hand auf die BILD-Zeitung, die immer noch vor ihm lag.

Bergner schluckte. Das war wirklich eine ziemliche Boshaftigkeit von Mertens. Schnell, das musste er parieren. Angriff ist die beste Verteidigung, dachte er.

„Völlig richtig, vielen Dank, dass Sie daran erinnern. Ich bin mit Friedrich deswegen in engem Kontakt. Er hat mir hoch und heilig versichert, dass er überhaupt nicht daran denkt, zu verkaufen. Ich finde, ein Patriot, für dessen klare Haltung wir uns dankbar zeigen sollten."

Er machte eine Pause, um die Wirkung seiner Worte zu beobachten. Mertens hatte immer noch die Hand auf der BILD-Zeitung und schien die Situation zu genießen, bei der er Bergner offenbar ins Schwitzen gebracht hatte.

„Wie ich schon sagte, wir sollten Friedrich für seine klare Linie loben. Und was diesen völlig spekulativen und überflüssigen Artikel über ihn angeht, will ich hier noch einmal versichern, dass jetzt nicht die Zeit für Personalspekulationen ist. Wir müssen uns nach dieser epochalen Krise darum kümmern, dass es mit unserem Land wieder aufwärts geht."

Noch einmal pausierte er, bevor er den Blick auf Annegret Winkler lenkte, die der Auseinandersetzung nach außen ungerührt gefolgt war, ohne selber einzugreifen.

„Und außerdem sollte unser besonderer Dank doch unserer Kanzlerin gelten, die uns mit ruhiger Hand durch die Krise geführt hat", sagte Bergner. „Noch ist sie im Amt, Gott sei Dank."

Annegret Winkler schaute weiterhin mit unbewegtem Gesicht in die Runde.

„Ich denke, wir sind uns alle einig, dass wir die NEWTEC-Situation weiter beobachten und keine vorschnellen Entschlüsse fassen sollten. Unsere Sicherheitsbehörden sollen sich weiter darum kümmern", sagte sie und erhob sich.

Hans-Peter Mertens faltete die BILD-Zeitung zusammen und steckte sie in seine Aktentasche. Als er an Julius Bergner vorbeikam, der noch auf seinem Platz saß, fasste er ihn kurz an der Schulter.

„Schöner Versuch, Bergner. Ich bin schon gespannt, was als nächstes kommt."

Kapitel 15

Frankfurt/Kronberg

Die Sonne brannte bereits heiß auf die grünen Spielbahnen herab, auf denen an diesem Vormittag immer wieder ein hartes Klacken zu hören war, wenn ein Schläger den kleinen weißen Ball traf. Ein ziemliches Gedränge, dachte Peter Conrad.

Er schwitzte heftig, als er den Trolley mit der Tasche samt Schlägern hinter sich herzog. Conrad war dankbar, dass Manfred Köhler schnell einverstanden war, als er vorgeschlagen hatte, nur eine Neun-Loch-Runde zu spielen. Mit seinem Handicap von 32 war auch der Rechtsanwalt kein Ass auf dem Golfplatz von Kronberg. Auch er nutzte seine Mitgliedschaft vor allem, um Kontakte für seine Kanzlei zu akquirieren. Früher hatte Conrad ihn zu seinen Kunden bei der Bank gezählt und ihm dabei geholfen, sein ohnehin stattliches Vermögen noch weiter zu vermehren.

Jetzt saßen sie unter den breiten Sonnenschirmen vor dem Schlosshotel. Köhler bestellte eine Zitronenlimonade, Conrad eine Apfelschorle. Der Rechtsanwalt schaute mehrfach auf die Uhr. Conrad verstand: Er musste schnell zum Punkt kommen.

„Wie ich am Telefon schon sagte: Es geht um Cum-Ex und ich sitze da ziemlich in der Tinte", eröffnete Conrad. „Es wird Sie nicht verwundern, wenn ich Sie frage, ob Sie mich dabei vertreten wollen."

„Sagen Sie mir als Erstes, wie Sie Ihre Lage einschätzen", entgegnete Köhler.

„Ich habe nichts anderes getan als alle anderen auch. Vor allem genau das, was die Bank mir aufgetragen hatte. Möglichst viel für unsere Kunden herauszuholen. Die haben gerne mitgemacht. War ja leicht verdientes Geld. Und jetzt tun sie so, als seien hier ein paar kriminelle Einzeltäter am Werk gewesen. So wie ich. Dabei ging es um ein System, bei dem die Beteiligten gar nicht genug davon kriegen konnten, den Staat auszuplündern. Ein Vorgesetzter bei der Bank hat mir mal gesagt: Wenn einer jammert, dass der Staat für die entgangenen Milliarden keine weiteren Kitas mehr bauen und keine Schulen mehr renovieren kann, dann sagen Sie ihm: Cum-Ex ist kein Geschäft für Sozialromantiker, da ist die Tür."

„Nach meinen Informationen hat die Bonner Staatsanwaltschaft genug belastendes Material zusammengetragen, um daraus einen Präzedenzfall zu machen", sagte Köhler nüchtern. „Und sie haben einige Zeugen, die selber dabei waren. Darin sehe ich vielleicht auch eine Chance für Sie. Ob Sie dabei straffrei rauskommen? Ganz ehrlich? Ich habe da meine Zweifel. Aber selbstverständlich: Probieren sollten wir es."

Köhler blickte erneut auf seine Uhr, dann auf sein Handy, das mit einem Ping den Eingang einer SMS verkündet hatte.

„Also, sind wir uns einig?", fragte er knapp.

Conrad wollte noch weitere Fragen stellen, wollte die Kostenfrage klären, wollte mehr über die Erfolgsaussichten hören, aber er hatte Angst, dass Köhler das Interesse an dem Mandat verlieren könnte, und er war sich bewusst, dass er auf einen fähigen Juristen angewiesen war.

„Ja, sind wir", sagte er. Köhler streckte ihm die Hand entgegen. Conrad griff zu und schüttelte sie.

„Ich schicke Ihnen die Einzelheiten per E-Mail, Kostenvoranschlag und so weiter. Wie üblich brauche ich dabei eine angemessene Vorauszahlung."

Als Köhler gegangen war, starrte Conrad auf das leere Glas vor ihm. Eine angemessene Vorauszahlung, wie sollte er die leisten? Um ihn herum herrschte das übliche Stimmengewirr, Spieler, die vom Golfplatz zurückkamen und sich auf der Terrasse des Schlosshotels von ihrer 18-Loch-Runde erholten. Eine heitere Sommerkulisse, die ihm auf die Nerven ging.

Plötzlich hörte er eine Stimme, die ihm bekannt vorkam. Ruckartig blickte er auf. Nein, er hatte sich nicht getäuscht. Zwei Frauen in kurzen Golfröcken schlenderten auf der Suche nach einem freien Tisch an ihm vorbei und waren in ein intensives Gespräch verwickelt.

Ausgerechnet Ingrid mit ihrer Freundin Katja. Er konnte sie nicht mal als seine Ex-Frau bezeichnen. Die Scheidung lief, war aber juristisch noch nicht vollzogen. Gerade am Vortag hatte ihr Anwalt noch einmal nachgelegt und die unverschämten finanziellen Forderungen präzisiert, die sie an ihn stellte.

Ingrid war nun auf fünf Meter herangekommen, ihr Blick wanderte über die Terrasse, dann stutzte sie. Auch sie hatte ihn nun erkannt. Einen kurzen Augenblick blieb sie stehen, schien zu zögern, doch dann setzte sie ihren Weg fort. Blickte über ihn hinweg, als sei er Luft.

Die SMS war schon am frühen Morgen gekommen. Sogar noch vor seinem Golfspiel mit Köhler. „Dringendes Treffen. Heute 14:00 Uhr. Hessen Palais. Joe."

Auf dem Weg vom Schlosshotel in Kronberg in die Frankfurter Innenstadt zog Conrad Bilanz. Der Versuch, Friedrich zu dem Deal zu überreden, war fehlgeschlagen. Die Perspektive, an eine Million Dollar zu kommen und damit erst einmal die drängendsten Sorgen los zu sein, hatte sich in Luft aufgelöst. Das war die simple, aber offensichtliche Wahrheit.

Und nun war, wenn auch nicht unerwartet, Klarheit entstanden, was Köhlers Bereitschaft anging, ihn bei dem bevorstehenden Cum-Ex-Verfahren zu verteidigen. Er bestand auf einen angemessenen Vorschuss und Conrad machte sich keine Illusionen, was das in seiner Preisklasse heißen würde: eine

Summe, die er, so wie die Dinge standen, nicht aufbringen konnte.

Ingrids finanzielle Forderungen waren nicht nur unanständig, sie waren absurd. Aber sicher war auch, dass er an sie zahlen musste. Das würde im Augenblick nicht gehen, denn seine Konten waren eingefroren. Beinahe überkam ihn so etwas wie Schadenfreude. Ingrid hatte sich, das würde er ihrem Anwalt bald schriftlich mitteilen, erst einmal zu früh gefreut.

Hilfe von Freunden konnte er nicht erwarten, denn seit die Bank ihn herausgeworfen hatte, musste er feststellen, dass er plötzlich keine mehr hatte. In den Kreisen, mit denen er früher bei teuren Mittagessen im Bankenviertel zusammensaß, die ihn noch vor Kurzem zu Jubiläen und Geburtstagen eingeladen hatten, war er nun der Außenseiter. Als wäre er mit dem Virus infiziert; jemand, den es zu meiden galt, um sich nicht anzustecken.

Joe Miller wartete in der Lobby auf ihn. Gemeinsam gingen sie in das Bistro. Miller vergeudete keine Zeit.

„Unsere Auftraggeber sind nicht bereit, diese Absage einfach hinzunehmen. Zu viel steht hier auf dem Spiel. Für diese Interessenten, für unsere Firma und für Sie, Herr Conrad. Ich muss das nicht wiederholen: eine Million Dollar. Ich denke, Sie können das Geld gut gebrauchen."

Er sah Conrad durchdringend an.

„Also, wie stellen Sie sich das weitere Vorgehen vor?"

Conrad war auf diese Frage nicht vorbereitet, fühlte sich hilflos einer Aufgabe ausgeliefert, bei der er keine Möglichkeit mehr sah, das Schicksal noch zu wenden.

„Ich, ich weiß nicht. Ohne Friedrich geht es nun mal nicht", war alles, was ihm einfiel.

„So ist es, Herr Conrad. Und deshalb müssen wir jetzt einen anderen Weg beschreiten. Wir haben gehört, dass Sie mit einer Dame zusammenleben, die, sagen wir es einmal so, eine gewisse Erfahrung im Umgang mit Männern hat, die Zuneigung brauchen. Und wir schlagen dringlich vor, dass Sie von diesem Talent Gebrauch machen. Um den Rest kümmern wir uns dann."

Conrad wurde blass. Sicher, Ewa hatte es selber schon angeboten, aber jetzt wurde aus ihrem Angebot eine Forderung, knallhart, eindeutig. Und ja, verdammt, er brauchte das Geld. Ihr Talent, mein Gott, ihr Talent. Wie gut sich das anhörte, dachte er. Vielleicht hatte Miller ja recht, vielleicht musste in dieser verfahrenen Situation jeder das tun, was er am besten konnte. Und Ewa, nun ja, hatte nun mal gewisse Talente.

Ewa war nach Hause gekommen, hatte ihre hochhackigen Schuhe in die Ecke gekickt und sich in ihrem Hosenanzug aufs Bett geworfen, wo sie mit halb ausgebreiteten Armen liegen blieb. Conrad hatte ihr einen Weißwein aus dem Kühlschrank geholt und das Glas neben sie auf den Nachttisch gestellt. Er versuchte sie zu küssen, doch sie drehte sich weg.

„Ich bin müde", sagte sie, ergriff dann das Glas und trank es halb leer. Wieder versuchte er, sich ihr zu nähern, setzte sich auf die Bettkante und griff nach ihrer Hand. Sie zog sie weg.

„Es tut mir leid, wenn ich dich mit einer Sache behelligen muss. Aber wir müssen reden, dringend", sagte Conrad leise. Plötzlich hatte er ihre Aufmerksamkeit.

„Du weißt, es hat mit Friedrich nicht geklappt. Aber die Leute, die unbedingt mit ihm ins Geschäft kommen wollen, lassen nicht locker. Und sie meinen, du könntest dabei helfen."

Ewa leerte das Glas nun völlig und drückte sich hoch.

„Helfen? Aber wie?"

„Es fällt mir schwer, dich darum zu bitten." Er machte eine Pause. „Aber du hast es ja selber angeboten. Du könntest es mit deinen Mitteln versuchen, ihn umzustimmen oder es zumindest so hinkriegen, dass er nochmal mit sich reden lässt."

Ewa setze sich nun aufrecht hin und nutzte das hintere Teil des Bettes als Stütze. Ihr Blick suchte den seinen, kühl und kontrolliert.

„Hunderttausend", sagte sie.

Conrad verstand nicht gleich, was sie da verlangte.

„Hunderttausend", wiederholte sie noch einmal. „Ich mache mit. Als deine Geschäftspartnerin. Aber dafür will ich hunderttausend Dollar."

Conrad schluckte. Er merkte, wie ihn eine Hitzewelle durchflutete. Es war weniger die Summe, die ihn schockierte. Es war das Geschäftsmäßige, dieses Kalkül, die Erkenntnis, dass sie das, was von ihr verlangt wurde, als eine Dienstleistung sah, die sie so teuer wie möglich verkaufen wollte.

„Sei so gut und hol mir noch einen Wein", sagte sie schließlich. Conrad ging und kam mit der Flasche zurück. Ewa hielt ihm das Glas hin. Als er einschenkte, merkte er, wie ihm die Hand zitterte.

Ewa nahm ein zweites Glas, das auf dem Nachttisch stand und hielt es ihm ebenfalls hin. Nachdem er es aufgefüllt hatte, drückte sie es ihm in die Hand und stieß dann mit ihm an.

„Prost. Auf unsere Zusammenarbeit", sagte sie.

Conrad prostete ihr zu, und als er getrunken hatte, wusste er, warum sie bei ihm eingezogen war. Und er wusste, dass es nun kein Zurück mehr gab.

Kapitel 16

Bonn

Die Luft war schwül und heiß. Sie staute sich im engen Rheintal. Ganz wie früher, dachte Julius Bergner. Der Dieselmotor eines Frachtschiffes kämpfte sich mit einem dumpfen Dröhnen den Fluss hinauf. Möwen begleiteten das Schiff, als gäbe es dort etwas zu holen. Dabei bestand die Ladung nur aus Rohöl. Schließlich drehten sie ab und suchten sich ein neues Ziel. Ein Kreuzfahrtschiff, das, aus der Gegenrichtung kommend, mit Touristen in Richtung Niederlande unterwegs war.

In seinem Vorzimmer im Ministerium hatte er am Vortag fallen lassen, dass dies ein sehr privater Besuch sei. Ein Besuch bei der Schwester seiner Mutter, seiner Lieblingstante. Sie lebte im Bonner Vorort Meckenheim am Rande der Eifel, sei 89 Jahre alt und sehr krank. Er hatte sich erbeten, ohne Begleitung, ohne Dienstwagen und ohne viel Aufhebens zu reisen. Auch ein Minister muss seine Privatsphäre haben. Aber den Termin mit den Arbeitgebern wegen der Hilfe nach der Krise, den könne er für den Nachmittag zusagen, dann wäre er aus Bonn zurück.

Bergner ließ sich Zeit und wandte sich vom Rhein ab. Er schlenderte in Richtung Hofgarten, dem Park vor der Kulisse der rheinischen Friedrich-Wilhelms-Universität, die das Herzstück des alten Bonns bildete. Studenten lungerten auf dem Rasen herum, der früher so oft zertrampelt worden war, weil dort ständig Demonstrationen stattfanden – damals, als Bonn noch Bundeshauptstadt war.

Jetzt jedoch war eine Generation herangewachsen, die diese Geschichten nur aus den Erzählungen ihrer Eltern kannte, oder aus den Seminaren, die sich mit dem Entstehen der Bundesrepublik befassten.

Hier hatte er Gisbert Angerer getroffen. Im Hörsaal der rechts- und staatswissenschaftlichen Fakultät an der Adenauerallee saßen sie meist nebeneinander. Gisbert war ihm aufgefallen, weil er zum einen ehrgeizig war und zum anderen penibel, beinahe fanatisch, auf die Durchsetzung des Rechts pochte. „Ohne Ansehen der Person", hatte er immer gesagt. „Nur so kann der Bürger sein Vertrauen in den Rechtsstaat setzen." So war es keine Überraschung, dass Angerer Staatsanwalt in Bonn geworden war. Mittlerweile hatte er es zum Oberstaatsanwalt in Abteilung Vier gebracht. Der Abteilung, die sich mit Wirtschaftskriminalität und vor allem mit Steuerdelikten befasste. Angerer hatte sich tief in Cum-Ex eingearbeitet. „Ohne Ansehen der Person", das passte hier besonders.

Sie hatten über die Jahre lockeren Kontakt gehalten. Auch, nachdem er in der Politik gelandet war, schrieben sie sich zu Weihnachten und telefonierten an Geburtstagen.

Vor einem halben Jahr hatten sie sich beim Jubiläum wiedergetroffen, 20 Jahre nach dem zweiten Staatsexamen. Dabei hatte Angerer zum ersten Mal eine Andeutung gemacht, die ihn hatte aufhorchen lassen.

„Das Verfahren zieht Kreise, ziemlich weite Kreise", hatte Angerer gesagt. „Du glaubst gar nicht, wer da alles mit drinhängt."

Nach der Feier hatten sie noch in einer Kneipe in Poppelsdorf, auf der westlichen Seite der Bahnlinie, die die Innenstadt durchtrennte, gesessen und Kölsch getrunken. Bergner war überrascht gewesen, dass Angerer dreimal nachbestellt hatte. Irgendwie wirkte er bedrückt.

„Was ist los Gisbert?", hatte Bergner schließlich gefragt.

„Die Gier macht eben auch vor Menschen nicht halt, die anderswo große Verantwortung tragen und eigentlich ein Vorbild sein sollten", hatte Angerer geantwortet.

Das klang wie ein Hinweis, der nicht ganz zufällig in seine Richtung gemünzt schien. Schließlich gehörte er zu dieser Kategorie Mensch.

„Hast du konkret jemanden im Blick, jemanden, den ich kenne? Aus der Politik vielleicht?", hatte er versucht, mehr aus seinem alten Kommilitonen herauszubekommen.

„Du verstehst sicher, dass ich beim gegenwärtigen Stand des Verfahrens eigentlich nicht mehr sagen darf. Aber ich mache mir ziemliche Sorgen."

„Warum Sorgen?", setzte Bergner nach.

„Jemand in dieser Position darf sich eigentlich nicht auf so eine Sache einlassen. Das ist nun wirklich verwerflich. Was soll ich einem kleinen Handwerker sagen, den ich wegen einer Steuersünde anklagen muss, bei der es um ein paar Tausend Euro geht? Hier geht es um riesige Summen aus der Staatskasse. Summen, für die die Steuerzahler geradestehen müssen."

Bergner war zunehmend unruhig geworden. Was wollte ihm Angerer sagen? Er hatte bei der Frage nach einer Verbindung in die Politik lediglich in sein Bierglas geschaut, sie aber nicht verneint. Endlich schien er sich durchzuringen.

„Geh mal die Staatskanzleien der Bundesländer durch. Und dann denk mal an einen an der Spitze, der ziemlich von sich reden macht und von dem manche meinen, er habe noch viel Größeres vor, in Berlin."

Bergner hielt den Atem an. Meinte Angerer wirklich den, auf den diese Beschreibung ganz eindeutig passte? Meinte er wirklich den Ministerpräsidenten Edgar Reiter?

Aber Angerer ließ sich auf keine weiteren Details ein. Das war vor sechs Monaten. Vor wenigen Tagen hatte Gisbert Geburtstag und er hatte ihn angerufen. Inzwischen war das Cum-Ex-Verfahren auch in der Öffentlichkeit angekommen. Prominente Banker waren darüber gestolpert, darunter auch dieser Peter Conrad. Auch in Wahlkämpfen auf Länderebene hatte das Thema schon eine Rolle gespielt. In Hamburg waren Politiker in arge Erklärungsnöte gekommen, warum sie eine lokale Bank so lange hatten gewähren lassen.

An seinem Geburtstag hatten sie über die alten Zeiten gesprochen, natürlich darüber, wie Angerer und seine Familie durch die Krise gekommen waren. „Gut. Soweit alles in Ordnung. Schön, dass das Schlimmste endlich überstanden ist", hatte Angerer geantwortet. Dann war Bergner auf das Thema zu sprechen gekommen, das ihn seit ihrem letzten Treffen zunehmend beschäftigte, ihn geradezu elektrisierte. Edgar Reiter und Cum-Ex. Was hatte es damit auf sich?

Zu seiner Überraschung hatte Angerer nicht versucht, dem erneut auszuweichen.

„Nicht am Telefon, Julius", hatte er gesagt. Und er hatte einem Treffen zugestimmt. Deshalb war Bergner jetzt in Bonn.

Sie hatten sich im Restaurant des Sternehotels, gleich neben dem historischen Rathaus am Marktplatz, verabredet. Angerer war schon da und studierte die Menükarte, als Bergner eintraf. Er bestellte Bratkartoffeln mit Leberkäse, ganz so, als wären sie noch Studenten. Bergner schloss sich an. Er orderte, ebenso wie früher, zwei Kölsch. Er wollte nichts übereilen, aber die Spannung war offensichtlich. Bei ihm und bei Angerer.

„Wie du als Jurist weißt, bin ich als Staatsanwalt nach oben berichtspflichtig – bis ins Ministerium hinein. Besonders wenn es sich um brisante Fälle handelt, die bis in die Politik reichen. Außerdem bin ich weisungsgebunden; anders als ein Richter", begann Angerer. „Im Augenblick habe ich den Eindruck, dass jemand den Daumen auf das Verfahren hält, wenn es um eine bestimmte Person geht. Man hat mir sehr deutlich zu verstehen gegeben, dass ich hier besondere Vorsicht walten lassen und nichts überstürzen soll."

„Du meinst den Fall Reiter?"

Angerer wand sich, schien mit sich zu kämpfen.

„Es gilt natürlich weiterhin, dass ich das offiziell nicht bestätigen kann", sagte er, „aber ich kann das auch nicht dementieren. Jedenfalls darf man sich nicht vorstellen, dass so jemand es noch weiter nach oben schafft."

Kurz zögerte Bergner, überlegte ob er Angerer noch weiter zusetzen solle, unterließ es aber. Das dunkle Geheimnis, Reiters dunkles Geheimnis. Angerer hatte vermutlich keine Ahnung, wie groß das Geschenk war, das er ihm gerade gemacht hatte. Er blickte auf die Uhr.

„Ich muss los. In einer guten Stunde geht mein Flieger zurück nach Berlin." Sie schüttelten sich die Hände.

Im Taxi zum Flughafen Köln/Bonn überlegte er, wie er damit umgehen sollte. Den Mann von der BILD einweihen? Zu früh, dachte er, noch zu früh. Er brauchte mehr Einzelheiten. Das Taxi überquerte gerade die Rheinbrücke. Bonn lag wieder hinter ihm. Konrad Adenauer war hier der erste Bundeskanzler gewesen, nach ihm residierten noch fünf weitere in dem kleinen Bundesprovisorium am Rhein. Zwei Bundeskanzler hatte es nun schon in der Berliner Republik gegeben. Würde er bald der dritte sein?

Kapitel 17

Frankfurt

Sie hatte schon mit vielen Männern in Frankfurt geschlafen. Männern aus der ganzen Welt: Geld-Männern, Bankern, Wirtschaftsbossen. „Blue Moon" hatte das vermittelt – ein gut etablierter Escort-Service in der Finanzmetropole. Wirkliche Einblicke in diese Welt wurden von ihr nicht erwartet, eher das Gegenteil. Diese Kunden hatten keine Lust, mit einer wie ihr über Geschäfte zu reden, über Aktienkurse, Millionendeals, Investitionen und sichere Anlagemöglichkeiten im Ausland. Sie wollten dieser Welt für eine kurze Zeit entfliehen. Weg vom alltäglichen Stress, ihrem Leben, in dem sich alles um das Ende des Handelstags an der Börse in Singapur, in Frankfurt, in London und schließlich in New York drehte; um den gestiegenen Ölpreis, die Goldverkäufe und die Zinsziele der Europäischen Zentralbank. Männer, die jetzt versuchten, nach der Krise vom erhofften Aufschwung zu profitieren, verlorene Positionen wiedergutzumachen, Geld zu bewegen, Geld zu machen.

Ewa gab ihnen das, was sie suchten. Routiniert, aber ohne sich diese Routine anmerken zu lassen. Das war die Stärke, die eine Frau brauchte, um in diesem Gewerbe erfolgreich zu sein. Sie hörte zu, wenn diese Männer von ihren geheimsten Wünschen erzählten, oder aber von ihren Kindern. Oft fühlte sie sich wie eine Sozialarbeiterin, die Menschen betreute, die Zuneigung, Nähe und auch Anerkennung suchten. Die an einem einzigen Tag hunderte Millionen Dollar oder Euro bewegen konnten, sich als Mann aber nicht ausreichend gewürdigt fühlten. Sie war gefragt. Keine Klagen, viele Dauerkunden.

Das machte sie jetzt schon seit sieben Jahren und sie fühlte sich wohl dabei. Auch wenn Blue Moon die Kunden requirierte, so konnte sie doch Nein sagen – zumindest theoretisch. Sie fühlte sich selbstbestimmt, wichtig und in gewisser Weise sogar bewundert. In Kiew hatte sie zwei Semester Psychologie studiert, abgebrochen und es ein Semester lang mit Politologie probiert. Und sie hatte erlebt, wie das Land in Korruption versank. Wie es gärte, wie die Oligarchen den Ton angaben, wie das Leben gerade für die junge Generation so wenig Zukunft bot. Sie wollte nicht länger abwarten, auf die immer wieder rituell versprochenen Reformen. Sie wollte leben. Jetzt, nicht irgendwann. Dann war sie abgehauen. Wie die übrigen zwei und mehr Millionen Auswanderer ging sie zuerst nach Polen, als Putzfrau, und dann ins goldene Deutschland. Als die Jungen, die dageblieben waren, auf dem Maidan demonstrierten, als dann die Russen über die Krim herfielen und über den Osten, da war sie längst weit weg. In Frankfurt hatte sie schnell einen Job als Zimmermädchen in einem großen Hotel gefunden. Drei Jahre hatte sie zerwühlte Decken und Laken beseitigt, eindeutige Spuren erotischer Nächte verwischt; hatte junge Frauen in ihrem Alter kommen und gehen sehen, hatte ihre elegante Kleidung bewundert. Eines Tages hatte ihr ein Gast die Tür geöffnet, nackt, und sie ohne Umschweife gefragt, ob sie mit ihm schlafen wolle - für 300 Euro. Sie hatte sofort Ja gesagt. Am nächsten Tag hatte sie die Anzeigen durchforstet, sich die Nummer herausgesucht und sich bei Blue Moon beworben. Eine Woche später hatte sie ihr erstes Date.

Jetzt war sie geradezu neugierig. Kurt Friedrich würde eine besondere Herausforderung bedeuten. Er zählte nicht zu den Kunden von „Blue Moon". Sie musste einen anderen Weg finden, an ihn heranzukommen.

Ewa hatte die Papiere über Kurt Friedrich sorgfältig studiert, die Joe Miller ihr per E-Mail geschickt hatte, seinen Lebenslauf, seine Geschäftsverbindungen, seine Familiengeschichte. Und sie hatte sogar begonnen, die Wirtschaftsteile des Handelsblatts und der FAZ auf die Schlagzeilen hin abzusuchen, die mit Firmenübernahmen und der Suche nach einem Impfstoff zu tun hatten.

Auch den Namen Kurt Friedrich hatte sie entdeckt und sich sein Gesicht gemerkt, das auf einem Foto zu einem der Artikel abgedruckt worden war. Außerdem hatte sie aufmerksam zur Kenntnis genommen, dass er in der BILD-Zeitung als möglicher Wirtschaftsminister beschrieben worden war.

Langsam begann sie zu verstehen, welche Dimensionen das Thema tatsächlich hatte. Bisher hatte sie nur gewusst, dass es für Conrad um eine Million Dollar ging und schnell begriffen, dass dies ihre Chance war, einen gehörigen Anteil von diesem Batzen abzubekommen, wenn sie Conrad nur bei Laune halten konnte. Sie hatte es sogar auf sich genommen, bei ihm einzuziehen. Seither fragte sie sich, ob das nicht eigentlich nur eine bescheidene Anzahlung für ganz andere Summen sein würde. Jetzt wollte sie den nächsten Schritt tun. Diesmal hatte sie einen dezenteren Lippenstift gewählt, nicht den grellroten. Ihre blonden Haare hatte sie hochgesteckt und flachere Schuhe gewählt. Statt der Kontaktlinsen, die sie seit zwei Jahren brauchte, trug sie diesmal eine ovale, randlose Brille. Auf dem kleinen Tisch der Sitzgruppe in der Lobby des Hessen Palais' hatte sie die FAZ, die New York Times und das Wall Street Journal ausgebreitet und tat so, als studiere sie gerade die blassrote Financial Times.

Sie hatte inzwischen herausgefunden, dass Friedrich hier regelmäßig zum Mittagessen erschien und sie hoffte darauf, dass es heute nicht anders sein würde. Fast auf die Minute genau, um 13:02 Uhr, erschien er dann auch.

Als Kurt Friedrich an ihrem Tisch vorbeikam, ließ sie wie aus Versehen, einen silbernen Kugelschreiber fallen. Ein Versuch, und er funktionierte. Tatsächlich bückte sich Friedrich, hob den Stift auf und reichte ihn Ewa herüber.

Sie blickte hoch, ergriff den Kugelschreiber und berührte dabei kurz seine Hand, wieder wie aus Versehen.

„Oh, vielen Dank", sagte sie, „sehr aufmerksam." Dann, für eine Sekunde, tat sie so, als wolle sie sich wieder der Zeitung zuwenden, doch bevor er weitergehen konnte, blickte sie wieder zu ihm auf.

Ach, entschuldigen Sie", säuselte sie und zögerte kurz. „Sind Sie nicht Herr Friedrich. Kurt Friedrich, der Investor bei NEWTEC?"

Friedrich wirkte überrascht, blieb aber stehen.

„Ich habe eben von Ihnen gelesen, in der FAZ", beeilte sich Ewa zu erklären. „Was für ein Zufall!"

Wieder baute sie eine kleine Pause ein, so als müsse sie sich einen Ruck geben. Dann wies sie auf die halbleere Kaffeetasse vor sich.

„Wirklich ein großer Zufall", wiederholte sie noch einmal, „und bitte halten Sie es nicht für zu aufdringlich, wenn ich Sie frage, ob ich Sie um einen Gefallen bitten dürfte?"

Kurt Friedrich schien unentschlossen, wollte aber offenbar nicht unhöflich erscheinen. „Um was geht es denn, wenn ich fragen darf?"

„Ich brauche einen Rat zu NEWTEC."

Sie reichte ihm ihre Hand und er ergriff sie.

„Entschuldigung, darf ich mich erst einmal vorstellen? Ewa Oksana."

Er verbeugte sich kurz und murmelte seinen Namen. Wohl wissend, dass sie ihn ja bereits kannte. Dann wies sie auf den zweiten kleinen Sessel.

„Wollen Sie nicht Platz nehmen? Und darf ich Ihnen auch einen Kaffee bestellen?"

Friedrich, immer noch überrascht, setzte sich zögernd. Ewa winkte einen Kellner heran und bestellte zwei Kaffee.

„Es ist nämlich so: Ich habe kürzlich etwas geerbt. Mein Großonkel, der nach London gezogen war, ist unerwartet verstorben und hat mich zu seiner Haupterbin eingesetzt. Seine Frau ist leider bereits von uns gegangen. Und nun bin ich, ehrlich gesagt, etwas ratlos, wie ich das Geld am besten anlegen soll. Ich studiere ständig die Zeitungen und lese da immer wieder, es sei am besten jetzt bei Biotech-Firmen zu investieren, besonders bei NEWTEC. Da habe ich auch von Ihnen gelesen."

Der Kellner kam und brachte den Kaffee. Friedrich trank bedächtig, während ihn Ewa weiter anschaute.

„Es wird Sie nicht überraschen, wenn ich Ihnen sage, dass ich eine Anlage bei NEWTEC auf jeden Fall empfehlen würde. Ich denke, es wird da in den nächsten Monaten eine weitere Wertsteigerung geben."

„Oh, danke, vielen, vielen Dank", beeilte sie sich zu sagen. „Das klingt ja sehr vielversprechend."

Jetzt kam es darauf an. Jetzt musste sie dranbleiben. Ohne den nächsten Schritt würde es nicht weitergehen.

„Aber sehen Sie, in diesen Gelddingen bin ich eben doch sehr unerfahren. Das Erbe ist sozusagen über mich hereingebrochen. Natürlich will ich mich auf keinen Fall aufdrängen. Aber wenn Sie es mir nicht allzu übel nehmen, dürfte ich fragen, ob ich Sie noch etwas weiter behelligen könnte? Vielleicht bei einem Abendessen? Ich wohne die nächsten Tage hier im Hotel und wenn Sie vielleicht morgen Abend Zeit hätten ..."

Friedrich schien sich an seiner Kaffeetasse festzuhalten, offensichtlich überrumpelt von der Entwicklung.

„Natürlich nur, wenn ich Ihnen nicht Ihre wertvolle Zeit stehle", setzte sie hinzu. „Aber es wäre mir eine große Hilfe und

vor allem eine Ehre, wenn ich dieses Thema mit einem so bedeu-
tenden Fachmann vertiefen dürfte."

„Nun gut", erwiderte Friedrich, „dann also bis morgen. 20:00
Uhr, hier im Restaurant."

Er stand auf, reichte ihr die Hand und verneigte sich wieder
leicht. Ewa setzte ihr höflichstes Lächeln auf.

„Ich weiß gar nicht, wie ich Ihnen danken soll."

Kapitel 18

Berlin

Es wollte ihm nicht aus dem Kopf gehen. Sein dunkles Geheimnis. Würde es ausreichen, um ihn aus dem Weg zu räumen? Klar, Edgar Reiter hatte gerade einen guten Lauf, die Umfragewerte waren gut, sehr gut – leider. Das musste er anerkennen, allerdings nicht neidlos. Ganz im Gegenteil: Er musste etwas unternehmen, damit das aufhörte, damit der Ministerpräsident stolperte – und fiel.

Julius Bergner nahm sein Smartphone in die Hand, suchte in den Kontakten nach der Nummer, zögerte, überlegte. Würde er Angerer dazu bekommen, mehr über den Verdacht gegen Reiter preiszugeben? Was genau hatte der Staatsanwalt in der Hand? Er legte das Smartphone wieder auf den Tisch zurück. Er musste aufpassen, dass ihm niemand Einmischung in die Untersuchungen der unabhängigen Justiz vorwerfen konnte. Aber es war schließlich Angerer gewesen, der ihn auf diese Spur gebracht hatte. Ein Überzeugungstäter, soviel war offensichtlich.

Julius Bergner hatte seinen Büroleiter gebeten, ihm alles über Cum-Ex zu besorgen. Winter hatte schnell geliefert und ihm eine Akte zusammengestellt. Der Gesamtschaden für den Staat lag im Milliardenbereich. Das Bonner Gericht hatte diese Steuertricksereien mittlerweile für illegal erklärt und bereits die ersten Verurteilungen ausgesprochen. Die Angeklagten hatten endlich ausgepackt, nun würden weitere Prozesse folgen. Ohne Frage war das ein ziemlich kompliziertes Ding, aber sich hunderte von Millionen vom Finanzamt zurückerstatten zu lassen – und zwar für Aktiengeschäfte, die gar nicht getätigt wurden und die auch die Fachleute als Leerverkäufe beschrieben –, das war schon frech. So viel würden die Wähler schon verstehen.

Bergner beschloss, seine Ungeduld vorerst zu zügeln. Bei passender Gelegenheit würde er Angerer erneut ansprechen, dann würde man weitersehen.

Bis dahin musste ihm etwas einfallen, etwas, was ihn in den Schlagzeilen hielt. Der Impfstoff, NEWTEC, die Warnungen vor dem Verkauf. Er musste Kurt Friedrich als Helden aufbauen. Der Mann, der mit seiner Firma das Virus besiegen würde, der Mann an seiner Seite.

Er griff erneut zum Smartphone, und diesmal rief er an. Friedrich ließ es nur zweimal klingeln, dann hörte Bergner seine sonore Stimme.

„Gut von Ihnen zu hören", sagte Bergner, „ich wollte mich nur schnell nach dem Stand bei NEWTEC erkundigen."

„Unsere Forscher sprechen von Fortschritten, ziemlich beeindruckenden Fortschritten", antwortete Friedrich. „Es scheint, als sei alles nur noch eine Frage der Zeit."

„Ich hätte da eine Idee", kam Bergner auf den eigentlichen Punkt seines Anrufs. „Wie wäre es mit einem gemeinsamen Besuch bei NEWTEC? Sie und ich. Und vielleicht ein Fernsehteam. Und jemand von der BILD-Zeitung? Das könnte die Aufmerksamkeit für die Firma und damit den Marktwert weiter steigern. Was denken Sie?"

Friedrich schien einen Moment zu überlegen.

„Abgemacht", sagte er, „ich verlasse mich da mal auf Ihr Urteil."

Kapitel 19

Frankfurt/Darmstadt

Sie wartete in der Lobby auf ihn. Eine Weile hatte sie überlegt, ob sie gleich signalisieren sollte, wohin die Reise ging. Aber dann hatte sie sich für etwas Konservativ-Elegantes und gegen ein offenherzigeres Outfit entschieden. Ewa trug ein schwarzes, enganliegendes Etui-Kleid, dazu passende, hochhackige, schwarze Schuhe mit goldfarbenen Applikationen, ihre schwarze Dior-Tasche und ein goldenes Kreuz. Kurt Friedrich trug ebenfalls einen dunklen Anzug, dazu eine hellblaue Krawatte und sorgfältig geputzte, schwarze Schuhe. Sie hauchte ihm einen Kuss auf die Wange. Es war dezent genug, ohne gleich zu anbiedernd zu wirken, und er ließ es geschehen.

„Wie schön, dass Sie gekommen sind", lächelte sie und nahm ihn kurz bei der Hand. Allerdings ließ sie gleich wieder los, um nicht sofort zu vertraut zu erscheinen. Gemeinsam wechselten sie ins Restaurant Francais, wo Ewa einen Tisch für zwei bestellt hatte. Die Wände des Lokals waren in dezentem Rot gehalten und sorgfältig platzierte Rosen unterstrichen die zarte Eleganz des Raumes.

Sie hatte Joe Miller kurz über den Fortgang informiert, auch um ihn zu beruhigen, und er hatte zurückgeschrieben, dass er dies sehr zu schätzen wisse und ihr Glück gewünscht – „für uns alle!" Miller hatte ihr noch weiteres Material über Friedrich geschickt und sie hatte es sorgfältig studiert. Auch die Story aus der BILD-Zeitung, in der davon die Rede war, dass er der nächste Wirtschaftsminister werden könnte. Das hatte sie bestärkt, es ruhig und überlegt angehen zu lassen, statt ihn bei der ersten Gelegenheit ins Bett zu zerren.

Das war in jeder Hinsicht ein delikater Fall, aber eben auch ein besonders rentabler, sofern ihr Plan aufginge. Jetzt galt es erst einmal, ihre Rolle weiterzuspielen. Die Rolle der Erbin, die so überraschend zu Geld gekommen war und nun dringend nach einer erfolgversprechenden Anlage suchte – bei NEWTEC.

Der Kellner brachte zwei Menükarten und eine zusätzliche Weinkarte, die er ohne zu fragen an Kurt Friedrich reichte. Sie enthielt zahlreiche Seiten und insgesamt 500 Weine.

„Darf es ein Aperitif sein?", fragte er. Ewa knipste wieder ihr Lächeln an.

„Zweimal Champagner vielleicht?", schlug sie vor. Friedrich nickte.

Der Kellner war schnell mit dem Champagner zurück und sie stießen an.

Dann vertiefte Friedrich sich in die Weinauswahl, legte die Stirn in Falten, blätterte hin und her und bestellte schließlich einen Bordeaux.

„Der sollte hier eigentlich in Ordnung sein", kommentierte er seine Entscheidung. Er begann, die Menükarte zu studieren. Der Kellner stand wartend daneben.

„Haben Sie schon gewählt?", wandte er sich zuerst an Ewa. „Oh, bitte sehr, nach Ihnen", lächelte sie Friedrich an, statt auf die Frage zu antworten.

„Elsässer Gänseleber als Vorspeise, danach die Schaumsuppe mit weißen Bohnen und als Hauptgang das Onglet vom Nebraska-Rind, "Dan Morgan Ranch." Er klappte die Karte zu.

„Sehr gute Wahl der Herr", verbeugte sich der Kellner. „Und die Dame?"

„Ich schließe mich dem Herrn an", sagte sie und reichte ebenfalls ihre Karte an den Kellner zurück, der schnell verschwand und kurz darauf mit der Bordeaux-Flasche zurückkam, einen Probeschluck für Friedrich ausschenkte und auf dessen Reaktion wartete. Friedrich nickte und der Kellner füllte beide Gläser auf. Ewa musste sich eingestehen, dass sie nicht viel von Politik wusste, aber natürlich hatte sie verstanden, dass dieser Mann auf der anderen Seite des kleinen Tisches in Berlin als der künftige Wirtschaftsminister im Gespräch war. Das verunsicherte Ewa ein wenig, aber dann dachte sie, dass es gewiss jedem Mann schmeicheln würde, wenn sie es anspräche. Sie erhob ihr Glas.

„Gestatten Sie es mir, dass ich auf Ihr künftiges hohes Amt anstoße?"

Friedrich wirkte für einen Moment irritiert. Offenbar hatte er diese Frage nicht aus ihrem Mund erwartet. Dann erhob er jedoch ebenfalls sein Glas und stieß mit ihr an.

„Die Zeitung hat mich da ins Gespräch gebracht und das ist natürlich alles noch Spekulation", sagte er vorsichtig und blickte ihr dabei in die Augen. „Aber wenn Sie mir unbedingt Glück wünschen wollen, dann kann das sicher nicht schaden."

Der Kellner brachte die Vorspeise und verschaffte Ewa etwas Zeit, über ihr weiteres Vorgehen nachzudenken. Als sie den Hauptgang genossen, Friedrich noch eine Käseplatte bestellt und der Kellner die Gläser zum zweiten Mal aufgefüllt hatte, übernahm er es, das Thema anzusprechen.

„Bevor wir es vergessen", sagte er. „Sie wollten ja meinen Rat." Ewa war dankbar, dass er die Initiative ergriffen hatte.

„Oh ja, unbedingt", sagte sie.

„Ich darf da zwar nicht allzu sehr in die Details gehen, das wäre ja so etwas wie Insiderhandel. Aber ganz unter uns", er machte eine Pause und nahm noch einen Schluck Bordeaux, „ich habe gestern nochmal mit dem Chef der Forschung gesprochen. Es geht wirklich gut voran mit dem Impfstoff. Und wie ich schon bei unserem ersten Treffen sagte: Jetzt zu investieren ist zweifellos die richtige Entscheidung. Nur noch eine Frage: An welche Größenordnung dachten Sie dabei?"

Ewa hatte diese Frage erwartet und sich überlegt, was angemessen und vor allem noch glaubwürdig sein würde.

„Fünfhunderttausend Dollar", sagte sie. Friedrich nickte, offensichtlich sicher, dass diese Summe die Stimmgewichte in der Firma nicht wirklich verändern würde.

Ewa atmete erleichtert aus. Es ging alles in die richtige Richtung. Jetzt war die Zeit gekommen, den nächsten Schritt zu tun. Gerade wollte sie ihre rechte Hand unter den Tisch und auf sein Knie gleiten lassen, wollte sehen, spüren, aufnehmen, wie er reagieren würde. Aber in diesem Augenblick blickte er ihr wieder in die Augen und gab sich offenbar einen Ruck.

„Wie es der Zufall will, habe ich morgen übrigens einen Termin mit Wirtschaftsminister Bergner. Er möchte sich ebenfalls über den Impfstoff informieren."

Sein Blick wurde fester.

„Wenn Sie Zeit und Lust haben, dann kommen Sie doch einfach mit. Machen Sie sich Ihr eigenes Bild von NEWTEC."

Gerade noch rechtzeitig zog sie ihre Hand wieder unter dem Tisch hervor, ergriff den Stiel ihres Glases und prostete ihm zu.

„Mit dem allergrößten Vergnügen", nahm sie die Einladung an.

Kurt Friedrich fuhr den Jaguar durch die Waschanlage und dachte über seine spontane Einladung nach, während sich die Wasserstrahlen zischend an die Arbeit machten. War er zu weit gegangen? Hatte er sich von dieser eleganten jungen Frau einfangen lassen? Nein, sicher nicht, dachte er. Es war ja seine Initiative gewesen und er konnte ihr schlecht vorwerfen, dass sie darauf eingegangen war.

Was also war es, was ihn da geritten hatte? Sei ehrlich, sagte er sich. Sie hatte ihn genau an der Stelle getroffen, die ihn verwundbar machte: seiner Suche nach Anerkennung. Genau da, wo auch Bergner angesetzt hatte, als er ihm den Ministerjob anbot. Endlich raus aus der Rolle des Mannes im Hintergrund, raus ins Scheinwerferlicht, raus ins Leben. Zu lange hatte er nach Gertruds Tod im Schatten gestanden, zu sehr in der Welt der Zahlen gelebt. Er hatte alles erreicht, was man in dieser Welt erreichen konnte. NEWTEC würde ihn noch erfolgreicher, noch reicher machen. Das war so gut wie sicher. Aber glücklicher? Sie war eine attraktive Frau, verdammt attraktiv.

Zu verlieren hatte er eigentlich nichts und er freute sich beinahe diebisch auf Bergners Gesicht, wenn er mit dieser Ewa auftauchen würde – wie ein kleiner Junge, der seinem Lehrer einen Streich spielen wollte. Musste er ihn nicht wenigstens vorwarnen? Wieso eigentlich, dachte er sich. Was war schon dabei, wenn er in Begleitung einer potenziellen Geschäftspartnerin erschien?

Der Pfeil am Ende der Waschanlage sprang von Rot auf Grün. Friedrich legte den Gang ein und fuhr los.

Ewa wartete bereits vor dem Eingang mit den mächtigen Steinpfeilern, als er pünktlich um neun am Hessen Palais vorgefahren kam. Der Portier hielt ihr die Wagentür auf und Ewa stieg ein. Kurz überlegte sie, ob es angemessen war, ihn mit einem Kuss auf die Wange zu begrüßen, unterließ es dann aber.

Friedrich beschleunigte den Jaguar mehr, als im morgendlichen Verkehr angemessen war und nach einer knappen Stunde erreichten sie die Gebäude von NEWTEC im Technologiegebiet Nord von Darmstadt. Mehrere schwarze Limousinen standen vor der Tür. Bergner und seine Begleitung waren bereits aus Berlin eingetroffen. Auch ein Kombi mit der Aufschrift Hessischer Rundfunk war zu sehen. Das Fernsehteam wurde gerade eingelassen.

Friedrich fuhr zu seinem Parkplatz, den man ihm als Großinvestor zugebilligt hatte, sprang um den Jaguar herum und öffnete die Tür für Ewa, die heute einen dunkelblauen Hosenanzug und eine Sonnenbrille trug.

Er ließ ihr den Vortritt, als sie durch die gläserne Eingangstür traten. In der Lobby stand ein Begrüßungskomitee bereit. Minister Bergner trat vor, schüttelte Friedrich die Hand und achtete darauf, dass das Fernsehteam und auch der dpa-Fotograf ein freies Sichtfeld hatten.

Friedrich bemerkte den überraschten Ausdruck in Bergners Gesicht, auf den er gewartet hatte.

„Darf ich Ihnen Frau Oksana vorstellen?", sagte er, und ließ Bergner nichts anderes übrig, als auch ihr höflich die Hand zu reichen.

„Frau Oksana ist sehr an NEWTEC interessiert. Sie möchte eventuell einige Anteile kaufen und ich habe sie eingeladen, sich hier einmal umzusehen", fügte Friedrich als Erklärung hinzu. Bergner lächelte pflichtschuldig.

„Noch schnell ein Foto mit Ihnen und Herrn Friedrich, Herr Minister?", rief der Fotograf der Deutschen Presseagentur. Bergner positionierte sich sofort vor dem Firmenlogo in der Lobby und zog Friedrich an seine Seite. Der Fotograf schoss mehrere Bilder und Bergner wollte sich bereits abwenden, doch Friedrich zog Ewa an der Hand ins Bild und strahlte den Fotografen an, der ein weiteres Mal in schneller Folge auf den Auslöser drückte. Auch das Fernsehteam richtete nun die Kamera auf die Dreiergruppe.

„Danke", sagte Bergner etwas gequält in Richtung der Medienleute, unsicher, ob es wirklich eine gute Idee war, sich mit dieser Unbekannten ablichten zu lassen. Im Hintergrund sah er, wie sich Kai Herrmann von der BILD-Zeitung Notizen machte. Sei´s drum. Wenn sich jemand für NEWTEC interessierte und der Hauptaktionär sie mitbrachte, dann sollte es eben so sein.

„Aber nun sollten wir zum eigentlichen Anlass kommen", sagte er und zeigte auf Manfred Scheuer, den Leiter der Forschungsabteilung.

„Bitte sehr, Herr Professor, bringen Sie uns doch auf den neuesten Stand."

„Danke, Herr Minister, Herr Friedrich, selbstverständlich wollen wir das mit aller gebotenen Vorsicht tun. Aber ich darf sagen, dass die bisherigen Forschungsergebnisse für den Impfstoff sehr ermutigend sind. Auch in Bezug auf ein mutiertes Virus."

Ein Helfer verteilte weiße Schutzkleidung und Atemmasken. Sie betraten die Forschungslabore und Scheuer erläuterte die einzelnen Schritte. Auch Ewa war in den Kittel geschlüpft und hatte wie die Übrigen die Atemmaske angelegt. Der dpa-Fotograf hatte nur darauf gewartet, dass Bergner, Friedrich und sie wieder dicht genug beieinanderstanden. Erneut schoss er eine Serie von Fotos. Als Profi wusste er, das war das Bild für heute. Er hatte alles drauf: Den Wirtschaftsminister als möglichen Kanzlerkandidaten, den Hauptaktionär Friedrich, der im Wettrennen Bergners um das Kanzleramt als dessen Nachfolger im Gespräch war, beide im Forschungslabor für einen erfolgversprechenden Impfstoff, auf den die ganze Welt wartete und dazu eine unbekannte Schönheit – das würde, da war er sich sicher, Schlagzeilen machen. Und bis auf das Fernsehteam gab es weit und breit keine Konkurrenz, was die Bilder anging.

Kapitel 20

Berlin/Frankfurt

Kai Herrmann war nicht überrascht, als er Christian Orlowski mit der BILD-Zeitung in der Hand sah, die er aufmerksam zu lesen schien. Als er Herrmann auf sich zukommen sah, legte er das Blatt beiseite, mit der ersten Seite nach oben. Das Café Einstein war auch an diesem Morgen gut besucht und auf mehreren Tischen lag die neueste Ausgabe der BILD.

„Schönes Foto", kommentierte Orlowski mit säuerlichem Gesichtsausdruck. Er war der Generalsekretär der Partei und er wusste natürlich, dass man ihn fragen würde, was dieses Foto zu bedeuten hatte. Die Nachfolge für das Kanzleramt wurde wieder heiß diskutiert, jetzt, da die Krise einigermaßen überstanden war, und die Medien begannen, sich auf neue Themen zu stürzen – nur dass dieses Thema nicht wirklich neu war, es war nur eine Weile in den Hintergrund gerückt. Jetzt ging es erneut ums große Tauziehen: Wer hatte die besten Umfragewerte, wer stand gut da, wer kam als Gewinner aus der Krise. Und wer war mit wem zu sehen, und vor allem warum.

„Darf ich fragen, wie das zustande gekommen ist", hob er an, als sich Herrmann gesetzt hatte.

„Friedrich hat sie mitgebracht, unangekündigt, und Bergner war offensichtlich ziemlich überrascht", entgegnete Herrmann. „Er sagte, sie interessiere sich für die Firma und wolle offenbar investieren."

Orlowski schien weiter das Foto zu studieren, das die Zeitung auf der ersten Seite gebracht hatte.

„Na ja, schöne Geschichte für den Boulevard", sagte Herrmann. „Bergners Kandidat für seine Nachfolge im Wirtschaftsministerium kommt mit unbekannter Blondine zum offiziellen

Termin und sonnt sich im Scheinwerferlicht. Er ist ja Witwer, man kann ihm also kein Ehedrama anhängen. Natürlich werden die Jungs und Mädels vom Boulevard versuchen, daraus trotzdem noch ein bisschen mehr zu machen. Auch unser Blatt."

„Aber wo wir gerade über den Hahnenkampf um die Nachfolge reden – wie stehen intern die Aktien für die einzelnen Kandidaten?"

„Unter uns", sagte Orlowski, „der Ministerpräsident hat die Nase weiter deutlich vorn und hat auch gute Karten in der Partei. Der Gesundheitsminister mischt zwar weiter mit, aber es bleibt dabei: Er ist noch zu jung und sammelt lediglich Aufmerksamkeit für später."

„Und der eifrige Bergner?", warf Herrmann ein.

„Er schwimmt auf der Welle mit und versucht, sich als erfolgreicher Krisenmanager zu profilieren, wo er nur kann. Es gibt viele in der Partei, die ihn etwas übereifrig finden." Orlowski studierte wieder das Bild in der Zeitung. „Ich hoffe für ihn, er setzt mit diesem Friedrich auf das richtige Pferd, wenn er ihn in seine Mannschaft aufnehmen will. Ich muss ja die Interessen der gesamten Partei im Blick behalten. Was wir gerade nicht gebrauchen können, sind ältere Herren, die einen neuen Frühling ansteuern. Aber gut, warten wir die weitere Entwicklung erst einmal ab."

Nachdem der BILD-Mann gegangen war, bestellte Orlowski einen weiteren Kaffee. Als oberster Manager der Partei durfte er jetzt keinen Fehler machen. Die Parteibasis, so die offizielle Linie, solle entscheiden, wie es bei der Nachfolge im Kanzleramt weiterging. Und seine Rolle war es, das zu organisieren, ohne den Eindruck entstehen zu lassen, dass er für einen Kandidaten Partei ergreifen würde. Aber im Moment hatte der Ministerpräsident nun mal die aussichtsreichsten Chancen. Also warum eigentlich nicht?

Er hatte sein Handy leise gestellt und das ständige Summen fiel ihm erst nach einer Weile auf. Orlowski nahm den Anruf entgegen. Die Stimme am anderen Ende klang ziemlich aufgeregt. Ein alter Bekannter und führender Parteifreund aus Frankfurt, der offenbar auch die BILD-Zeitung gelesen hatte.

Orlowski hörte ihm zu und merkte, wie das Adrenalin in ihm anstieg.

„Sind Sie ganz sicher?", fragte er endlich. „Ok, ich verstehe. Sie haben das aus einer zuverlässigen Quelle, die diese Blondine auf dem Foto mit Friedrich und Bergner näher kennt."

Der Mann am andern Ende wollte sich offensichtlich nicht beruhigen und Orlowski konnte es ihm nicht verdenken. Was er über diese Frau auf dem Foto zu erzählen wusste, war nicht gerade förderlich für zwei wichtige Persönlichkeiten, die gerade ziemlich im Rampenlicht standen. Es musste auf jeden Fall vermieden werden, dass diese Neuigkeiten größere Kreise zogen.

„Wir sollten den Ball auf jeden Fall erst einmal flach halten", sagte er, „sehr flach, verstehen Sie?"

Orlowski beendete das Gespräch. Gut, dachte er, dass der Mann von der BILD-Zeitung schon gegangen war. Aber er fragte sich, wie lange es dauern würde, bis seine Frankfurter Kollegen ebenfalls die Identität dieser Blondine lüften und genüsslich verbreiten würden. Sollte er Bergner warnen? Und der Friedrich? Er beschloss, erst einmal weitere Informationen einzuholen. In dieser delikaten Angelegenheit wollte er ganz sicher sein, bevor er den nächsten Schritt tat.

Peter Conrad war früh aufgestanden, hatte geduscht, sich rasiert und dann das Bett gemacht. Er hatte wieder ein weißes Hemd und ein Jackett angezogen. Er wollte sich nicht hängen lassen, nicht einfach untätig in den Tag hineinleben. Aber er musste es hinnehmen, alles hing von ihr ab. Was für eine schräge Situation, dachte er. Er war es gewohnt, Dinge zu bewegen, sie zu einem Ende zu bringen. Jetzt musste er abwarten, ob Ewa Erfolg haben würde, ob sie Friedrich wirklich dazu bringen konnte, seine Haltung noch einmal zu überdenken – so unwahrscheinlich das seiner Einschätzung nach auch war. Zurzeit war es jedenfalls die einzige Option.

Ihre Seite des Bettes war auch in der vergangenen Nacht unberührt geblieben. Er wusste ja warum, hatte dem sogar ausdrücklich zugestimmt. Sie hatte ihm mitgeteilt, dass sie, auf Millers Anweisung, die nächsten Tage im Hessen Palais wohnen würde. Gott, ausgerechnet mit Friedrich sollte sie sich einlassen, seinem Golf- und vor allem seinem früheren Geschäftspartner, und er hatte das auch noch gutgeheißen! Wie tief bist du gesunken, dachte er, und er spürte, wie die Eifersucht wieder in ihm hochkam, die er nicht kontrollieren konnte.

Er stellte fest, dass ihm der Kaffee ausgegangen war und beschloss, sich einen Becher aus dem kleinen Kiosk an der Ecke zu besorgen. Nicht zuletzt, um der Wohnung zu entfliehen, die ohne sie so leer wirkte. Conrad schloss die Tür hinter sich zu, stieg die zwei Treppen hinab und kam an seinem Briefkasten vorbei, aus dem ein Umschlag herausragte. Er nahm ihn heraus und riss ihn auf. Eine weitere Vorladung bei der Staatsanwaltschaft wegen des Cum-Ex-Verfahrens. Das erinnerte ihn daran, dass er Manfred Köhlers Forderung nach einer saftigen Vorauszahlung noch nicht beglichen hatte. Noch immer hatte er keinen Weg gefunden, diese Summe aufzutreiben. Er steckte den Umschlag in seine Jackentasche und wandte sich nach links, Richtung Kiosk, wo er jeden Tag auch seine Zeitungen kaufte, vor allem solche mit einem umfangreichen Wirtschaftsteil. Der Kiosk war inzwischen zu seinem Vorposten geworden. Ein Weg in die Stadt hinein, die er mittlerweile so anders erlebte als zu seiner Zeit bei der Bank. Mit ihren Menschen mit so vielen unterschiedlichen Hautfarben, gerade hier in der Frankfurter Innenstadt, eilig, wuselig, ihrem Lebensstil und ihren Geschäften nachgehend, große, bunte Obststände, Cafés mit türkischen Aufschriften über der Tür, dunkelhäutige Frauen, die auf dem Bürgersteig gekauert saßen, die sich an einen Pappbecher mit einigen Münzen darin klammerten und sowieso die unterschiedlichsten Menschen, die hektisch und laut ihrem Alltag und ihren Geschäften nachgingen. Er war von Kronberg mit seinem Mercedes zwar jeden Tag in die Innenstadt gefahren, war aber nie viel weiter als in die Tiefgarage und von dort mit dem Lift in sein Büro gekommen.

Nach wenigen Schritten war er beim Kiosk. Er wusste inzwischen, dass der Inhaber, ein junger Türke, Osman hieß. „Einmal wie immer?", fragte Osman. Conrad nickte. Auch mit Ewa war er gelegentlich schon hier gewesen und es war ihm nicht entgangen, dass sie einen bleibenden Eindruck hinterlassen hatte. Conrad hörte das Zischen der Kaffeemaschine, kurz darauf stellte Osman eine Tasse und einen kleinen Teller mit einem Croissant auf den Tresen. Er legte ungefragt eine BILD-Zeitung dazu und wandte sich dann wieder der Kaffeemaschine zu. Das Foto auf der ersten Seite war nicht zu übersehen. Bergner, Friedrich und die Blondine zwischen ihnen. Conrad hatte es plötzlich eilig, angelte eine FAZ und ein Handelsblatt aus dem Regal, stürzte seinen Kaffee herunter, steckte das Croissant in die Tasche und bezahlte.

„Grüßen Sie sie schön von mir", rief Osman ihm hinterher, als er den Kiosk verließ.

Conrad lief durch die Straßen. Immer wieder ging sein Blick zu den Banktürmen, deren Glasfassaden im Sonnenlicht glitzerten. Dort oben, im 25. Stock, dort war sein Büro gewesen und erst jetzt wurde ihm allmählich klar, was er damals für selbstverständlich gehalten hatte. Wie privilegiert er gewesen war und wie fern der übrigen Welt. Für die Menschen hier unten auf der Straße waren wiederum die Banken ein unbekannter Kosmos. Ein Symbol sicherlich für jede Menge Geld und Macht, irgendwie wichtig;

vielleicht wurden sie auch misstrauisch beäugt, aber was sich dort eigentlich genau hinter den gläsernen Fassaden abspielte, davon hatten sie keine Ahnung. Für die meisten endete die Verbindung zu dieser Finanzwelt an einem Geldautomaten an irgendeiner Wand oder bei einer App auf dem Handy, mit der sie ihre Rechnungen bezahlten.

Er fühlte den Drang, Richtung Hessen Palais zu gehen, ihr irgendwie nahe zu sein, und ging auch hundert Meter in Richtung Kaiserplatz, bis er die imposante Fassade schon mit ihren Rundbögen am Eingang ausmachen konnte. Dann hielt er inne, wohl wissend, dass er sich selbst keinen Gefallen täte, wenn er jetzt in das Hotel hineingehen und nach ihr suchen würde.

Conrad drehte sich um und machte sich auf den Weg in Richtung Main. Am Ufer fand er eine Bank und setzte sich. Eine Weile starrte er ins Wasser, das zäh und träge dahinfloss. Ein Schwarm Spatzen suchte einen Papierkorb in der Nähe heim. Conrad holte das Croissant aus der Tasche, brach es auseinander und begann sie zu füttern. Er genoss die Ablenkung, das aufgeregte Gezwitscher und ihr hektisches Flattern, während sie sich um die Krumen stritten. Als er nichts mehr hatte, flogen sie weiter.

Er holte die Zeitungen hervor und blätterte im Wirtschaftsteil. Dort sah er eine Meldung, die sofort seine Aufmerksamkeit erregte. In Paris würde eine Sondersitzung der Ölminister zur Krise auf dem weltweiten Ölmarkt stattfinden und auch der Scheich, einer der großen Investoren in diesem Bereich, würde dabei sein. Einst war das Öl ein nie versiegender Geldhahn, doch jetzt stockte die Nachfrage. Ein Impfstoff gegen das Virus – das war das neue Öl, dachte er.

Kapitel 21

Frankfurt

Der Zimmerkellner klopfte an die Tür. „Room Service", hörte sie seine Stimme. Das Morgenlicht stahl sich durch einen schmalen Spalt in den zugezogenen Vorhängen. Ewa stand auf, strich sich über die Haare, warf einen prüfenden Blick in den Spiegel an der Wand und öffnete. Sie trug nur ein kurzes, durchsichtiges Negligé und genoss es, wie der Kellner, ein dunkelhäutiger, schlanker Mann etwa in ihrem Alter, darauf reagierte. Eine Mischung aus Unsicherheit und männlichem Begehren, das er nur schwer verbergen konnte. Sie ließ ihren Blick über seine schmalen Hüften und den breiten Oberkörper wandern und fand ihn sofort attraktiv. Einen Moment war sie versucht, ihn aufs Bett zu ziehen, brachte sich dann aber gerade noch rechtzeitig unter Kontrolle, als ihr die Kameras und das Mikrofon einfielen, von denen Miller erzählt hatte. Ob sie jetzt wohl auch eingeschaltet waren? Sollte sie es gerade deswegen tun? Sollte sie ihnen eine richtige heiße Show bieten, sozusagen als unerwartete Extraleistung? Aber dann verwarf sie den Gedanken. Was wäre, wenn sie irgendwie auffallen würde, durch einen dummen Zufall, wenn der Kellner es rumerzählen und damit prahlen würde? Wenn man im Hotel auf sie aufmerksam werden würde? Zu viel stand auf dem Spiel, dachte sie beinahe bedauernd.

„Wo darf ich das Tablett hinstellen?", hörte sie den Kellner fragen, der immer noch ein wenig verunsichert vor ihr stand.

„Hier, ans Bett", sagte Ewa und drückte ihm fünf Euro in die Hand. Sie würde das Joe Miller irgendwie in Rechnung stellen. Schließlich war er es, der den Aufenthalt im Hessen Palais verlangt hatte. Ewa fragte sich, wie lange er wohl die Kosten für das Doppelzimmer übernehmen würde, in das sie sich zum Schein als interessierte Investorin bei NEWTEC eingemietet hatte. Wahrscheinlich würde sie bald liefern müssen. Der Kellner stellte das

Tablett neben dem Bett ab und zog sich zurück. Ewa schlüpfte unter die Bettdecke zurück und goss sich einen heißen, dampfenden Kaffee ein. In mehr oder weniger luxuriösen Hotelzimmern aufzuwachen war für sie Routine, dabei alleine zu sein jedoch eine völlig neue Erfahrung.

Sie nahm das Smartphone und checkte ihre WhatsApp-Nachrichten. Bisher waren es 25. Einige mit dem dringlichen Wunsch um einen Rückruf, einige höflich, manche bemüht lustig, andere wiederum offen obszön. Eine Botschaft ließ sie besonders aufmerken. „Schönes Foto von dir in der BILD. Tolle Begleitung – ein Geldmann und sogar ein richtiger Minister, alle Achtung. Wann bin ich mal wieder an der Reihe?", lautete der Text. Das musste Eberhard sein, ein Kerl, der irgendwas in der Frankfurter Lokalpolitik machte. Und dann war da noch die Nachricht von der ausländischen Nummer.

„Whatever it takes", lautete sie und stand unter einem Foto von einem Bündel mit Geldscheinen. Dahinter verbarg sich Ahmed, ein reicher Araber aus Bahrain, der regelmäßig wegen irgendwelcher Geldgeschäfte in Frankfurt war und sie ebenso regelmäßig für eine ganze Nacht buchte. Zufrieden stellte sie fest, dass auch die Kunden von „Blue Moon" sich nun wieder bei ihr meldeten, die während der Krise auf ihre Dienste verzichtet hatten. Aber all das musste warten. Trotzdem hatte sie erhebliche finanzielle Einbußen, auch bei Peter Conrad. Sie hatte bislang gut verdient und schickte gelegentlich ein paar hundert Euro an ihre Mutter in Kiew, die seit dem Tod ihres Mannes mit ihrer erbärmlichen Rente zu den hunderttausenden alten Menschen zählte, die in der Ukraine in bedrückender Armut dahinvegetierten.

Conrad, dachte sie. Hunderttausend Dollar, das war der Deal. Anfangs schien ihr das sehr viel Geld zu sein, aber je länger sie über die Geschichte nachdachte, desto mehr Zweifel schlichen sich ein. War das schon alles? Sie dachte an den für sie überraschenden Besuch bei NEWTEC zurück, bei dem sogar der

Bundeswirtschaftsminister eigens gekommen war, an die eindeutigen Aussagen von Kurt Friedrich über den Wert der Firma und immer wieder sprang sie dabei eine Zahl an, wenn es um das Geschäft mit Impfstoffen ging: Milliarden, nicht Millionen. Da waren die Hunderttausend eigentlich lächerlich.

Es war höchste Zeit, dass sie sich um Friedrich kümmerte. An ihm, das hatte sie verstanden, führte kein Weg vorbei. Nach dem schnellen Auftritt bei NEWTEC hatte er sie mit nach Frankfurt zurückgenommen und sie hatte gehofft, dass dies nun der Zeitpunkt war, an dem sie den nächsten Schritt wagen könnte. Aber dann hatte sein Handy geklingelt. Einer seiner Geschäftspartner, der dringend um einen Termin nachsuchte, hatte ihr einen Strich durch die Rechnung gemacht. Friedrich hatte sie abgesetzt, sie höflich um Verständnis gebeten und auch einen Umtrunk auf ein anderes Mal verschoben.

Ewa überlegte, wie sie den Kontakt wiederherstellen, wie sie ihn auf den richtigen Weg bringen konnte. Ein kurzes Ping signalisierte das Eintreffen einer weiteren WhatsApp-Nachricht.

Es war ein Foto. Ein Selfie von Peter Conrad auf einer Bank am Main.

„Ich vermisse dich. Wann können wir uns sehen?", schrieb er dazu.

Peter Conrad, ja, auch um ihn musste sie sich kümmern. Er war Teil des Deals, die Brücke zu dem großen Geschäft, das eigentlich noch viel größer war, als sich Conrad das im Augenblick zu nutzen traute. Sie würde ihn dabei an die Hand nehmen. Allein würde sie es nicht schaffen, jedenfalls vorläufig nicht. Sie brauchte seine Kompetenz, wenn es um das große Geld ging. Dann würde man weitersehen.

„Heute Nachmittag", schrieb sie zurück, zögerte kurz und fügte dann hinzu: „In unserer Wohnung."

Als sie in der Tür stand, fiel ihr zuerst der Strauß auf. Unübersehbar stand er auf dem Couchtisch und sie überschlug schnell die Zahl der Rosen. Es mussten gewiss so um die fünfzig sein. Rote Rosen und daneben eine Flasche Champagner. Peter Conrad sprang auf, nahm sie in den Arm und küsste sie heftig. Ewa ließ es geschehen. Champagner gab es in ihrem Gewerbe öfter, teures Essen auch. Aber Blumen, rote Rosen, die gab es nicht. Conrad hielt sie fest, presste sich an sie, fing an, die Knöpfe ihrer Bluse zu öffnen, und auch das ließ sie geschehen. Er zog sie ins Bett und fiel beinahe ausgehungert über sie her.

Als es vorbei war, holte er die Champagnerflasche, öffnete sie und füllte zwei langstielige Gläser auf. „Falsche Reihenfolge. Entschuldigung", murmelte er verlegen. Sie tranken, blieben eine Weile stumm.

Ewa sah das Handelsblatt auf dem Nachttisch liegen. Conrad hatte mit Rotstift einen Artikel angestrichen. Ein Bericht über das Treffen der Ölminister und ihrer Delegationen in Paris sowie der Name eines Scheichs aus Saudi-Arabien.

„Interessierst du dich jetzt für Ölgeschäfte?", fragte sie neugierig.

„Man muss halt die internationalen Finanzströme beobachten. Wo lohnt sich eine Anlage, was kann man tun", antwortete er selber nicht sonderlich davon überzeugt.

„Und wer ist dieser Scheich?", setzte sie nach.

„Ein alter Bekannter. Ich habe mehrfach größere Geschäfte mit ihm abgewickelt", raunte er und fügte mit leiser Stimme hinzu: „in besseren Zeiten. Er ist immer auf der Suche nach lohnenden Anlagen."

Ewa hielt ihm ihr Champagnerglas hin und Conrad goss nach. Wieder herrschte Schweigen. Sie trank in kleinen Schlucken offensichtlich in Gedanken.

„Wäre der Impfstoff nicht auch eine lohnende Anlage für ihn?", fragte sie endlich. Conrad schaute überrascht auf. Er zog die Zeitung herüber und starrte auf den Artikel; so als sähe er ihn zum ersten Mal, oder zumindest in neuem Licht.

„Das könnte sein, ja. Das Geld dafür hätte er zumindest. Für eine lohnende Investition kann er sicher eine Milliarde locker zu machen, oder auch zwei."

Ewa hielt sich an ihrem Glas fest, schien zu überlegen.

„Wie wäre es, wenn du ihn einfach mal fragen würdest?"

Conrad legte die Zeitung auf den Nachttisch zurück, unschlüssig, was er darauf antworten sollte.

„Überleg doch mal. Du könntest doch für ihn einen Deal mit Friedrich einfädeln. Einen deutlich besseren Deal, als ihn dieser Miller bisher angeboten hat, wenn ich das richtig verstanden habe. Und dann könntest du eine Provision für uns herausholen. Wären zehn Prozent da zu viel?"

Conrad sah sie mit einer Mischung aus völliger Überraschung und Unglauben an.

„Aber wir sind doch mit Miller und seinem Investor im Geschäft", wandte er ein.

„Hast du irgendwas schriftlich? Und: Er braucht davon ja gar nichts zu erfahren. Wie heißt es doch so schön auf Deutsch? Fragen kostet nichts", argumentierte sie. „Und denk doch mal nach: zehn Prozent Provision! Du willst doch eine Zukunft für uns. Dann hätten wir ausgesorgt."

Conrad holte die halbleere Champagnerflasche und goss erneut ein, ohne zu fragen.

„Du meinst wirklich ...?"

„Ja, das meine ich wirklich", sagte sie und erhob beinahe feierlich ihr Glas.

„Also gut, ich werde den Scheich kontaktieren", sagte Conrad.

„Und ich stehe zur Verfügung, wenn ich hilfreich sein kann", antwortete Ewa.

Kapitel 22

Paris

„Wie war der Name?", fragte der Mann an der Rezeption und schaute in seinen Computer. „Ah, Monsieur Conrad, voilà!" Er griff zu seinem Telefon und sprach kurz hinein. „Très bien, Monsieur Conrad, Ihre Hoheit erwartet Sie schon!"

Ewa schaute sich beeindruckt um. Die luxuriöse Ausstattung des Ritz, das sie soeben an der Place Vendome im ersten Arrondissement betreten hatten, war nochmal etwas ganz anderes als der Hessen Palais. „Der Page wird Sie zur Suite begleiten", wandte sich der Rezeptionist wieder an die beiden Besucher.

Peter Conrad hatte seinen Nadelstreifenanzug angezogen und dazu eine hellblaue Krawatte angelegt. Ewa trug ein sehr enges, tief ausgeschnittenes, schwarzes Kleid, das ein gutes Stück über dem Knie endete. Um die Form zu wahren, hatte sie ein schwarzes Seidentuch über ihren Kopf gelegt, was allerdings das Hellblond ihrer Haare umso mehr betonte.

Peter Conrad, der ein gutes Gedächtnis für Gesichter hatte, glaubte den Mann, der sich im letzten Moment mit in den Aufzug drängte, schon einmal gesehen zu haben – irgendwo. Aber dann erschien es ihm ausgerechnet hier doch unwahrscheinlich und er wandte sich wieder dem bevorstehenden Treffen zu.

Ein muskulöser 40-Jähriger mit einem Glatzkopf öffnete die Tür, nachdem der Page geklopft hatte. „Gestatten Sie?", versuchte er sich höflich zu geben, wartete aber nicht auf eine Antwort, sondern tastete Conrad von oben bis unten ab. Dann wandte er sich Ewa zu und ließ sich den Inhalt ihrer Handtasche zeigen. Scheinbar zufrieden trat er zur Seite und ließ die beiden Gäste eintreten.

Der Scheich, ein Mann um die 60, trug eine traditionelle, weiße Dischdascha. Sein Bart war kurz geschnitten und wies zahlreiche graue Strähnen auf. Er saß in einem breiten Sessel im Wohnbereich der Suite und streckte Conrad seine Hand entgegen, ohne sich dabei zu erheben. Conrad erwiderte den Gruß und sofort fiel der Blick ihres Gastgebers auf Ewa.

„Das ist Madame Oksana", stellte Conrad seine Begleiterin vor. Sie versuchte so etwas wie einen Knicks. „Meine Freunde nennen mich Ewa, Hoheit", sagte sie. Auf dem Sofa vor dem Sessel saß eine Frau in einer schwarzen Abaya. Conrad kannte sie noch von ihren früheren Treffen. Fatima, die Lieblingsfrau des Scheichs, hätte vom Alter her allerdings auch seine Tochter sein können. Der Scheich machte eine Handbewegung, Fatima erhob sich und verschwand stumm hinter einer Verbindungstür.

„Alter Freund, was führt Sie her?", nahm der Scheich das Gespräch auf.

„Ich hoffe, in diesen schwierigen und bewegten Zeiten geht es Eurer Hoheit gut", antwortete Conrad. Er bemerkte, dass der Scheich ihm kaum zuhörte, sondern ständig zu Ewa herüberschaute, ohne sich die Mühe zu machen, die Natur seines Interesses zu verbergen. Conrad war nicht überrascht, schließlich war genau das Teil ihres Plans gewesen und trotzdem war er frustriert, dass sich das Treffen genauso entwickelte, wie erwartet. Er fühlte sich, als wäre er Ewas Zuhälter, schlicht und einfach. Sollte er vielleicht doch einschreiten, auf diese Chance verzichten? Darauf bestehen, dass sie über das Geschäftliche redeten, und nur darüber? Aber dann hätte er Ewa nicht mitbringen dürfen, und schon gar nicht in diesem Aufzug.

Dem Scheich und ihm war klar, dass er Ewa sozusagen als Gastgeschenk mitgebracht hatte und, dass es nur als lästige Zeitverschwendung angesehen werden würde, wenn er jetzt versuchen sollte, weiter Höflichkeiten auszutauschen. Conrad schaute demonstrativ auf seine Uhr.

„Ich bitte sehr um Entschuldigung, aber ich vergaß, dass ich noch einen wichtigen Termin in der Stadt habe. Wäre es Ihnen recht, Hoheit, wenn ich in zwei Stunden zurückkäme? Ewa wird Ihnen bis dahin gerne Gesellschaft leisten."

„Selbstverständlich alter Freund", antwortete der Scheich, „bitte nehmen Sie sich gerne alle Zeit, die Sie brauchen."

Conrad erhob sich, warf Ewa noch einen Blick zu und wandte sich zur Tür. „Ich finde schon hinaus", sagte er.

Conrad kannte sich in Paris aus, aber die Selbstverständlichkeit, mit der er sich früher hier bewegt hatte, schien ihm heute deplatziert. Ein Schaufensterbummel an den vielen Luxusgeschäften in der nahen Umgebung des Place Vendome vorbei, stieß ihn gerade eher ab. Er machte sich stattdessen auf den Weg zum Jardin des Tuileries und suchte sich eine Parkbank. Im Ritz hatte er noch eine New York Times gekauft, merkte aber, dass er Schwierigkeiten hatte, sich auf die Lektüre zu konzentrieren. Ewa in den Armen des Scheichs, was für eine Vorstellung.

Immer wieder schaute er auf seine Uhr und stellte frustriert fest, wie die Zeiger zu kriechen schienen. Endlich, nach fast zwei Stunden, eilte er die fünfhundert Meter zurück zum Hotel. In einem der weiten Gänge nahe der Lobby saß Ewa auf einem der dunkelblauen schweren Polstersessel und bildete mit ihrem schwarzen Kleid und den blonden Haaren einen reizvollen Kontrast zu den reich verzierten floralen Mustern der blau-weißen Teppiche auf dem hellen Marmorfußboden. Sie blätterte in einer Vogue. Ihre Lippen waren sorgfältig geschminkt, in einem satten Rot, ihr Make-up untadelig – so als wäre sie gerade von einer Kosmetikerin gekommen.

„Da bist du ja wieder", ließ sie beiläufig verlauten, als sei er von einer kleinen Besorgung zurückgekommen. Obwohl ihn seine Neugier plagte, verzichtete er darauf, sie nach dem Verlauf der letzten zwei Stunden zu fragen. Auch Ewa machte keine Anstalten, sich in Einzelheiten zu ergehen. Sie verwies auf einen prallen Briefumschlag, aus dem einige Geldscheine hervorlugten.

„Der Scheich hat gemeint, ich solle doch mal einen Besuch im Kaufhaus Lafayette machen. Ich denke, das ist eine sehr gute Idee."

Ewa stand auf. „Ich wünsche dir ...", dann korrigierte sie sich, „... ich wünsche uns bei deinem Gespräch viel Erfolg."

Der Scheich wirkte aufgeräumt. Er hatte inzwischen seine Dischdascha gegen einen westlichen Anzug getauscht und eine Brille aufgesetzt. Unter dem dunkelblauen Ärmelstoff blitzten silberne Manschettenknöpfe hervor. Eine silberne Krawatte verstärkte den distinguierten Eindruck.

„Kaffee oder lieber etwas Stärkeres? Einen Whiskey vielleicht?", fragte er, nachdem Conrad ihm gegenüber im zweiten großen Sessel Platz genommen hatte.

„Gerne einen Kaffee", sagte Conrad. Es war ihm klar, dass Ewa nicht zum Thema gemacht werden würde, und er selbst würde sich hüten, das zu tun. Der Scheich übernahm es selbst, den Kaffee aus einer silbernen Kanne auszuschenken. Auch für sich goss er einen Kaffee ein, füllte aber ebenfalls ein Whiskeyglas, das er daneben stellte.

„Sie wollten mit mir über ein Geschäft reden", eröffnete er. „Bitte sehr, ich höre Ihnen gerne zu. Nur bitte keine Vorschläge zum Thema Öl. Ich glaube, das passt im Augenblick nicht in die Zeit."

Conrad verstand es als Aufforderung, die eigentlich angebrachten Höflichkeiten beiseitezulassen.

„In der Tat, Hoheit", nahm er den Gedanken auf. „Sie haben recht. Ich habe da ein viel besseres Angebot."

Der Scheich sah ihn erwartungsvoll an und drehte dabei das Whiskeyglas zwischen seinen Fingern.

„Impfstoff. Kurz vor der Marktreife. Ein Milliardengeschäft", sagte Conrad und stellte zufrieden fest, dass der Scheich das Glas abstellte.

„Um es auf den Punkt zu bringen", fuhr er fort, „es geht um den Kauf einer deutschen Firma, die kurz davorsteht, diesen Impfstoff auf den Weltmarkt zu bringen. Und ich brauche Ihnen nicht zu sagen, was das bedeuten würde."

Der Scheich spielte jetzt mit einem goldenen Füllfederhalter, machte sich dann eine kurze Notiz und blickte Conrad an:

„Wie viel?" Conrad stutzte kurz, überrascht über die schnelle Reaktion.

„Das ist zwar noch Verhandlungssache, aber ich denke, zwischen anderthalb und zwei Milliarden müssten es schon sein. Ich glaube, dass sich das innerhalb kürzester Zeit wieder einspielen ließe. Inklusive starker Gewinnaussichten für die Zukunft."

„Ich bin interessiert, mein Freund. Wo ist der Haken?"

„Nun, wir müssten kreative Mittel und Wege finden, wie man die Besitzverhältnisse so aufteilt, dass sie mit den deutschen Gesetzen übereinstimmen", entgegnete Conrad. „Aber unsere vergangene Zusammenarbeit hat doch immer wieder aufs Neue bewiesen, dass für jedes Problem Lösungen gefunden werden können."

Der Scheich nickte. „So ist es, mein Freund. Was steckt für Sie dabei drin?"

„Die übliche Provision für ein Geschäft dieser Größenordnung", sagte Conrad. „15 Prozent."

„Sieben Prozent, maximal", erwiderte der Scheich.

„Zehn, Hoheit, wegen unserer guten und verlässlichen Zusammenarbeit in der Vergangenheit", verhandelte Conrad und bemühte sich um eine feste Stimme.

„Also gut, zehn Prozent der Verkaufssumme."

Der Scheich schaute auf die Uhr.

„Also, ich höre von Ihnen. Und wenn Sie mich jetzt entschuldigen würden?"

Als er mit dem Aufzug nach unten fahren wollte, sah er wieder dieses bekannte Gesicht auf dem Flur. Der Mann tat gerade so, als wolle er mit einer Chipkarte die Tür zu einem der Zimmer öffnen. Er schien sich demonstrativ von Conrad abzuwenden. Sicherlich hatte das nichts zu bedeuten, dachte er. Dieser Kerl hatte eben auch ein Zimmer auf seiner Etage. Jetzt wollte er Ewa sehen, seine Ewa.

Conrad hätte Ewa beinahe nicht wiedererkannt. Sie kam in die Lobby des Ritz, wo er schon seit über einer Stunde auf sie wartete. Statt des kurzen, schwarzen Kleides trug sie nun ein hellgelbes Kleid und dazu einen breitrandigen, schwarzen Hut. Ihre Augen wurden von einer dunklen Sonnenbrille verdeckt. In der Hand trug sie zwei große Tüten mit der Aufschrift „Galerie Lafayette." Conrad bemerkte, wie sich alle Blicke auf sie richteten, und es erfüllte ihn mit unbändigem Stolz.

Mon Dieu verfiel er in seinen Gedanken ins Französische, das er gut beherrschte. „Quelle beauté", murmelte er, als sie auf ihn zukam. Sie schaute ihn verständnislos an.

„Ich meinte, du siehst wunderschön aus", beeilte er sich zu übersetzen und küsste sie auf beide Wangen. Am liebsten hätte er laut aufgeschrien: Seht her, sie gehört zu mir. Aber Ewa bremste ihn; nüchtern, sachlich.

„Wie ist es gelaufen?", fragte sie.

„Gut, sehr gut", sagte er schnell. „Der Scheich ist interessiert."

Conrad kalkulierte eilig. Diese Paris-Reise würde ein großes Loch in seine immer weiter schwindenden finanziellen Bestände reißen. Der Geschäftsmann in ihm sagte, dass das eben investiert werden musste, denn wenn es sich tatsächlich auszahlen würde, dann wäre es am Ende nur eine Bagatelle. Aber noch war es nicht so weit, noch lange nicht. Und dennoch: Es könnte ein Riesenschritt sein, für ihn und für Ewa – für ihn und für Ewa! Natürlich hätte er es ihr jetzt gleich sagen können, vielleicht sagen müssen, aber, Geldsorgen hin oder her, das musste gefeiert werden.

„Lass uns gehen", sagte er zu Ewa, fasste sie bei der Hand und geleitete sie Richtung Ausgang. Der Portier in seiner weißen Uniform winkte ein Taxi heran. „La Coupole", sagte Conrad zu dem Taxifahrer. Der nickte und gab Gas.

Der Boulevard de Montparnasse schien ihm an diesem Abend weniger belebt, als er es in Erinnerung hatte. Paris schien sich nur langsam von der Viruskrise zu erholen, die das quirlige Leben der Stadt so viele Wochen fast komplett zum Erliegen gebracht hatte. Früher hatte er den Abschluss von erfolgreichen Deals oft mit seinen Geschäftspartnern im La Coupole gefeiert. Damals genoss er den Gedanken, dass hier bereits Pablo Picasso, Ernest Hemingway, Jean Cocteau, Jean Paul Sartre, Edith Piaf oder viele Politiker zu den Stammgästen gehört hatten. Jetzt fragte er sich, wie so oft, wenn er in letzter Zeit an seine alten Wirkungsstätten zurückkehrte, ob er noch dazu gehörte. Passte er noch in dieses Restaurant, in dem so viele berühmte Gäste gespeist, getrunken und getanzt hatten.

Einen Moment lang verharrte er im Eingang und betrachtete die bronzene Skulptur, die die Mitte des Speisesaals beherrschte. Sie stand auf einem Podest, direkt unter der bunt bemalten, großen Kuppel, die dem Restaurant seinen Namen gegeben hatte. Die Statuette zeigte zwei Liebende, deren Körper mit ausgebreiteten Armen eine Erdkugel formten und die sich auf waghalsige Weise küssten. Louis Derbré hatte sie geschaffen, La Terre genannt, und damit die vielen Art Déco-Malereien auf den grünen Säulen ergänzt, die immer noch den Geist der Belle Epoque, den aufregenden Zwanzigern, atmeten.

Ein Kellner eilte mit einem silbernen Kühler in Händen, aus dem eine Champagnerflasche ragte, an ihnen vorbei. Endlich geleitete sie eine Empfangsdame zu einem der Tische. Ewa hörte ihm zwar zu, als er ihr von den vielen Berühmtheiten berichtete, die vor ihnen hier zu Gast waren, schien aber nicht sehr beeindruckt. Eilig bestellte Conrad zwei Gläser Louis Roederer Brut Premier, und als der Kellner sie brachte war ihm klar, dass er jetzt endlich liefern musste.

„Also, der Scheich ist sehr interessiert und bereit, über anderthalb Milliarden Dollar locker zu machen, wenn der Deal gelingen würde." Er beobachtete gespannt ihre Reaktion, aber sie blieb weiter ruhig.

„Und ich habe mit ihm eine Vermittlungsprovision verabredet." Er bemerkte, wie Ewa plötzlich aufzuwachen schien und ihre Distanz ablegte. „Zehn Prozent."

Ewa stellte ruckartig ihr Glas ab.

„Zehn Prozent?", wiederholte sie fragend.

„Ja, zehn Prozent. Wir wären aller Sorgen ledig, für immer. Du und ich, egal wo."

Ewa ergriff wieder das Glas und er glaubte zu sehen, dass ihre Hand leicht zitterte.

„Kann ich noch ein Glas haben?", fragte sie. Conrad winkte den Kellner heran und bestellte. Als er zurückkam, trank sie es erneut mit großen Schlucken leer.

Conrad fühlte sich angesichts ihrer Reaktion verunsichert, wusste nicht so richtig, wie er sie bewerten sollte. Dieses Restaurant hatte so viel Geschichte erlebt und deshalb war er an diesem Abend auch hierhergekommen. Er wollte seine eigene Geschichte hinzufügen. Das größte, das ihm je widerfahren ist – mit ihr an seiner Seite.

Er konnte sich nicht erklären, warum ihn plötzlich ausgerechnet diese Geschichte ansprang: Nur wenige Tische entfernt hatte Frankreichs Präsident Mitterand sein letztes Abendessen, Lamm Curry zu sich genommen und war gleich danach gestorben.

Kapitel 23

Joe Miller schlang sich ein Handtuch um den verschwitzten Hals und schlug die Zeitung auf, die er nach einem langen Lauf durch den Hyde Park an einem Kiosk gekaufte hatte. Auf der ersten Seite berichtete der Guardian von den zahlreichen weltweiten Versuchen, schnell einen Impfstoff zu entwickeln und marktreif zu machen. Studien wurden begonnen, erste Tests mit Freiwilligen wurden gemacht. Schon wieder hatte er drei E-Mails mit immer dringlicher klingenden Nachfragen nach dem Stand seiner Versuche, bei NEWTEC weiterzukommen, erhalten. Die Deutschen hatten offenbar immer noch die Nase vorn. Fred war gekommen und hatte einen dünnen Aktendeckel mitgebracht.

„Hier. Ein paar Artikel aus der deutschen Presse. Der Wirtschaftsminister war bei NEWTEC und hatte Friedrich dabei. Klang alles ziemlich optimistisch, große Fortschritte und so weiter." Fred verwies auf den Artikel in der BILD Zeitung und das große Foto auf der Vorderseite. „Und schau mal hier, wen wir da noch auf dem Bild haben."

Joe Miller betrachtete es genauer.

„He. Unsere Freundin Ewa. Die, die mit Conrad rummacht." Er trocknete sich den Schweiß von der Stirn.

„Verdammt nochmal. Und warum höre ich nichts aus Frankfurt?", ärgerte sich Miller. „Was macht dieser Conrad eigentlich den ganzen Tag?"

„Er reist in der Gegend herum. Mit dieser Hure im Schlepptau", sagte Fred.

„Er reist herum? Wohin?" Miller öffnete ein Mineralwasser und trank aus der Flasche. Fred holte einige Fotos aus dem Aktendeckel hervor.

„Die hat Hans geschickt. Handyaufnahmen. Er hat mitgekriegt, wie sie nach Paris geflogen sind und ist drangeblieben."

Die Aufnahmen zeigten Conrad und Ewa in der Lobby des Ritz Hotels.

„Feine Kulisse", sagte Miller, „was machen die dort?"

„Anscheinend haben sie sich mit diesem Araber getroffen. Hohes Tier im saudischen Königshaus – dick im Ölgeschäft bisher. Aber das läuft natürlich lange nicht mehr so gut wie früher. Das Virus hat auch den Ölmarkt lahmgelegt. Der Mann ist immer auf dem Sprung und sucht nach Wegen, wie er sein Geld gewinnbringend anlegen kann", sagte Fred.

„Und Conrad trifft sich mit ihm …" Miller machte eine Pause, dachte nach.

„Ich hoffe, der Mann versucht nicht, seine eigene Show daraus zu machen und an uns vorbei zu arbeiten. Und natürlich ist immer diese Ewa an seiner Seite. Ich bin mir sicher, die hat er ein paar Stunden mit dem Scheich alleine gelassen."

„Hans hat beide in die Suite des Scheichs gehen sehen. Kurz darauf kam Conrad wieder heraus, allein", bestätigte Fred. „Später ist er dann nochmal zu ihm hin."

„Verdammt, verdammt, verdammt", murmelte Miller. „Ich denke, ich muss mich da dringend mal wieder selber kümmern. Was wissen wir sonst noch?"

Fred blätterte wieder in seinen Unterlagen und holte mehrere Papiere hervor.

„Wir haben uns mal den Lebenslauf von Friedrich näher angesehen, Familiengeschichte und so weiter. Ein interessanter Aspekt dabei ist, dass seine Frau gestorben ist und er noch einen Sohn hat, den einzigen. Ansonsten konnten wir keine Familienmitglieder mehr feststellen."

„In der Tat: interessant", stellte Miller fest. „Sollten wir uns mal merken. Sonst noch was?"

„In der Presse in Südafrika stand vor einiger Zeit zu lesen, Friedrich habe da eine Firma. Und hier kommt es: Dabei gibt es anscheinend Unregelmäßigkeiten mit der Steuer. Angeblich hat er mehrere Millionen Dollar nicht gezahlt."

„Ich wusste es doch", triumphierte Miller, „wenn man nur lange genug gräbt, dann findet man immer irgendwas. Wenn es drauf ankommt, haben wir vielleicht was in der Hand. Damit können wir den Druck etwas erhöhen." Er starrte wieder auf das Foto. „Dieser Bergner, der Kerl, der unbedingt ins Kanzleramt will, will Friedrich doch zu seinem Nachfolger als Wirtschaftsminister machen. Da kann er negative Schlagzeilen dieser Art gewiss nicht gebrauchen. Es gibt keine Alternative. Wir müssen sehen, dass wir diesen Friedrich kleinkriegen. Er muss zustimmen."

„Ich werde mich weiter darum kümmern", sagte Fred. „Aber wir sind uns einig: Jetzt muss Conrad ran. Und seine Hure soll ihren Hintern auch in Bewegung setzen."

Kapitel 24

Frankfurt

Joe Miller sah sie mit einem durchdringenden Blick an. Vor ihnen auf dem Tisch in der Brasserie Oscar im Hessen Palais lagen mehrere Bilder, die Aufnahmen aus der Lobby des Ritz in Paris. Miller hatte sie vor Ewa ausgebreitet. Kurz schien sie überrascht, aber nicht schockiert, und sie hatte sich, wie Miller beinahe bewundernd feststellte, schnell wieder gefasst.

„Ich frage Sie noch einmal: Was hatten Sie da in Paris verloren? Warum haben Sie sich mit dem Scheich getroffen?", wiederholte Miller erneut, nachdem er es bereits mehrfach versucht hatte. Ewa hielt seinem Blick stand.

„Genau weiß ich das auch nicht. Mit mir hat der Scheich nicht darüber gesprochen. Wir hatten anderes zu tun und dabei haben wir weniger geredet, wenn Sie wissen, was ich meine. Er hat einen eher anstrengenden Geschmack", sagte sie. „Aber soweit ich Conrad verstanden habe, ging es um Öl. Die arabischen Ölstaaten versuchen, wieder auf dem Weltmarkt Fuß zu fassen und da hat sich der Scheich wegen irgendwelcher Ideen an Conrad gewandt, der da wohl noch alte Kontakte hat. Aber bitte, ich verstehe davon nichts." Sie schaute ihn mit einem kühlen Lächeln an. „Ich war ja nur die Beigabe …"

Miller war zwar nicht überzeugt, sah aber ein, dass er nicht mehr aus ihr herausholen konnte. Jedenfalls klang ihr Teil der Geschichte einigermaßen plausibel. Sie war eine Hure und kein Investmentbanker. Jetzt kam es ohnehin darauf an, endlich mit Friedrich weiterzukommen.

„Sagen Sie Conrad, dass wir keine Extratouren hinnehmen werden", fügte er warnend hinzu. Er sammelte die Bilder wieder ein.

„Und was Friedrich angeht, da habe ich mir etwas überlegt. Wenn Sie erfolgreich sind, dann legen wir für Sie nochmal was drauf. Hunderttausend extra, sozusagen als Bonus."

Er bemerkte, wie sie sich erneut nicht aus der Reserve locken ließ, sondern ihr kühles Lächeln auch nach seinem Angebot beibehielt.

„Ich werde ihn so schnell wie möglich kontaktieren", sagte sie lediglich.

„Keine Extratouren", warnte Miller noch einmal, „ich hoffe, ich habe mich da klar ausgedrückt."

Gleich darauf bedauerte er die unmissverständliche Schärfe seines Tones. Wie schon bei ihrem ersten Treffen spürte er das Verlangen, ihr als Frau näher zu kommen. Was ihn besonders reizte, war die kühle Distanz, die sie zur Schau stellte. Sie schien einfach nicht geneigt zu sein, die Kontrolle über das Geschehen aufzugeben. Mit leichtem Schrecken überlegte er, ob sie nicht dabei war, die Kontrolle über ihn zu erlangen, statt umgekehrt.

Er legte seine Hand auf die ihre, aber er spürte keine Reaktion, keinen Gegendruck. Auch in ihrem Gesicht stellte er keine Regung fest. Ihre Augen blickten fest in seine. Miller zog seine Hand zurück, beschämt, dass er diesen Annäherungsversuch unternommen und sie ihm klargemacht hatte, dass sie sich darauf nicht einlassen wollte. Was, so fragte er sich, hätte er getan, wenn es jetzt anders gelaufen wäre. Wenn sie das Spiel mitgemacht hätte? Dass er hierauf keine eindeutige Antwort geben konnte, irritierte ihn mehr, als ihm eigentlich lieb war.

Wenn alles vorbei war, dann würde er versuchen, diese Distanz zu überwinden. Aber, so musste er sich eingestehen – und er tat es mit Bedauern –, nicht jetzt. Das würde die Dinge nur noch komplizierter machen und Gefühle zuzulassen wäre gerade jetzt die falsche Entscheidung.

„Ich bin auf dem Golfplatz", hörte sie seine Stimme. Im Hintergrund war das Abschlagen eines Balles zu hören, wahrscheinlich sein Partner bei diesem Spiel. „Wir sind gerade beim 14. Loch", beschrieb Kurt Friedrich die Situation. „Verstehen Sie eigentlich etwas von Golf?"

„Eh... nein, nicht wirklich", räumte Ewa ein. „Natürlich will ich Sie dabei nicht stören, aber ich wollte mich melden, weil ich Ihnen noch ein Dankeschön für den interessanten Besuch bei NEWTEC in Darmstadt schuldig bin. Und da hatte ich gedacht, vielleicht könnten wir uns mal wieder zum Abendessen treffen: im Hessen Palais."

Friedrich, das merkte sie an seinem Ton, war offenbar in Eile. Man erwartete seinen nächsten Schlag.

„Gut", sagte er kurz, „heute Abend, 20:00 Uhr."

Ewa legte das Handy auf den Nachttisch neben ihrem Bett. Heute würde es darauf ankommen. Ihr Blick ging zum Kleiderschrank. Was sollte sie dabei anziehen? Das Schwarze mit dem tiefen Ausschnitt? Hochhackige, spitze Schuhe sowieso, und heute einen grelleren Lippenstift. Vorher würde sie noch zum Friseur gehen.

Sie ging ins Bad und wollte gerade unter die Dusche, als sie das Klingeln des Handys hörte. Ewa ging ins Zimmer zurück und erkannte die Nummer auf dem Display sofort. Claudia Richter, die Geschäftsführerin von Blue Moon. Alle nannten sie Daisy.

Ewa nahm den Anruf entgegen. Daisy schien aufgeregt, ihre Worte überschlugen sich beinahe.

„Hör zu, wir hatten gerade einen Anruf der BILD-Zeitung. Sie wollten wissen, in welchem Zusammenhang du bei diesem Termin mit NEWTEC gewesen bist. Ob dieser Friedrich ein Kunde von uns ist, und ganz ehrlich, das würde ich auch gerne genauer wissen. In unserer Kartei gibt es diesen Namen jedenfalls nicht."

Ewa brauchte eine Weile, um das zu verdauen.

„Hallo, bist du noch dran?", hörte sie Daisy fragen.

„Eh ... ja, das war ein ganz privater Termin. Es geht um eine Investition, Geld von einer Erbschaft, und da habe ich den Rat von Herrn Friedrich gesucht", versuchte sie auf die Schnelle eine Erklärung, aber ihr war klar, dass sie nicht wirklich überzeugend klang. Schließlich wusste man bei „Blue Moon" ziemlich genau, wo sie herkam.

„Eine Erbschaft? Aus der Ukraine? Hast du da einen reichen Erbonkel, von dem du bisher nichts wusstest und der ganz plötzlich verstorben ist?", bohrte Daisy weiter.

Ewa blieb stumm, dann sagte sie:

„Nein, es ist ... es ist so: Ich habe in den letzten Jahren doch gut verdient und einiges beiseitegelegt. Und dieser Friedrich ist ja ein erfolgreicher Investor... und da habe ich gedacht, den kannst du doch mal fragen. Und dann hat er mich eben bei dieser Tour mitgenommen."

Daisy schien nicht überzeugt.

„Jedenfalls haben wir jetzt die BILD-Zeitung am Hals. Ich habe versucht, sie abzuwimmeln, aber es hatte keinen Zweck zu bestreiten, dass du bei Blue Moon arbeitest. Schließlich hast ja ein Internet-Profil, mit all diesen schönen Fotos. Ewa, unser Star unter den Escort-Girls."

Ewa war klar, dass Daisy nur das Offensichtliche aussprach. Aber sie war noch nicht fertig.

„Wir können uns gerade in diesen schwierigen Zeiten keinen Skandal leisten. Nach der Krise läuft das Geschäft gerade erst wieder an. Nur, damit du Bescheid weißt: Wir haben dein Profil gelöscht. Vorläufig bist du bei Blue Moon raus."

Mein Gott, dachte Ewa, hoffentlich würde Friedrich davon nichts erfahren. Sie legte auf. Beinahe hätte sie die WhatsApp-Nachricht übersehen.

„Ich vermisse dich sehr", hatte Peter Conrad geschrieben. Auch das noch, dachte sie und war versucht, die Nachricht zu ignorieren. Aber dann nahm sie das Handy in die Hand und schickte ihm drei Smileys.

Wenn das Geschäft mit dem Scheich zustande käme, dann ging es um Millionen in dreistelliger Höhe und wenn nicht, dann hatte ihr Miller immerhin noch einmal Hunderttausend extra versprochen. Was auch immer am Ende funktionieren würde, es ging jedenfalls nicht ohne Conrad. Er hatte die Kontakte, er wusste, wie man so etwas einfädeln konnte. Sie war auf ihn angewiesen. Aber richtig war eben auch, dass man erst Friedrich überzeugen musste, bei dem Deal mitzumachen. Darauf kam es heute an.

Fuck you, Blue Moon, dachte sie.

Kapitel 25

Berlin

Diese Schlammschlacht, dachte er, jetzt ging sie richtig los. Und ihre Reaktion, gerade eben, die war schon – er suchte nach dem richtigen Wort –, die war schon souverän. Süffisant, spöttisch hatte sie den Machtkampf um ihre Nachfolge kommentiert. Wie sie hechelten, wie sie versuchten, sich zu profilieren – als die Heilsbringer in der Krise. Die Retter des Landes, wie sie in jede Fernsehtalkshow drängten, in jedes Magazin, vor jede Tagesschau-Kamera. Bergner bei Maybrit Illner, Reiter bei Anne Will, und beim nächsten Mal umgekehrt, und beide zwischendurch in den Tagesthemen, im Heute Journal, früh um sieben schon im Morgenmagazin.

Christian Orlowski hatte die jüngsten internen Umfragewerte mitgebracht, über die Stimmung in der Partei, die er als Generalsekretär hütete, aber sie hatte abgewehrt. Sie kannte sie längst, und natürlich auch all die Briefe und E-Mails, die direkt ans Kanzleramt gegangen waren.

„Lassen Sie mal", hatte sie gesagt, „konzentrieren wir uns auf die Abläufe und die Termine."

Eines hatte ihn überrascht. Wie akribisch sie sich für diese Termine interessierte, wie bereitwillig sie sich darauf eingelassen hatte, selbst bei kleineren Parteiveranstaltungen selber aufzutreten. Mal in Hechingen, mal in Gütersloh, mal in Rostock. Ob sie jetzt verstärkt nach einem guten Abgang suchte? Oder dachte Orlowski, obwohl das sonst nie ihre Art gewesen ist, ein wenig eitel dabei war? Die Landesmutter, die nach der Krise noch einmal bei den dankbaren Kindern vorbeischaute? Oder ihren Platz in der Geschichte auch beim Volk noch einmal deutlich hervorheben wollte?

Sie hatte keinen Zweifel daran gelassen, dass sie es war, die die Macht in ihren Händen hielt und nicht bereit war, sie auch nur einen Tag eher niederzulegen. Auch wenn die Kommentatoren in den Berliner Medien endlos darüber spekulierten, ob sie jetzt nicht einem Nachfolger Platz machen sollte.

Zwischendurch war überraschend Johannes Bunten in ihr Büro im siebten Stock gekommen. „Entschuldigen Sie die Störung", hatte der Kanzleramtsminister gesagt, „aber es ist wichtig. Das Büro des chinesischen Staatspräsidenten hat sich gerade gemeldet. Er will gleich anrufen."

„Was will er denn?", hatte die Kanzlerin gefragt.

„Er will über eine Kooperation bei der weiteren Bekämpfung des Virus mit uns sprechen."

„Die Chinesen wollen offenbar wieder Boden gutmachen", hatte sie geantwortet. „Nun gut, ich werde mit ihm reden."

„Sein Büro hat angedeutet, dass sie den chinesischen Markt für deutsche Produkte weiter öffnen wollen, nachdem es mit den Amerikanern immer schwieriger wird, dass sie im Gegenzug bei kommerziellen Deals aber auch unser Entgegenkommen erwarten", führte Bunten weiter aus.

„Was soll das heißen?", hatte sie gefragt.

„Das wissen wir noch nicht. Aber ich darf noch einmal an die Warnung des Bundesnachrichtendienstes und die Übernahmeversuche von NEWTEC erinnern."

„Nicht mit mir", hatte sie geantwortet. Dann hatte sie sich wieder Orlowski zugewandt.

„Wo waren wir stehengeblieben? Da gab es doch noch eine Anfrage für einen Auftritt in Köln. Sagen Sie unseren Parteifreunden vor Ort, das machen wir."

Orlowski winkte dem Beamten der Bundespolizei kurz zu, nachdem er sein Fahrrad bestiegen und das quadratische, im weißen Sichtbeton gehaltene Hauptgebäude des Kanzleramtes auf der rechten Fahrspur verlassen hatte. Die Kanzlerin hatte ihm zwischen zwei Telefonaten mit Regierungschefs aus dem Ausland eine halbe Stunde eingeräumt, um die Parteitermine zu besprechen, und sie hatte sich auch von den Chinesen nicht ablenken lassen. Er hatte in den letzten Wochen viele Anfragen der Basis bekommen und jetzt versuchte er, möglichst viele davon umzusetzen.

Als Generalsekretär spürte er deutlich, dass ihr Ansehen in der Partei, wie auch in der Bevölkerung insgesamt, erheblich gestiegen war. Niemand, so wusste er schon lange, sollte Annegret Winkler je unterschätzen. Das hatte er immer wieder erlebt. Wenn es um die Machtfrage ging, dann hatte sie alle abserviert, die sie herausgefordert hatten. Kühl, überlegt und vor allem erfolgreich. Auch wenn sie entschieden hatte, nicht erneut anzutreten, hatte die Krise sie in den Umfragen wieder nach oben katapultiert, und mit ihr die Partei. Schade eigentlich, dachte Orlowski. So viel Rückenwind und jetzt wollte sie gehen.

Er trat kräftig in die Pedale, als er auf dem Weg in die Parteizentrale an der mächtigen Kulisse des massigen Reichstagsgebäudes vorbeiradelte. Der Ton wurde rauer. Das Rennen lief eigentlich nur noch zwischen Bergner und Reiter, und zumindest für ihn war klar, dass der Ministerpräsident gewinnen würde, um dann ins Kanzleramt einzuziehen, das Orlowski gerade hinter sich gelassen hatte. Annegret Winkler hatte trotz ihres spöttischen Untertons auch ihm gegenüber nicht erkennen lassen, wen sie als ihren Nachfolger sah.

Er hörte das Klingeln seines Handys, wollte aber nicht anhalten, um den Anruf entgegenzunehmen. Er genoss die kurze Unterbrechung, die frische Luft auf dem Fahrrad, die Chance, einen freien Kopf zu bekommen.

Als er in seinem Büro in der Parteizentrale angekommen war, nahm er das Handy ans Ohr und hörte die Mailbox ab. Der Anruf kam von Kai Herrmann. „Rufen Sie mich zurück, es ist dringend", hörte er die Stimme des BILD-Mannes.

Orlowski wählte seine Nummer.

„Sie erinnern sich", sagte Herrmann ohne lange Vorreden: „Die Geschichte mit der Begleiterin von Friedrich bei dem Auftritt mit Bergner bei NEWTEC."

Orlowski biss sich auf die Lippen. Jetzt war es offenbar soweit.

„Die Kollegen in Frankfurt haben das recherchiert. Die Dame arbeitet bei einem Escort-Service mit dem schönen Namen Blue Moon und sie ist da ziemlich erfolgreich. Wir werden das morgen bringen und ich wollte mal hören, ob es von Ihrer Seite eine Reaktion dazu gibt?"

„Ich hatte noch keine Gelegenheit, mich darum zu kümmern", versuchte Orlowski Zeit zu gewinnen. Es war ihm klar gewesen, dass es irgendwann hochkommen würde. Sein Frankfurter Parteifreund hatte ihn gewarnt. Wo immer er das auch herhatte, ob aus eigenem Umgang oder von anderen, spielte keine Rolle. Orlowski hoffte nur, diese Sache irgendwie geradebiegen zu können. Die Umfragen für die Partei waren gerade so hervorragend, da konnte er wegen dieser dummen Geschichte wirklich keine Ablenkung gebrauchen. Was tun, dachte er. Schnell, eine Lösung.

„Sehen Sie, Friedrich hat ja nichts Illegales gemacht. Er ist Witwer, er kann doch ausgehen, mit wem er will."

„Schon, schon. Aber wir sind eine Boulevardzeitung, ein Auftritt mit dem Bundeswirtschaftsminister bei einem so wichtigen Termin – und dann mit einer Dame von einem Escort-Service –, das ist doch eine Geschichte, an der wir nicht einfach vorbeigehen können", nahm Herrmann die Bemerkung auf.

Natürlich wusste Orlowski, dass das ein Argument war, dem sich eine Boulevardzeitung schlecht verschließen konnte. Dennoch musste er einen Versuch unternehmen. Wenn es Bergner treffen würde, dann sollte es eben so sein. Aber er musste das Wohl der Partei insgesamt im Auge behalten.

„Hören Sie zu", sagte er, „ich werde versuchen, da mehr Klarheit zu bekommen. Aber das wird noch etwas dauern. Bis dahin bitte ich um Geduld. Aber ich hätte stattdessen eine andere Geschichte für Sie."

„Ich bin ganz Ohr", ließ sich Herrmann vernehmen.

„Die Chinesen wollen ihren Markt für deutsche Produkte weiter öffnen. Das könnte eine riesige Chance für unsere Industrie sein, die gerade versucht, nach der Krise wieder auf die Beine zu kommen. Da gibt es just heute Gespräche auf höchster Ebene. Das gebe ich Ihnen hier exklusiv."

„Haben Sie dafür eine Quelle?", fragte Herrmann.

„Natürlich haben Sie das nicht von mir. Aber bohren Sie doch mal im Kanzleramt nach. Am besten beim Kanzleramtsminister. Den kennen Sie doch bestimmt persönlich. Ich könnte mir vorstellen, dass das Kanzleramt ein Interesse daran hat, dass die Geschichte auf den Markt käme. Und wie gesagt: Im Augenblick haben Sie das noch ganz exklusiv. Würde doch auch eine schöne Schlagzeile machen, oder?"

„Ja, wenn es stimmt, dann wäre das sicher nicht uninteressant", sagte Herrmann.

„Und was die andere Story aus Frankfurt angeht, da wäre ich Ihnen wie gesagt sehr dankbar, wenn Sie sich da noch etwas in Geduld üben würden", beeilte sich Orlowski.

„Ich werde das mit den Kollegen besprechen, aber versprechen kann ich natürlich nichts", gab Herrmann zurück.

„Nein, nein, ich will Sie da selbstverständlich nicht hindern. Das kann ich ja gar nicht. Und sobald ich Genaueres weiß, melde ich mich. Aber bitte, geben Sie mir noch etwas Zeit und denken Sie an die Chinesen. Das wird Ihre Leser an den Fabriktoren ganz bestimmt noch viel mehr interessieren."

Kapitel 26

Frankfurt

Lange hatte sie überlegt, worauf Kurt Friedrich wohl am meisten stand. Eher zurückhaltend, ein wenig konservativ oder richtig aufregend, sexy und offensiv. Die zweite Variante entsprach eher dem, was ihre Kunden wollten, es war sozusagen ihr Geschäftsmodell, aber Ewa entschied sich heute für die konservative Option und wählte ein dunkelblaues Kleid, das sie bei ihrem Ausflug nach Paris erbeutet hatte. Es endete deutlich über dem Knie. Die Haare trug sie hochgesteckt. Das Parfum kam von Dior. Sie wusste, dass Conrad geradezu verrückt nach diesem Duft war, und warum sollte es Friedrich nicht auch gefallen? Sie versprühte nur eine dezente Dosis, gerade genug, um es wahrzunehmen.

Dann, nach kurzem Zögern, wählte sie die Perlenkette und legte sie sich um den Hals. Sie hatte sie lange nicht mehr getragen. Es war ein Geschenk ihrer Großmutter aus Kiew, die sie ihr zum Abitur überreicht hatte – kurz bevor sie verstorben war. Sie kam aus einer großbürgerlichen Familie und hatte die Kette aus vorkommunistischen Zeiten herübergerettet. Wie viele ältere Menschen hatte sie besonders unter den elenden Verhältnissen in der neuen Ukraine gelitten. Was sie wohl denken würde, wenn sie noch erlebt hätte, welcher Beschäftigung ihre Enkelin nun nachging?

Sie schlug die neueste Ausgabe des Golf-Magazins auf und studierte die letzten Berichte über die Turniere auf den verschiedenen Plätzen. Kurz las sie in dem Artikel über Fitnesstipps für Golfer, über starke Bauchmuskeln für einen langen Drive, die Hotlist über die besten Driver, Hölzer und Hybriden, und sie sah, dass auch ein Video über die 10 besten Schläger von Tiger Woods angeboten wurde. Schon zuvor hatte sie sich im Internet kundig gemacht und endlich verstanden, warum ein hohes Handicap beim Golfen eine schlechte Einstufung, ein niedriges dagegen eine positive Nachricht war.

In der Lobby, wo sie auf ihn wartete, entdeckte sie eine Gestalt, die ihr bekannt vorkam. Blond wie sie selbst, dafür aber mit zartrosa Strähnen, einem kurzen Lederrock und grellem Make-up, kam die junge Frau durch die Tür und stöckelte unsicher auf halbhohen, weißen Lederstiefeln in Richtung Fahrstuhl. Danuta, eine neue Kollegin bei Blue Moon – aus Polen. Ihr erstes Jahr in Deutschland hatte sie auf dem Straßenstrich in Berlin verbracht und es war offensichtlich, dass sie sich in diesem Aufzug noch nicht wirklich davon hatte lösen können, wie Ewa missbilligend feststellte. War das die Richtung, in die Blue Moon gehen wollte? Viel Glück damit, dachte sie verächtlich. Ewa trat zurück und hoffte, dass Danuta sie nicht sehen würde. Tatsächlich schlossen sich wenige Sekunden später die Fahrstuhltüren hinter ihr.

Einen Augenblick lang empfand Ewa dennoch so etwas wie Eifersucht. Es hatte sie getroffen, dass Daisy sie so radikal aussortiert hatte. Auch wenn sie natürlich nachvollziehen konnte, dass Blue Moon gerade jetzt, wo das Geschäft nur langsam wieder anlief, keinen Bedarf an Skandalen hatte.

Aber egal. Ihre Aufgabe war es, jetzt dafür zu sorgen, dass sie möglichst nie wieder darauf angewiesen sein würde, ihr Geld auf diese Weise zu verdienen.

Als Erstes bemerkte sie den Blumenstrauß in seiner Hand: pinkfarbene Rosen. Klein, dezent und sorgfältig gebunden. Kurt Friedrich kam auf sie zu und überreichte ihr den Strauß mit einem ungewohnt offenen Lächeln. Ewa reagierte schnell und küsste ihn auf beide Wangen.

„Nur eine kleine Aufmerksamkeit", sagte Friedrich, „als Dankeschön für Ihre Begleitung nach Darmstadt." Ewa hielt den Strauß wie eine Trophäe. Gemeinsam gingen sie in das Restaurant des Hotels. Ein Kellner kam schnell und brachte eine Vase, die er auf dem Tisch platzierte, den Ewa reserviert hatte.

Darmstadt, NEWTEC und das Treffen mit dem Minister, fielen ihr wieder ein. Inständig hoffte sie, dass sich die BILD-Zeitung nicht direkt mit Fragen zu seiner Begleitung an Friedrich gewandt oder gar in Berlin im Ministerium nachgefragt hatte. Vor allem, nachdem sie schon bei Blue Moon recherchiert hatten. Aber, beruhigte sie sich, dann hätte er sicherlich nicht diesen Blumenstrauß mitgebracht.

Natürlich hatte sie das Foto in der BILD-Zeitung auch gesehen. Sie hatte sich im ersten Augenblick sogar geschmeichelt gefühlt. Ewa aus der Ukraine, Mitarbeiterin bei Blue Moon, zusammen mit einem erfolgreichen Großinvestor und dem Bundeswirtschaftsminister auf der Titelseite der meistverkauften Zeitung des Landes. Aber inzwischen hatte sie erfahren müssen, dass es offensichtlich ein Fehler war. Einer, den sie nicht mehr rückgängig machen konnte. Plötzlich war sie in eine Welt katapultiert worden, in der sie sich weder auskannte und die sie auch nicht kontrollieren konnte – die Welt der Hochfinanz und der Politik. Maximilian kam ihr in den Sinn, einer ihrer langjährigen Kunden. War er nicht auch in der Politik aktiv? Irgendein hohes Tier in der Partei, in der Frankfurter Lokalpolitik? Bisher war ihr das nicht weiter wichtig gewesen. Er war ein Kunde wie jeder andere. Aber jetzt war sie beunruhigt. Sicherlich hatte Maximilian gute Kontakte nach Berlin. Deshalb war es umso wichtiger, dass jetzt Bewegung in die Sache käme. Sie hatte ihre Rolle, jetzt musste sie liefern.

Kurt Friedrich absolvierte das Ritual der Menüauswahl routiniert. Um das Geplänkel abzukürzen, entschied sich Ewa, es ihm gleichzutun. Worauf sie achten würde, waren die Getränke. Auch hier folgte sie der Auswahl von Friedrich: zuerst Champagner, dann Rotwein, dann Cognac und, auf ihren Wunsch hin, nach dem Essen noch einmal Champagner. Jedes Mal, wenn die Gläser halbleer waren, nickte sie dem Kellner zu und bedeutete ihm nachzuschenken. Friedrich machte keine Anstalten, dies abzuwehren.

Ewa hatte das Gespräch zuerst auf das Thema Golf gelenkt. Nein, sagte sie, sie spiele selber nicht, aber sie denke darüber nach und wenn ihr Investment bei NEWTEC sich so positiv entwickle, dann habe sie vielleicht die Zeit und das Geld, um sich diesem Sport zu widmen. Jetzt nur nichts zu Anstrengendes diskutieren, dachte sie. Nichts, was den Abend belasten konnte.

„Ach, und welches Handicap haben Sie?", fragte sie neugierig, als das Dessert abgeräumt wurde und sie wieder beim Champagner gelandet waren.

„Vierzehn", sagte Friedrich. Es fiel ihm sichtlich schwer, seinen Stolz zu verbergen. Ewa hob ihr Glas. „Ich trinke darauf, dass Sie überall ein so gutes Handicap haben mögen. In allen Bereichen." Sie ließ ihre Hand unter dem Tisch auf sein Knie gleiten und bewegte sie auf der Innenseite seiner Oberschenkel nach oben. Friedrich blickte kurz überrascht, machte aber keine Anstalten, sie zu stoppen.

Nach einer kurzen Weile zog sie ihre Hand zurück. „Vielleicht sollten wir einen Ortswechsel vornehmen", schlug sie vor. Friedrich verstand und winkte den Kellner mit der Rechnung herbei, die er mit einer Kreditkarte bezahlte. Ewa stand auf und nahm ihn bei der Hand. Er folgte ihr ohne Widerstand.

Er war leidenschaftlicher, als sie es sich vorgestellt hatte. Fast so, als wollte er sich befreien, etwas hinter sich lassen – oder etwas nachholen. Ewa war sich nicht sicher, aber sie ließ sich darauf ein. Es kam ihr sogar entgegen. So brauchte sie sich nicht zu sehr zu bemühen, es echt aussehen zu lassen.

Sie agierte laut und wild und zwischendurch war sie sich nicht einmal sicher, was daran gespielt war, was sie professionell absolvierte und was sie tatsächlich dabei empfand.

Er stand offensichtlich nicht auf besondere Extras, wollte sich nicht schlagen, wollte sich nicht demütigen lassen und Ewa war ganz dankbar dafür, obwohl es ihr sicher einen Extra-Kick gegeben hätte.

Als es vorbei war, war er nicht gerade gesprächig, wollte aber auch nicht gehen. Ewa nahm es hin. Bald war Kurt Friedrich eingeschlafen. Ewa lag dagegen wach. Sie merkte, wie Friedrich sich hin- und herwarf, wie er heftig zu träumen schien. Gelegentlich murmelte er etwas und sie glaubte, mehrfach den Namen Gudrun zu hören.

Friedrich wachte früh auf. Ewa fragte, ob sie ein Frühstück beim Zimmerservice bestellen sollte, aber er lehnte ab. Sie war verunsichert, wusste nicht, wie er zu dieser Nacht stand. Er wollte gerade die Decke zurückschlagen, um aufzustehen, als sie sich einen Ruck gab. Nicht, dass es sie etwas anging und danach zu fragen war eigentlich nicht professionell. Aber dann tat sie es doch.

„Wer ist Gudrun?", fragte sie und bedauerte sofort, es getan zu haben. Friedrich schien völlig überrascht.

„Gudrun? Wie kommst du darauf?"

„Du hast diesen Namen mehrfach im Schlaf gesagt."

Friedrich blickte an die Decke, blieb eine Weile stumm.

So, habe ich das", murmelte er endlich. „Gudrun, das ist der Name meiner Frau. Sie ist vor drei Jahren gestorben. Krebs."

Friedrich stand nun auf, griff sich seine Kleider und verschwand im Bad. Sie hörte die Dusche. Dann kam er zurück – angezogen. Er hatte sogar seine Krawatte angelegt.

Sie lag noch im Bett, hatte inzwischen ihre Haare gekämmt und die Bettdecke gerade gezupft. Was würde er tun, dachte sie. Was sollte sie tun? Friedrich stand vor ihr, die Distanz, die Unsicherheit waren offensichtlich.

Schließlich fragte sie, um die bedrückende Stille zu durchbrechen:

„Wollen wir uns wiedersehen?"

Er zögerte kurz, dann sagte er:

„Gerne."

Als er gegangen war, merkte sie, was für einen Fehler sie begangen hatte. Nach dem, was diese Nacht bezwecken sollte, würde ein Wiedersehen mit ihr wohl das Letzte sein, was Friedrich wollte.

Kapitel 27

Frankfurt

Joe Miller hatte ein unauffälliges Café in der Nähe der Oper gewählt. Peter Conrad war mit hängenden Schultern gekommen, hatte aber wieder einen Anzug angezogen und eine New York Times unter den Arm geklemmt, so als sei ihm die Wichtigkeit dieses Treffens bewusst, bei dem er eine Rolle haben sollte, die ihm nach den bisherigen Misserfolgen nicht wirklich klar war.

„Unser Kunde gibt keine Ruhe", eröffnete Miller das Gespräch ohne lange Umschweife. „Und sicherlich haben Sie in der Zeitung gelesen, dass der Wettbewerb nun vollends entbrannt ist. Überall gibt es Meldungen von Firmen, die dabei sind, einen Impfstoff zu entwickeln. Seriöse und sicherlich auch nicht so seriöse. Aber NEWTEC ist nach wie vor die beste Option."

Conrad wusste nicht, was er darauf antworten sollte. Miller erzählte nur, was man in der Tat in allen Zeitungen nachlesen konnte.

„Um es kurz zu machen: Unser Kunde ist angesichts dieses Wettrennens bereit, den Einsatz noch einmal zu erhöhen. Und zwar um weitere 250 Millionen Dollar. Und Ihre Aufgabe ist es, Friedrich genau das klarzumachen."

Conrad überlegte einen Augenblick, ob er Miller die Sinnlosigkeit dieses neuen Versuchs erläutern sollte. Angesichts der bisherigen Erfahrungen mit Friedrich hegte er keine großen Hoffnungen auf einen Erfolg, bremste sich dann aber selber. Was hatte er schon zu verlieren?

Miller bemerkte sein Zögern. „Und, Conrad, für Sie geht es immer noch um eine Million. Steuerfrei."

Conrad nickte ergeben. Miller holte einen Umschlag hervor und zog einen zigarettenschachtelgroßen Plastikkasten hervor, an

dem ein Draht befestigt war, und an dessen Ende ein stecknadel-
großer Knopf.

„Ein Sender mit einem Mikrofon", erläuterte Miller. „Ich
möchte, dass Sie das beim Treffen mit Friedrich tragen. Denken
Sie dran, Sie sind in unserem Auftrag unterwegs und ich gebe
Ihnen einen dringlichen Rat: keine Extratouren. Haben wir uns
verstanden?"

Conrad nahm den Apparat zögerlich an sich.

„Und damit das klar ist: es eilt", sagte Miller und erhob sich.
„Vergessen Sie nicht, den Sender einzuschalten."

Zu seiner Überraschung hatte Friedrich dem Treffen zugestimmt.

„Ich weiß zwar nicht, was wir noch zu besprechen haben, aber
ich habe sowieso im Golfclub zu tun. Also morgen um zwölf",
hatte er gesagt und aufgelegt, als Conrad ihn angerufen hatte.

Jetzt saßen sie sich gegenüber. Das Restaurant des Clubs war
voll. Conrad hatte Mühe, noch einen Tisch zu finden, der sich außer Hörweite der übrigen Gäste befand. Friedrich kam in
Golfkleidung und stellte den Sack mit seinen Schlägern neben den
Tisch. Conrad war nervös. Gerade rechtzeitig fiel ihm ein, den
Sender unauffällig einzuschalten. Er fühlte sich Miller jetzt noch
mehr ausgeliefert, als er es ohnehin schon war.

„Mein Partner für das Spiel kommt in wenigen Minuten. 18
Loch, die volle Runde", eröffnete Friedrich das Gespräch. „Conrad, was gibt es? Ich vermute mal, Sie wollen mit mir nicht über
das anstehende Clubturnier reden?"

„In der Tat, so ist es", räumte Conrad ein. „Ich habe gute Nachrichten."

„Da bin ich aber gespannt", reagierte Friedrich lakonisch.

„Der Interessent, über den wir bereits gesprochen haben, ist bereit, sein Angebot erheblich aufzustocken. Eine weitere Viertelmilliarde Dollar."

Friedrich machte sich nicht die Mühe, seiner Ablehnung einen diplomatischen Anstrich zu verpassen.

„Ach Conrad. Ich verstehe ja, dass Sie das Geld dringend brauchen. Aber offenbar wollen Sie es nicht kapieren: Was immer Sie anbieten – nicht mit mir. Sagen Sie das Ihren Auftraggebern und lassen Sie mich damit endlich in Ruhe."

Vom Eingang des Restaurants winkte ihm ein Mann zu, der ebenfalls Golfkleidung trug. Friedrich winkte zurück.

„Da kommt mein Spielpartner. Wenn Sie mich jetzt entschuldigen würden?!"

Conrad blieb noch einem Moment sitzen, nachdem Friedrich gegangen war. Dann schaltete er den Sender ab.

Kapitel 28

London/ Frankfurt

Die E-Mail von Jonathan Klein, dem Chef von Security International, war eindeutig gewesen. Unser Kunde droht mit dem Abbruch des Geschäfts, wenn wir nicht bald liefern. Weiter nichts. Nur dieser eine Satz.

Joe Miller machte sich keine Illusionen, was das bedeuten würde. Sie würden ihn fallen lassen. Ein Versager, der einen Millionenauftrag in den Sand gesetzt hatte. Es würde sich herumsprechen, in diesem Gewerbe wäre er raus, überall.

Er zeigte Fred die Mail. Auch ihn würde es mit in diesen Abgrund reißen. Jonathan Klein residierte in einem Bürogebäude in Arlington, auf der anderen Seite des Potomac, der Washington D.C. und die Vorstadt voneinander trennte. Er saß nicht weit vom Pentagon und nur 15 Minuten von Langley, dem Sitz der CIA, entfernt, wo er sein Handwerk erlernt hatte. Von seinem Büro im zehnten Stock hatte er das ganze Panorama der Hauptstadt vor Augen. Von hier dirigierte er sein weltweites Imperium, stellte Söldnertruppen für die US-Regierung auf – und zwar so, dass sie immer behaupten konnte, damit nichts zu tun zu haben –; verschob Waffenlieferungen – manchmal sogar für beide Seiten eines Konflikts –; verlieh Sicherheitsexperten für jeden, der sie bezahlen konnte, und unterhielt gute Kontakte zu Diktatoren, von denen nicht wenige auf seine Dienstleistungen angewiesen waren, um an der Macht zu bleiben. Versagen, aufgeben, das kam in seinem Wortschatz nicht vor.

Wer in seinem Schattenreich eine solche Mail bekam, der wusste, was das hieß. Es war die letzte Chance, die allerletzte.

„Dieser Hurensohn", fluchte er, „dieser Friedrich, dieser verdammte, sture Hurensohn."

Fred hatte wieder seine Akte mitgebracht, in der er alle Erkenntnisse über Kurt Friedrich sammelte. Seit ihrem letzten Treffen war nicht viel dazu gekommen. Eines war allerdings nicht ganz unwichtig. Es gab eine noch unscharfe Spur zu seinem Sohn Tom. Es war noch nicht ganz sicher, aber es schien wahrscheinlich, dass er in Asien lebte. Möglicherweise in Thailand. Außerdem hatte Fred noch einmal jeden Stein umgedreht. Offenbar war dieser Tom tatsächlich der einzige lebende Verwandte.

„Wenn es nicht anders geht, dann werden wir ihn finden müssen", fasste Miller zusammen. „Aber vorher unternehmen wir noch einen letzten Versuch, diesen Mistkerl umzustimmen. Sag Ewa, sie soll sich darum kümmern."

Als Ewas Anruf mit der Einladung kam, war er zwar überrascht, empfand es aber als angenehme Überraschung. Die Nacht mit ihr hatte etwas freigesetzt, das er lange nicht mehr gespürt hatte. Er befand sich in seiner zweiten Lebenshälfte, aber sie war jung und sie hatte ihm das Gefühl gegeben, dass er ihr etwas bedeutete. Ihre wilde Leidenschaft, mit der sie sich ihm ergeben hatte. Es fühlte sich gut an. So gut, dass er mehr wollte. Jetzt.

Kurt Friedrich ging den langen Flur im dritten Stock entlang, bis er vor ihrem Hotelzimmer stand. Er klopfte und fragte sich, was sie wohl anhatte, wie sie ihn empfangen würde.

Als die Tür sich öffnete und ein Mann im Durchgang erschien, war er einen Moment lang verunsichert. „Entschuldigung, ich habe mich wohl in der Tür geirrt", sagte er schnell. Aber der Mann zog ihn am Arm in das Zimmer.

„Sie ist nicht da. Sie müssen mit mir vorliebnehmen", sagte er, setzte sich in einen Sessel und wies mit der Hand auf einen zweiten, der danebenstand.

„Mein Name tut nichts zur Sache", sagte der Mann. „Wir haben etwas Geschäftliches zu bereden und es wäre für alle Beteiligten von Vorteil, wenn wir uns schnell einigen könnten. Ich will es kurz machen: Wir wollen die 51 Prozent von NEWTEC und bieten Ihnen, Sie haben es schon gehört, 1,25 Milliarden Dollar. Das ist ein guter Preis. Ich habe die Prokura. Wir können den Deal direkt abschließen, hier und jetzt."

Friedrich hatte Mühe, die Fassung zu bewahren. Er merkte, wie er rot anlief. Doch dann übernahm seine Professionalität die Regie.

„Sie glauben doch nicht im Ernst daran, dass ich mich mit jemandem auf so einen windigen Deal einlasse, dessen Namen ich nicht einmal kenne. Wer immer Sie schickt, sagen Sie ihm, er soll sich zur Hölle scheren. Ich verkaufe nicht. Nicht hier, nicht jetzt und auch nicht an irgendeinem anderen Tag des Jahres."

„Nicht so eilig, Herr Friedrich, nicht so eilig. Sie machen hier den Saubermann. Aber wir haben uns Ihre Geschäfte einmal genauer angeschaut. Südafrika zum Beispiel. Da haben Sie Millionen an Steuern unterschlagen. Es wäre bestimmt nicht gut für Ihren tadellosen Ruf, wenn das herauskäme. Wollen Sie wirklich, dass wir der Presse einen Hinweis geben? Oder der Justiz?"

Wieder merkte Friedrich, wie die Wut in ihm aufstieg. Aber er beherrschte sich erneut. Es gelang ihm, seiner Stimme einen metallenen Klang zu verleihen.

„Versuchen Sie es doch. Nur werden Sie damit nicht weit kommen. Sie glauben, Sie haben Ihre Hausaufgaben gemacht und könnten mich jetzt erpressen. Aber ich muss Sie enttäuschen. Sie waren leider nicht sorgfältig genug. Ich habe schon vor Monaten alle meine Steuerschulden in Südafrika bezahlt und mich mit der Justiz geeinigt."

Der Mann klappte nun einen Laptop auf, der auf einem kleinen Tisch zwischen den beiden Sesseln stand. Er drückte auf einen

Knopf und der Bildschirm leuchtete auf. Ein Video lief an. Es zeigte Ewa und ihn in ihrer gemeinsamen Nacht, das Bett, das neben seinem Sessel stand, ihre wilde Leidenschaft und seine heftigen, nicht minder intensiven Reaktionen. Der Mann ließ das Video eine Weile laufen.

„Wollen Sie es in voller Länge sehen, oder reicht das?", fragte er schließlich. „Auch das können wir gerne an die Presse geben. Wir haben in der Zeitung gelesen, dass Sie gerne Minister in der Berliner Regierung werden wollen. Ich glaube, das können Sie sich dann abschminken. Also, Herr Friedrich, unser Angebot für NEWTEC steht. Es ist ein gutes Angebot, aber Sie müssen Ja sagen. Und zwar jetzt."

Friedrich ergriff den Laptop und schmetterte ihn auf den Boden. Ewa. Das also steckte hinter ihrer Leidenschaft, hinter all ihrer Zuwendung, ihrem Interesse als angeblicher Investorin bei seiner Firma. Alles nur vorgetäuscht, alles sorgfältig geplant – mit nur einem Ziel: ihn zu erpressen.

Er hatte größte Mühe, seine Beherrschung wiederzuerlangen.

„Wenn Sie glauben, Sie können mich mit so einer Schweinerei in die Knie zwingen, dann haben Sie sich schon wieder getäuscht. Ihre Hure hat mich zwar in diese Falle gelockt, aber was wir hier sehen, ist nicht illegal. Kann sein, dass mir das politisch schadet, aber ich kann Ihnen versichern: Damit kann ich leben. Ich war mir ohnehin nie sicher, ob ich in die Politik gehen soll. Eines sage ich Ihnen aber jetzt erst recht: Ich werde diesen schmutzigen Deal nicht unterschreiben."

Friedrich stand auf und schlug die Tür hinter sich zu. Joe Miller sammelte die Trümmer des kaputten Laptops ein und steckte sie in eine Tasche. Dann schrieb er eine SMS an Fred: „Der Bastard will einfach nicht. Sag Hans, er soll sich vorbereiten. Nähere Einzelheiten folgen."

Kapitel 29

Frankfurt/Kronberg

Joe Miller schob ihm zwei unterschiedlich dicke Umschläge über den Tisch. Peter Conrad war sich nicht sicher, was das zu bedeuten hatte. Sie saßen wieder in dem unauffälligen Café in der Nähe der Oper. Miller hatte ihn angerufen und ihn in beinahe barschem Ton dorthin bestellt.

„Ihre Anzahlung", sagte er. „100.000 vorab von Ihrem Honorar, 50.000 Dollar Spesen."

Conrad verstand nicht. Hatte es doch einen Erfolg gegeben? Hatte Friedrich es sich möglicherweise anders überlegt? Warum nun plötzlich eine Zahlung für eine bisher auf allen Ebenen gescheiterte Aktion?

„Nun nehmen Sie schon", forderte Miller ihn auf. Zögerlich steckte Conrad die beiden Umschläge ein. Miller holte ein Blatt Papier heraus und legte es vor Conrad hin. Es war in Deutsch und Englisch ausgestellt.

„Damit alles seine Ordnung hat: eine Quittung für unsere Verwaltung, natürlich nur für unsere interne Verwendung. Aber wenn´s um Geld geht, dann sind die dort immer sehr genau", sagte Miller. Er legte einen Kugelschreiber daneben und sah Conrad erwartungsvoll an, während der das Papier durchlas.

Es war in der Tat eine Empfangsbestätigung über 100.000 Dollar Honorar und 50.000 Dollar Spesen in doppelter Ausfertigung. Die ausgezeichnete Leistung: „Honorar für Kontaktvermittlung mit Herrn Kurt Friedrich", schien Conrad eine korrekte Beschreibung seiner Bemühungen für Miller und seine Auftraggeber zu sein, auch wenn er weiterhin nicht verstand, worin der Erfolg bestand. So viel Geld – im Augenblick hätte ihm nichts Besseres passieren können.

Er nahm den Kugelschreiber und unterschrieb. Miller schien zufrieden. Er faltete das Papier sorgfältig zusammen und steckte es in seine Jackentasche. Auch Conrad nahm seine Ausfertigung und verstaute sie in seiner Brieftasche.

„Gut", nickte Miller. „Ich habe da noch eine Frage. Kennen Sie Tom Friedrich?"

Conrad legte die Stirn in Falten. Tom, der Sohn von Kurt Friedrich. Miller kramte einen alten Zeitungsausschnitt samt Foto hervor. Es zeigte Friedrich mit einem Pokal in der Hand, den er dem Fotografen stolz entgegenhielt. Daneben war ein junger Mann zu erkennen – und er, Conrad. Die Bildunterschrift lautete: Triumph für den Investor Kurt Friedrich, der auf dem Golfplatz in Kronberg das Vereinsturnier gewonnen hat. Links im Bild sein Sohn Tom und sein Geschäftspartner Peter Conrad."

„Das haben wir in der Frankfurter Rundschau gefunden", erklärte Miller. „Lange her. Können Sie sich daran erinnern?"

Conrad nickte. Ja, er war Tom gelegentlich auf dem Golfplatz begegnet. Friedrich hatte ihn mitgebracht, um ihm das Golfspielen beizubringen. Dabei hatte er mitbekommen, dass Tom eine Ausbildung als Schauspieler begonnen hatte. Ein junger Mann mit Träumen, langhaarig, sensibel, unsicher. Conrad hatte ihn eigentlich ganz sympathisch gefunden, hatte sich mit ihm über die aktuellen Theateraufführungen unterhalten, die er damals regelmäßig mit Ingrid besucht hatte. Tom fühlte sich vor allem von Shakespeare angezogen, träumte davon, eines Tages auf einer großen Bühne den Hamlet zu geben. Conrad war es damals wie ein ziemlich plattes Klischee vorgekommen, aber er musste zugeben, dass die tragische Figur vom jungen Sohn, umgeben von Günstlingen und Intriganten, irgendwie zu Tom und seinen Lebensumständen passte. Er rief sich die Zeilen aus Hamlets Sein-oder-Nichtsein- Monolog in Erinnerung, die Tom ihm einmal theatralisch auf der Wiese vor Schloss Kronberg vorgetragen hatte:

Sterben – schlafen –Nichts weiter! Und zu wissen, dass ein Schlaf das Herzweh und die tausend Stöße endet, die unsers Fleisches Erbteil, 's ist ein Ziel, aufs innigste zu wünschen. Sterben – schlafen –Schlafen! Vielleicht auch träumen! Ja, da liegt's: Was in dem Schlaf für Träume kommen mögen, wenn wir die irdische Verstrickung lösten, das zwingt uns still zu stehn. Das ist die Rücksicht, die Elend lässt zu hohen Jahren kommen.

Das war, so dachte Conrad, Tom in Reinkultur. In der Welt seines Vaters, in der es vor allem um Geld und dessen Vermehrung ging, war Tom ein Fremdkörper. Interesse oder gar Talent für Golf hatte er nicht. Conrad hatte ihn dafür bedauert, dass sein Vater ihn seine Verachtung so offen spüren ließ. Verachtung für seine Art zu leben, für seine beruflichen Hoffnungen, für seinen Charakter. Bald war er weggeblieben und Kurt Friedrich hatte keinen Hehl daraus gemacht, was er von Tom hielt: In seinen Augen war er ein lebensfremder Versager. Er war nie wieder auf das Thema zurückgekommen.

Er erzählte Miller von den lange zurückliegenden Begegnungen. Miller schien das zu gefallen.

„Wir haben eine neue Aufgabe für Sie. Finden Sie ihn. Wir haben Hinweise darauf, dass er in Thailand leben könnte. Sie haben die Spesen und wenn Sie mehr brauchen, melden Sie sich."

Conrad fühlte sich überrumpelt. Er als Detektiv, dazu noch in Asien, auf der Suche nach dem lange verlorenen Sohn? Welchen Sinn hatte diese Mission? Aber er hatte gerade das Geld genommen. Sollte er es jetzt zurückgeben? Er dachte an Ewa, an die Zukunft. Wie konnte er ihr erklären, dass er eine solche Summe abgelehnt hatte?

„Ich kann es nur versuchen", sagte er. Miller schien damit zufrieden. „Versuchen Sie es. Aber schnell. Wir haben keine Zeit mehr zu verlieren."

Conrad wollte aufstehen, aber Miller hielt ihn zurück.

„Da ist noch etwas, was mit Tom zu tun hat. Überbringen Sie die gute Nachricht doch seinem Vater. Sagen Sie ihm, dass Sie eine Botschaft von Tom haben. Dass Tom sehr gerne zurückkommen möchte. Dass er endlich ein neues Leben beginnen will; vielleicht mit der Chance, in eine der Firmen seines Vaters einzusteigen."

Conrad schaute ungläubig drein.

„Aber das ist doch alles erfunden. Das hat absolut nichts mit der Realität zu tun. Ich weiß ja nicht einmal, ob wir ihn jemals finden werden."

„Hören Sie zu, Conrad. Lassen Sie das unsere Sorge sein. Machen Sie es einfach. Das ist Teil unseres Deals. Und noch etwas: Verabreden Sie sich wieder mit ihm auf dem Golfplatz. Das ist ganz wichtig. Dort hält er sich sowieso am liebsten auf."

Es war an Miller, als erster zu gehen. Schon im Stehen drehte er sich noch einmal um. „Und vergessen Sie nicht: Es geht für Sie, wenn alles klappt, weiterhin um eine Million Dollar." Conrad brütete eine Weile vor sich hin, nicht sicher, worauf er sich gerade eingelassen hatte. Dann holte er sein Handy hervor, suchte in den Kontakten nach der Nummer und drückte den Knopf, um Kurt Friedrich anzurufen. Kurz darauf hörte er dessen Stimme. Friedrich klang gereizt, beinahe aggressiv.

„Was wollen Sie denn schon wieder? Wagen Sie es ja nicht, NEWTEC ins Spiel zu bringen. Rufen Sie mich am besten überhaupt nicht mehr an. Es ist alles gesagt. Auf Wiedersehen, Herr Conrad." Offensichtlich wollte er das Gespräch beenden.

„Einen Moment. Ganz kurz, Herr Friedrich. Es geht nicht um NEWTEC, es geht um etwas anderes."

Friedrich schien zu zögern.

„Also was?"

„Es geht um Ihren Sohn Tom. Sie erinnern sich: Ich habe ihn vor langer Zeit einmal kennengelernt. Jetzt hat er sich an mich gewandt."

„Wie bitte?", hörte er Friedrich nachhaken. „Tom?"

„Ja, ganz richtig. Offenbar hat er sonst keinen, der noch eine Verbindung zu Ihnen hat."

„Und was will er?", kam Friedrich schnell auf den Punkt.

„Ich würde es vorziehen, wenn wir das nicht am Telefon besprechen müssten. Können wir uns vielleicht nochmal auf dem Golfplatz treffen?"

Friedrichs Stimme klang immer noch gereizt, mürrisch, aber offensichtlich wollte er wissen, was sein Sohn so plötzlich von ihm wollte.

„Meinetwegen. Ich bin da. Morgen um zehn."

Hans wachte auf und warf aus purer Gewohnheit einen Blick auf die roten Ziffern des alten Radioweckers neben seinem Bett. 3:25 Uhr. Wieder zu wenig Schlaf, wieder war sein T-Shirt durchgeschwitzt. Der Schmerz in seinem Kopf pochte, in seinem Bauch rumorte es. Auch die Narbe von der alten Wunde, die er in Afghanistan davongetragen hatte, meldete sich. Wenn er jetzt aufstehen würde, würden sich Schwindel und Übelkeit seiner bemächtigen. Er sehnte den Morgen herbei, die ersten Sonnenstrahlen.

In seiner Einheit zeigte man keine Schwäche. Man war Soldat, Elitesoldat des KSK. Ein Spezialkommando, dem nur rund 250 Mann angehörten. Die Verwundung in Kunduz war ausgeheilt, Hans hatte geglaubt, es hinter sich zu haben. Doch dann waren die Schmerzen gekommen. Die Schmerzen und die Ängste. Er wusste, dass die Bundeswehr für Soldaten mit solchen Symptomen Therapien anbot. PTBS, posttraumatische Belastungsstörung, und das ihm. Sie hätten ihn freigestellt, hätten ihn aus seiner Einheit geholt, die doch alles für ihn war. Der Thrill, die Kameradschaft, die Gefahr, die exotischen Länder, das konnte er nicht aufgeben. Stattdessen verdrängte er es. Lange, zu lange. Erst kam der Alkohol, dann die Pillen. Bis es nicht mehr ging. Bis er eines Tages einen Kameraden krankenhausreif schlug. Er hatte ihm drei Rippen gebrochen und ihm einen dauerhaften Gehörschaden eingebracht – aus einem völlig nichtigen Anlass. Ein halbes Jahr später kam die Trennung von Petra und ihrer gemeinsamen Tochter. Sein Rettungsanker war der Kontakt zu einem alten Gefährten von der Bundeswehr, der bei Security International gelandet war. Kurz darauf war auch er dort eingetreten. Scharfschützen wie er waren dort immer gefragt.

Heute hatte er einen Job, der ihm viel Geld einbringen sollte. Nicht der erste, gewiss nicht. Aber der erste auf deutschem Boden. Danach sollte er sich sofort nach Australien absetzen. Das Ticket für den nächsten Flug, der neue holländische Pass, alles war vorbereitet. Dort würde er erst einmal abtauchen und auf neue Anweisungen warten. Das Gewehr lag in seinem Etui neben seinem Bett. Er hatte bereits den stillgelegten Baggersee ausgekundschaftet, in dem er es hinterher versenken würde, bevor er zum Flughafen fuhr.

Hans suchte die kleine Flasche mit den Pillen, schluckte drei herunter und glitt in einen unruhigen Schlaf zurück.

Die Hitze war drückend, aber Friedrich kannte kein Erbarmen. Kaum war Conrad angekommen, ging er mit ihm zum Abschlag. Peter Conrad blieb nichts übrig, als seinen Driver in die Hand zu nehmen, sorgfältig zu schlagen und den Ball nach hundert Metern landen zu sehen. Friedrich stand längst schon vor dem Loch und Conrad erreichte ihn mit etwas Glück mit seinem übernächsten

Schlag. Friedrich hatte bereits seinen Putter in der Hand, um den Ball damit im Loch zu versenken.

„Sie sagten, Sie haben was von Tom gehört?", nahm Friedrich ihr Gespräch vom Vortag auf. Conrad zögerte, überlegte, ob er ihm diese Lüge, deren Sinn er nach wie vor nicht verstand, wirklich auftischen sollte. Dann gab er sich einen Ruck.

„Ja. Das kam vorgestern – völlig überraschend. Ein Anruf, keine Ahnung, woher er die Nummer hatte. Vielleicht von damals. Ich habe immer noch dieselbe Nummer. Wir hatten sie damals ausgetauscht. Jedenfalls hat er mich gebeten, mit Ihnen Kontakt aufzunehmen. Es klang ganz so, als wollte er zurückkommen. Vielleicht sogar einen Job in einer Ihrer Firmen übernehmen."

Friedrich sah ihn durchdringend an.

„Kaum zu glauben. Aber gut, geben Sie ihm meine Nummer. Er soll mich direkt anrufen, wenn er mir etwas zu sagen hat." Dann widmete er sich wieder dem Putter.

Er holte vorsichtig aus und wollte dem Ball gerade einen Schubs geben, um ihn auf kürzestem Wege ins Loch zu befördern. Das war der Moment, als ihn der Schuss traf – mitten ins Gehirn.

Kapitel 30

Berlin

„Dringend, Herr Minister, ganz dringend." Julius Bergner blickte von dem Aktenberg auf seinem Schreibtisch auf und sah, wie ihm sein Büroleiter Berthold Winter das Handy hinhielt. Es war Orlowski.

„Haben Sie es schon gehört?", fragte der Generalsekretär.

„Was gehört?"

„Kai Herrmann von der BILD hat mich gerade angerufen. Kurt Friedrich ist tot. Ermordet. Auf dem Golfplatz erschossen."

Bergner presste das Handy an sein Ohr. Absurd, völlig absurd, war sein erster Gedanke. Aber dann wurde ihm klar, dass Orlowski mit einer solchen Nachricht wohl nicht spaßen würde.

„Weiß man schon, wer dahintersteckt?", stellte er die naheliegende Frage.

„Nein, keine Ahnung. Das hessische Landeskriminalamt hat die Ermittlungen übernommen und bisher herrscht lediglich Rätselraten über die Täter und vor allem ihre Motive", sagte Orlowski. „Sein früherer Geschäftspartner, dieser Herr Conrad, dieser gefeuerte Bänker mit den Cum-Ex-Problemen, stand neben ihm auf dem Golfplatz, als es passierte. Der hat einen Schock und ist noch nicht vernehmungsfähig. Kein Wunder."

„Was machen wir jetzt?", sprach Orlowski den dringlichsten Punkt an. „Was soll ich Herrmann sagen? Und überhaupt den Medien?"

Klar, dachte Bergner. Eine wichtige Frage. Schließlich war ihm gerade der Mann abhandengekommen, den er im Machtkampf um das Kanzleramt als seinen Nachfolger im Wirtschaftsministerium ins Gespräch gebracht hatte. Friedrich sollte in dem komplizierten Puzzle ein wichtiger Baustein sein, mit dem er zu punkten gedachte. Vorbei. Jetzt musste er schnell reagieren.

„Ich lasse mir etwas einfallen", presste er hervor.

„Übrigens", hörte er Orlowski sagen, „es ist natürlich alles ganz schrecklich. Aber vielleicht haben wir zumindest in einem Punkt ein Problem weniger. Die BILD-Leute waren ja heftig an dieser unappetitlichen Geschichte mit dem Mädchen von einem Frankfurter Escort-Service dran. Die, mit der Friedrich bei NEW-TEC unterwegs war. Ich habe die Veröffentlichung bisher verhindern können. Und ich glaube nicht, dass sie das jetzt weiterverfolgen werden. Mit dem Mord haben sie eine weitaus größere Schlagzeile an der Hand."

Hoffentlich, dachte Bergner. Dann griff er das Stichwort auf, das Orlowski gerade genannt hatte. Plötzlich war er extrem wach. NEWTEC und Friedrich. Er war der Hauptaktionär, ihm gehörte der größte Teil der Firma. Jetzt war er tot. Und wer war jetzt der neue Eigentümer? Bergner hielt den Atem an.

„Hallo, sind Sie noch dran?", hörte er Orlowskis Stimme.

„Ja, ja… Entschuldigung, ich war nur kurz abgelenkt. Ich werde mich um eine Stellungnahme kümmern. Die können Sie dann im Namen der Partei an die Medien verteilen."

Bergner legte auf. Sein Büroleiter stand weiter vor ihm.

„Bereiten Sie etwas vor. Friedrich war ein großes Vorbild für die deutsche Wirtschaft, ein hervorragender Patriot, der mit seiner Firma immer auch das Wohl des Landes im Blick hatte. Sowas in der Art. Und bitte zügig!"

Er merkte nicht, wie Winter sein Büro verließ.

Die Karten würden nun neu gemischt. Das jedenfalls war klar. Sein Lieblingsprojekt NEWTEC stand plötzlich auf wackeligen Beinen. Die Besitzverhältnisse waren der Schlüssel. Darum musste er sich unbedingt kümmern. Da hing so viel dran. Er durfte auf keinen Fall die Kontrolle verlieren. Aber die Lage war unübersichtlich, die Risiken groß. Jetzt musste er aufpassen, dass der Ministerpräsident die Situation nicht ausnutzte. Reiter hatte in den Umfragen nach wie vor die Nase vorn.

Daran musste er etwas ändern, und zwar schnell. Die dunkle Geschichte, sie durfte nicht länger warten. Angerer musste nun liefern. Bergner griff zum Telefon, das ihn mit seinem Vorzimmer verband.

„Buchen Sie mir einen Flug nach Bonn", sagte er. „Nein, nicht dienstlich, ganz privat. Sie wissen doch – meine Großtante. Sie hat das Virus überstanden, aber es geht ihr wirklich nicht gut. Ich muss mich wieder einmal um sie kümmern."

Kapitel 31

Frankfurt

Als er nach Hause gekommen war, hatte er das blau-weiße Polizeiauto auf der Straße bemerkt. Es stehe dort zu seinem Schutz, hatte man ihm versichert. Schließlich stand er direkt daneben, als der Schuss gefallen war, und man konnte nicht völlig ausschließen, dass er auch ihm hätten gelten können. Ein Arzt hatte ihn untersucht, einen Schock festgestellt, ihm eine Spritze gegeben und ein Krankenwagen hatte ihn nach Hause gebracht. Der Hauptkommissar vom hessischen Landeskriminalamt hatte ihm gesagt, dass er sich am nächsten Morgen für eine Zeugenaussage bereithalten solle, sobald der Arzt das zulassen würde.

Peter Conrad war zutiefst beunruhigt. Plötzlich machte alles Sinn: die Lügen-Geschichte mit Tom, mit der er Friedrich auf den Golfplatz locken sollte. Er hatte seinen Tod verursacht, keine Frage. Miller und seine Helfer waren kaltblütige Mörder, die für den Erwerb von NEWTEC buchstäblich über Leichen gingen, und sie hatten ihn ausgenutzt.

Er hörte, wie sich ein Schlüssel im Schloss drehte. Die Tür öffnete sich und Ewa erschien, eine schwere Tasche in der Hand. Sie hatte seit Tagen im Hessen Palais gewohnt und war dort ihrer Arbeit für Miller nachgegangen. Jetzt hatte auch sie ihre Aufgabe erfüllt. Sie legte eine BILD-Zeitung auf den Tisch. Die riesige Schlagzeile „Wirtschaftsboss auf Golfplatz ermordet", starrte ihn stumm an. Ewa zog ihre Jacke aus, öffnete die Tasche und begann, ihre Kleider in den Schrank zu räumen.

Conrad stand auf und wollte sie in den Arm nehmen, aber sie wich zurück.

„Hast du etwas mit dieser Sache zu tun?", fragte sie endlich.

Conrad sah, dass es keinen Sinn hatte, es abzustreiten. Er erzählte Ewa alles: sein Treffen mit Miller, der Auftrag, Friedrich auf den Golfplatz zu locken. Dann holte er die beiden Umschläge aus einer Schublade der Kommode an der Wand und legte sie vor ihr auf den Tisch.

„Das ist der Lohn", sagte er. Ewa öffnete die Umschläge und sah die Geldscheine. Conrad bemerkte, wie das auf sie wirkte. Sorgfältig zählte sie die Scheine nach.

„Ich soll seinen Sohn Tom suchen, in Thailand. Dann, so hat mir Miller gesagt, ist immer noch die Million drin." Er machte eine Pause und überlegte, ob er es ihr sagen sollte.

Miller hatte sich gemeldet. Er wollte ein Treffen. In einer Stunde im Café am Opernhaus. Conrad beschloss, dieses Treffen abzuwarten und ihr danach zu beichten, dass er nicht mehr mitmachen würde, nicht nach einer solch mörderischen Aktion. Ohnehin würde das Landeskriminalamt nicht lockerlassen, würde Fragen stellen, würde vermutlich irgendwann dahinterkommen.

Conrad schaute auf die Uhr.

„Ich muss nochmal weg", sagte er. Ewa war gerade dabei, das Geld in die Umschläge zurückzulegen.

Miller war schon da und hatte ebenfalls die BILD-Zeitung vor sich. Als Conrad an den Tisch trat, wies er auf den anderen Stuhl.

„Setzen Sie sich. Gute Arbeit, Conrad", sagte er. Conrad setzte sich widerwillig hin. Dieses Lob machte ihn wütend.

„Sie nennen das gute Arbeit … Ich nenne das kaltblütigen Mord. Und ich denke nicht daran, hier weiter mitzumachen", presste er zwischen den Zähnen hervor.

„Langsam Conrad, ganz langsam", antwortete Miller. „Bevor Sie etwas Unüberlegtes tun, das uns allen schaden könnte, wollen wir die Dinge doch einmal nüchtern analysieren."

Er holte die Quittung aus seiner Jackentasche hervor, die Conrad unterschrieben und für die er 100.000 Dollar kassiert hatte.

„Hier steht doch klar und deutlich: Honorar für die Kontaktaufnahme mit Kurt Friedrich. Wenn das ein Bulle in die Hand bekäme, dann wird der doch ganz schnell seine Schlüsse ziehen. Dann sind Sie mit dran. Ich fürchte, die werden Ihnen bald etwas nachweisen, was vor Gericht dann Beihilfe zum Mord heißen wird. Und das wollen Sie doch sicherlich nicht, oder?"

Miller steckte die Quittung mit Conrads Unterschrift wieder ein.

„Nein, wir wollen doch jetzt vernünftig bleiben. Wir sitzen alle weiter im selben Boot. Die Lage ist folgende: Tom Friedrich ist jetzt der Erbe, der einzige Erbe. An den müssen wir ran. Ihm müssen wir klarmachen, dass hier ein riesiges Geschäft auf ihn wartet. Ich habe gehört, er kennt sich mit diesen Dingen nicht aus. Sie finden ihn, Sie bieten ihm 200 Millionen Dollar für seine Anteile und dann informieren Sie mich. Ich komme, bringe den Vertrag mit und Sie sorgen dann dafür, dass das Geschäft über ein paar Strohmänner abgewickelt wird und alles am Ende bei unserem Auftraggeber landet."

Infam, dachte Conrad, infam. Aber gut durchdacht und bisher konsequent ausgeführt.

„Und sehen Sie, Conrad, Sie haben entweder die Wahl zwischen Pest und Cholera. Sie können zur Polizei gehen. Dann sind Sie auf jeden Fall mit dran, dafür werden wir mit dieser Quittung schon sorgen, oder aber Sie enden so wie unser Freund Friedrich."

Miller machte eine Pause und lehnte sich in seinem Stuhl zurück.

„Oder aber Sie bringen diesen Auftrag zu Ende und wenn alles vorbei ist, kommt dann doch noch die Million für Sie dabei heraus. Und für Ihre Freundin Ewa, nicht zu vergessen."

Bei der Erwähnung ihres Namens fuhr ihm ein Stich ins Herz. Er erinnerte sich an ihren begehrlichen Blick, als sie die Umschläge mit dem Geld auspackte. Wenn er jetzt ausstieg, dann wäre es das Ende mit ihr, daran gab es wohl kaum einen Zweifel. Wozu dann noch leben? Für wen, für was?

Miller holte wieder einen schmalen Umschlag hervor. Offenbar wertete er sein Schweigen als Zustimmung.

„Ihre Bordkarte für den Flug nach Bangkok. Heute Abend", sagte er. „Die Spesen haben Sie ja schon. Und falls Sie noch mehr brauchen, melden Sie sich."

Wieder fühlte sich Conrad völlig überrumpelt. Er war außerstande darüber nachzudenken, diesen Vorschlag, die Erpressung mit der Quittung, all diese Ungeheuerlichkeiten in Ruhe abzuwägen. Es war falsch, verabscheuungswürdig und dennoch: Ein Leben hinter Gittern, ohne sie, das durfte nicht die Alternative sein.

„Ewa muss mitkommen", sagte er, „ich brauche ihre Hilfe."

„Gute Wahl", antwortete Miller. „Bringen Sie sie mit. Ihr Ticket liegt dann am Flugschalter bereit."

Als Conrad wieder in seinem Apartment eintraf, saß Ewa vor dem Fernseher. Die Hessenschau des HR berichtete groß und breit über den Mord auf dem Golfplatz. Auch Conrads Name wurde erwähnt – als zutiefst erschrockener Zeuge im Schockzustand. Sonst, so der Reporter vor Ort, gab es noch wenig Konkretes.

„Und, was wollte er?", fragte Ewa. Conrad erzählte ihr erneut die ganze Geschichte. „Und ich habe verlangt, dass du mitkommst."

Ewa stand auf, holte ihre Tasche hervor und packte einige der Kleider, die sie gerade in den Schrank gehängt hatte, wieder ein. Dann nahm sie den Umschlag mit den 50.000 Dollar Spesen und steckte auch die ein. Den Umschlag mit den Hunderttausend hatte sie unter der Matratze versteckt.

„Gehen wir", sagte sie.

Kapitel 32

Bonn

Gisbert Angerer hatte einen Spaziergang am Rhein für ihr Treffen vorgeschlagen. Bergner war schon früher angekommen – mit Absicht. Es würde ihm Zeit geben, seine Lage zu analysieren. Abseits des Trubels in Berlin, abseits der Hektik, dem zunehmenden Druck, den Kämpfen um Macht und Einfluss und dem Rampenlicht. Sonst liebte er es, ein Teil davon zu sein, forcierte es sogar. Eigentlich liebte er den Kitzel am Rande des Kliffs, ergötzte sich daran, wie andere in den Abgrund fielen, und manchmal gab er ihnen einen Schubs. Jetzt stand er am Geländer des Uferwegs unterhalb des Hotels Königshof und schaute über den Fluss. Er stützte beide Hände auf das kühle Metall, so als müsste er sich festhalten.

Radfahrer radelten an ihm vorbei; ein Liebespaar ging eng umschlungen, blieb stehen und küsste sich. Ein Bild von Normalität. Jedenfalls hatte man das früher so empfunden. Heute, nach der Viruskrise, war jedem bewusst, dass sich dieser Zustand auch wieder ändern konnte. Bergner dachte an seine Studentenzeit zurück, als er zwischen den Vorlesungen manches Mal an dieser Stelle gestanden hatte. Niemals hätte er sich vorstellen können, dass es einmal als etwas Besonderes empfunden werden würde, sich ohne Gesichtsmaske zu treffen, unbefangen und entspannt.

Er hatte zu denen gehört, die die Lockerungen früh eingefordert hatten. In den Interviews hatte er wieder und wieder gesagt, das Virus sei nicht nur ein medizinisches, sondern auch ein soziales und vor allem ein wirtschaftliches Problem. Der Ministerpräsident hatte dagegen eine harte Linie vertreten. Das hatte ihm in kurzer Zeit einen der Spitzenplätze in den Umfragen eingebracht – gleich nach der Kanzlerin. Solange die Menschen vor allem Angst hatten, bediente er ihre Befindlichkeit. Das schien erst einmal vorüber und Bergner war nicht entgangen, dass Edgar

Reiter in den letzten Wochen plötzlich vorgeprescht war und begonnen hatte, die Bundesregierung mit immer neuen Forderungen nach noch mehr Hilfe, nach noch mehr Geld, vor sich herzutreiben. Vieles davon war auf Bergners Schreibtisch gelandet. Als Bundeswirtschaftsminister wurde von ihm erwartet, dass er liefern würde. Reiter war mit seinem Kurs erfolgreich, schließlich wälzte er das nicht gerade kleine Problem, wie man das alles bezahlen sollte, auf den Bund ab. Auf ihn, seinen Rivalen, dachte Bergner. Er musste es ausbaden, aber, so hoffte er, nicht mehr lange. Ungeduldig blickte er auf seine Uhr. Ob Angerer seine Bedenken überwinden und ihm das Material zuspielen würde, das dem Spuk endlich ein Ende setzte?

Sollte er ihm anbieten, als Staatssekretär in das Bundesjustizministerium überzuwechseln, wenn er selber es ins Kanzleramt geschafft hatte? Das wäre natürlich eine tolle Karriere, für jeden Juristen ein Traumjob, und Angerer würde dafür auch die nötige Qualifikation mitbringen. Aber dann verwarf er den Gedanken wieder.

Angerer war ein Mann der Prinzipien, ein strikter Anhänger von Gerechtigkeit, und wenn er sich jetzt entgegen der Vorschriften auf seine Seite stellte, dann tat er das gewiss nicht, um sein Machtstreben zu befördern. Er würde dieses Angebot als das durchschauen, was es war. Ein Deal mit politischer Absicht, und das würde seinen Prinzipien widersprechen. Aber das konnte Bergner egal sein. Es ging um das Ziel, sein Ziel, und wenn damit gleichzeitig Angerers Gerechtigkeitssinn befriedigt wurde, dann bitte schön.

Das Liebespaar schlenderte nun Hand in Hand Richtung Süden, wo in der Ferne das Siebengebirge lag. Es spitzte sich zu, das spürte er mit jedem Tag mehr. Die Menschen begannen, sich wieder daran zu gewöhnen, in ihren Köpfen herrschte mehr und mehr der Gedanke vor, dass die Krise vorüber war. Er würde den Teufel tun, ihnen jetzt das Gegenteil zu sagen. Aber die Kanzlerin blieb in ihren internen Runden dabei, dass das Virus eben noch nicht endgültig besiegt sei, sondern wieder ausbrechen könnte. Die Gefahr, das wusste auch Bergner, war erst dann gebannt, wenn der Impfstoff auf dem Markt war.

Womit er wieder bei dem Thema ankam, das er früh erkannt und zu einem Motor für seine Ambitionen auf das Kanzleramt gemacht hatte. Der Impfstoff war der große Preis, wirtschaftlich ohnehin, aber auch für die Politik.

In seinem Kopf formte sich ein Plan. Er würde selbstverständlich zur Beerdigung von Kurt Friedrich gehen. Die Gelegenheit würde er nutzen, noch einmal auf die Notwendigkeit des Impfstoffes hinzuweisen. Damit die Botschaft sich vertiefte: Hier war einer, der sich kümmerte, der die eigentliche Lösung immer fest im Blick hatte – die Massenimpfung, die das Virus endgültig besiegen würde. Und zwar weltweit.

Allerdings gab es dabei noch einen wichtigen Punkt zu klären: Wem gehörte die Mehrheit bei NEWTEC jetzt? Bisher hatte er noch keine eindeutige Antwort bekommen. Und wer stand hinter dem Mord?

In der Ferne sah er einen Radfahrer auf dem Uferweg auf sich zukommen. Je näher er kam, umso vertrauter schien ihm die Gestalt. Tatsächlich hielt er direkt vor ihm an und nahm Fahrradhelm und Sonnenbrille ab. Es war Gisbert Angerer.

Auf dem Gepäckträger seines Rades hatte er eine altmodische Lederaktentasche befestigt. Er nahm sie herunter und öffnete sie. Angerer zog einen rechteckigen, braunen Umschlag ohne Anschrift hervor.

„Hier", sagte er und drückte ihm den Umschlag in die Hand, „die Kopie der Anklageschrift. In wenigen Tagen werde ich die Anklage offiziell erheben. Im Vordergrund steht dabei auf den ersten Blick eine Frau."

Kapitel 33

Wiesbaden

Natürlich, dachte Sebastian Krüger, sie hatten keinen Moment lang gezögert. Gefälschte, unbrauchbare Gesichtsmasken; unzureichende Desinfektionsmittel für die Hände, angeblich hochwirksame Medikamente gegen Viren, alles war dabei. Kaum war die Pandemie ausgebrochen, nutzen kriminelle Händler die Angst der Menschen aus und boten über das Internet gefälschte Arzneimittel an. Das Bundeskriminalamt hatte zusammen mit Interpol versucht, dagegen zu halten. Pangea XIII hieß die Operation, die sich über 90 Länder erstreckte. Damit war der illegale Handel zwar gestört, aber noch lange nicht beseitigt.

Jetzt ging es erstmal um ein noch wichtigeres Ziel, einen wirksamen Impfstoff. Und dabei wurde offenbar mit noch viel härteren Bandagen gekämpft, Mord eingeschlossen. Daran hatte Krüger kaum noch einen Zweifel, nachdem er sich in die Unterlagen zu den Schlagzeilen „Mord auf dem Golfplatz" eingearbeitet hatte, die seit Tagen vor allem die Boulevardpresse beherrschten.

Die Ergebnisse der bisherigen Auswertung aller Spuren lagen auf seinem Schreibtisch. Sebastian Krüger hatte sie vom hessischen Landeskriminalamt angefordert und sofort Gegenwind bekommen. Er konnte es den Kollegen nicht einmal verübeln. Dieser spektakuläre Kriminalfall ereignete sich direkt vor ihrer Tür, schlagzeilenträchtig, voller Drama und vor allem voller Fragezeichen. Und jetzt hatte der Generalbundesanwalt den Fall wegen seiner überragenden bundesweiten Bedeutung an sich genommen und die Aufklärung dem Bundeskriminalamt übertragen. Die Kollegen wurden zu Zulieferern. Auf seinem Schreibtisch lief nun alles zusammen.

Hauptkommissar Krüger war Mitglied der Abteilung SO, schwere und organisierte Kriminalität, und arbeitete in der

Gruppe SO3, Wirtschafts- und Finanzkriminalität. Es gab viele Einzelteile, kleine, und auch einige große, offensichtliche, und dieses Puzzlespiel galt es jetzt zusammenzusetzen. Das war sein Job.

Es bedurfte ja keiner großen kriminalistischen Recherche, um schnell auf den wichtigen Punkt zu kommen. Es stand in jedem Artikel, in jedem Nachruf und vor allem in den Wirtschaftsteilen der großen Zeitungen: Das Mordopfer Kurt Friedrich war der Hauptaktionär von NEWTEC.

Die Mordwaffe war eine Remington MSR, ein amerikanisches Scharfschützengewehr mit Kaliber .300 Winchester Munition. Mit einer einklappbaren Schulterstütze war es gut zu transportieren, da waren sich die BKA-Experten ziemlich sicher, nachdem sie die Kugel aus Friedrichs Gehirn überprüft hatten. Bis zu 1500 Meter Reichweite, und alle waren sich einig, dass das auf einen Profi hindeutete, der auch dafür gesorgt hatte, dass er am Tatort wenig Spuren hinterließ. Er musste, das zeigte die Flugbahn des Projektils, in den Hecken am Golfplatz gestanden haben. Spürhunde hatten sogar die Stelle gefunden, von wo der Schütze geschossen hatte. Aber eine Stunde nach der Tat hatte ein schweres Gewitter die sommerliche Schwüle unterbrochen und durch den heftigen Regen die weitere Spurensuche schwierig gemacht. Die Hunde mussten aufgeben. Die spannende Frage lautete: Woher wusste der Täter, dass Friedrich dort auftauchen würde? Ein Insider-Tipp vielleicht, oder purer Zufall? Wohl kaum.

Gesucht wurde ein Auftragskiller, so die Annahme, die auch Krüger teilte. Stellte sich die Frage nach dem Motiv, und wenn man das wusste, nach möglichen Auftraggebern. Ein Terroranschlag? Klar, man musste in alle Richtungen denken. Aber das war doch eher unwahrscheinlich. Es hatte jedoch dazu geführt, dass der Mord auch im GTAZ, dem gemeinsamen Terrorabwehrzentrum der deutschen Sicherheitsbehörden in Berlin eine Rolle gespielt hatte. Immerhin hatten dadurch alle Polizeibehörden und

Geheimdienste ihre Erkenntnisse ausgetauscht. So war Krüger auch an die Meldung des Bundesnachrichtendienstes gekommen, die er mittlerweile zum wiederholten Male studierte. Die Warnung vor einer feindlichen Übernahme von NEWTEC, möglicherweise von einem Interessenten aus Asien. Sicherlich eine Spur, der man nachgehen musste.

Wie war der Stand der Zeugenaussagen? Wichtig war gewiss dieser Peter Conrad, der gleich danebengestanden hatte. Die LKA-Kollegen hatten angekündigt, dass er vernommen werden sollte, sobald seine Gesundheit es zuließ.

Er griff zum Telefon und rief den Oberkommissar an, der diese Vernehmung übernehmen sollte. Krüger brauchte eine Weile, bis er ihn am Apparat hatte.

„Wie bitte?", fragte er ungläubig, nachdem er den Ausführungen des Kollegen zugehört hatte. Als der zuständige Kommissar bei Conrad geklingelt hatte, hatte niemand geöffnet. Daraufhin hatte er die Bewohner in den anderen Apartments auf der Etage befragt. Einer hatte tatsächlich eine Beobachtung gemacht. Er hatte Conrad aus seinem Apartment kommen sehen, mit einem kleinen Koffer in der Hand – und in Begleitung einer Frau. Sie hatte ebenfalls Gepäck dabei und es lag sogar eine ziemlich genaue Beschreibung von ihr vor. Nicht zuletzt, weil die Blondine ziemlich attraktiv gewesen sei.

Conrad, der von der bevorstehenden Zeugenaussage wusste, hatte sich offensichtlich aus dem Staub gemacht; bislang spurlos. Und wer war diese Frau? Änderte das nicht seinen Status, fragte sich Krüger. Wurde er vom Zeugen möglicherweise zu einem Mitwisser, jemand, der irgendetwas mit dieser Tat zu tun hatte? War er vielleicht sogar der Tipp-Geber für den Schützen? Das wäre ungeheuerlich.

„Gehen Sie wieder hin, sofort! Sehen Sie zu, dass Sie in das Apartment reinkommen", befahl Krüger dem LKA-Mann. „Stellen Sie alles auf den Kopf, ich besorge den Durchsuchungsbeschluss." Krüger überlegte einen Moment. „Und versuchen Sie, mithilfe des Nachbarn ein Phantombild der Blondine anfertigen zu lassen."

Krüger vertiefte sich weiter in die Akten und dachte über die Beziehungen von Friedrich zu NEWTEC nach. Dabei stieß er auf den BILD-Artikel über den Besuch von Friedrich und Wirtschaftsminister Bergner bei der Firma in Darmstadt. Er wollte den Artikel schon beiseitelegen, bis er das Foto sah: die beiden hohe Gäste und zwischen ihnen eine auffällig attraktive Blondine. Wieder griff er zum Telefon.

„Es gibt hier ein interessantes Bild", erläuterte er dem LKA-Kollegen die Szene. „Finden Sie bei NEWTEC heraus, wer diese Frau auf dem Foto ist."

Krüger war beinahe versucht, zu einer Zigarette zu greifen, unterdrückte diesen Wunsch jedoch, nachdem er vor zwei Jahren das Rauchen eingestellt hatte. Aber das Jagdfieber hatte ihn gepackt. Er durchstöberte weiter einige Zeitungen und bekam wieder den Artikel aus dem Wirtschaftsteil der FAZ in die Finger, den er bereits rot angestrichen hatte. Es war eine der wichtigsten Fragen überhaupt, die hier gestellt wurde. Leider hatte der Autor des Artikels, der gleich nach der Tat geschrieben worden sein musste, noch keine Antwort parat.

Das würde Krüger jetzt ändern. Er brauchte nur eine halbe Stunde, dann brachte ein Anruf beim Einwohnermeldeamt das Ergebnis. Kurt Friedrich war tot, seine Ehefrau ebenfalls schon gestorben. Aber beide hatten einen Sohn namens Tom. Und wenn nichts anderes verfügt worden war, und danach sah es nicht aus, dann war dieser Tom jetzt der Erbe. Ihm gehörte dann der größte Teil von NEWTEC. Nur eines fiel auf. Tom hatte sich bereits vor

Jahren beim Einwohnermeldeamt in Frankfurt abgemeldet, aber keine neue Adresse angegeben.

Mein Gott, überlegte Krüger. Sein Vater war soeben erschossen worden. Auch wenn das Motiv nicht klar war, konnte es sein, dass es mit NEWTEC zu tun hatte. Und wenn ja, was bedeutete das für Tom? War auch er jetzt in Gefahr, würden die Täter auch nach ihm suchen? Sie mussten ihn finden, irgendwie, sofort.

Wieder spürte er den Drang, an einer Zigarette zu ziehen, war aber froh, dass er keine hatte. Kein Mensch verschwindet heute völlig ohne Spuren, wollte sich Krüger einreden, obwohl er wusste, dass dies so nun auch nicht stimmte. Sonst hätte sich das BKA viele aufwendige Operationen mit Zielfahndern sparen können. Versuchen musste er es. Die Antwort war vielleicht nicht einmal weit weg. Krüger wählte sich in das weltweite Informationssystem "Interpol Global Communication System 24/7" ein, dessen Computer im Bundeskriminalamt stand. Er gab den Namen Tom Friedrich ein. Nach einigen Sekunden kam die Antwort. Krüger hielt den Atem an. Ein kurzer Eintrag, drei Jahre alt. Tom Friedrich war in eine Drogengeschichte verwickelt gewesen – als Käufer in Bangkok. Er hatte ein halbes Jahr im Gefängnis verbracht, dann war er entlassen worden. Keine weiteren Einträge. Nur das. Krüger griff zum Telefonhörer und wählte die Nummer der Zentrale.

„Geben Sie mir unseren BKA-Verbindungsbeamten bei der Royal Thai Police in Bangkok", sagte er. Sieben Stunden Zeitunterschied, der Mann lag wahrscheinlich schon im Bett. Egal, dachte er. Das Gespräch war kurz, der Beamte hatte verstanden. Der Auftrag war eindeutig: Tom Friedrich so schnell wie möglich zu finden, ihn auf die neue Situation hinweisen, ihn warnen und nach Möglichkeit dazu veranlassen, so schnell wie möglich nach Deutschland zurückzukehren. Vorausgesetzt, er war überhaupt noch in Thailand.

Sebastian Krüger legte auf. Im selben Moment klingelte sein Handy. Der LKA-Kollege war dran.

„Oh, schnelle Arbeit. Sehr gut. Das wird ja immer besser", sagte Krüger, nachdem er ihm eine Weile zugehört hatte.

Es hatte nicht lange gedauert, bis der Kollege herausgefunden hatte, wie die Blondine auf dem Foto bei NEWTEC hieß. Und dann war es ebenfalls nur noch ein ziemlich geringer Aufwand gewesen, sie in der Datenbank zu finden – mit Nacktfoto. Ewa, das Spitzenmodel beim Escort-Service Blue Moon. Pech war nur, dass Blue Moon sie abgeschaltet hatte, wie ein kurzer Anruf ergab.

Kapitel 34

Bangkok

Er konnte seine Nervosität nicht verbergen. Hätte ihm Miller nicht wenigstens einen anderen Pass besorgen können? Diese Frage hatte er sich den ganzen Flug über gestellt. In den ganzen Agentenfilmen funktionierte das schließlich auch. Reisen war für ihn so viele Jahre Teil seines Lebens gewesen, doch noch nie hatte er sich mit solchen Gedanken herumschlagen müssen. Aber diesmal war es anders. Peter Conrad war sehr bewusst, dass er sich mit dieser Reise einer Vernehmung entzogen hatte. Er war ja als Zeuge geladen gewesen. Vermutlich würde die Polizei schnell stutzig werden, wenn er nicht zu dem Termin erschien.

Er stand jetzt endgültig auf der anderen Seite, auf der anderen Seite der Gesetze. Vor ihm lag auf jeden Fall ein anderes Leben, egal wie diese Reise ausging. Der Begriff von der Flucht nach vorne bekam plötzlich eine ganz konkrete Bedeutung.

Ewa war während des ganzen Fluges von Frankfurt nach Bangkok ruhig geblieben. Sie hatte die gierigen Blicke der männlichen Passagiere registriert und genossen. Zum Essen hatte sie sich einen Champagner bestellt. Conrad hatte kaum etwas heruntebekommen und stattdessen versucht, sich mit mehreren Bieren zu beruhigen. Schließlich war er in einen unruhigen Schlaf gefallen. Ewa hatte dagegen einen Stadtführer studiert, sie hatte sich Karten, Hotels und Preise angeschaut; sich immer wieder Notizen gemacht und sich sogar das Foto aus der Frankfurter Rundschau eingeprägt, das Conrad, Friedrich und seinen Sohn Tom nach dem Turnier auf dem Golfplatz zeigte.

Jetzt rückte die Schlange schnell voran, die Einreise auf dem riesigen Suvarnabhumi Flughafen verlief ohne Probleme. Es gab keinen kritischen, zögerlichen Blick des Einwanderungsbeamten auf den deutschen Pass, als er ihn einscannte, und auch keine Fragen.

Ewa hatte noch auf dem Frankfurter Flughafen eine größere Summe Euro in Bath umgetauscht und die Bündel in ihre Handtasche gestopft. 3500 Euro ergaben rund 100.000 Bath. Vor dem hochmodernen Ankunftsgebäude, einem der größten Asiens, winkte sie eines der gelben Taxis heran und nannte ein Hotel, von dem Conrad noch nie etwas gehört hatte. Wenn er früher in Bangkok zu tun hatte, dann hatte er mit anderen Geschäftsreisenden im Mandarin Oriental, einem Fünf-Sterne-Hotel am Ufer des Chao Phraya gewohnt und wenig Zeit gehabt, sich in das Getümmel der Stadt zu stürzen. Ewa jedoch forderte den Taxifahrer auf, sie in das Nana Viertel entlang der Sukhumvit Soi 4 zu bringen. Nach 45 Minuten stoppte das Taxi vor einem unscheinbaren, kleinen Hotel und Ewa verlangte an der Rezeption ein ruhiges Doppelzimmer. Sie zahlte im Voraus und in bar. Erst einmal vier Nächte.

Peter Conrad waren die jungen Mädchen aufgefallen, die schon tagsüber dicht an dicht vor einer Reihe von Hotels und Bars standen und nach Kunden Ausschau hielten. Es war offensichtlich, sie waren mitten im Rotlichtviertel gelandet. Die Metropole mit ihren über 8 Millionen Einwohnern schlief nie, schon gar nicht in diesem Stadtteil.

Als er sich in dem kleinen Zimmer auf das Doppelbett setzte, merkte er, wie ihn die Müdigkeit überfiel. Der Stress, die Zeitverschiebung, die Hitze, die Aufregung der letzten Tage, wieder einmal wurde ihm bewusst, dass er 57 Jahre alt war – ein Mann mit zu hohem Blutdruck und schlechten Cholesterinwerten, ein abgehalfterter Ex-Banker auf einer Mission, die ihm wie ein fader Krimi erschien.

Ewa warf ihm einen prüfenden Blick zu.

„Nimm eine kalte Dusche, dann hau dich hin. Ich werde mich um ein paar Dinge kümmern", sagte sie, ohne sich weiter zu erklären.

Helge Richter liebte die Stunden am frühen Morgen, wenn die Hitze noch erträglich und es nicht so schwül war. Seit drei Jahren war er schon hier. Die Stadt faszinierte ihn immer noch; die Mischung aus engen, bunten Gassen und den Wolkenkratzern, ihre Dynamik, das pralle Leben. Er hatte sich die Unterlagen ausgedruckt, die ihm Sebastian Krüger aus Wiesbaden über Nacht zugemailt hatte. Nicht viel, aber immerhin genug, um die Suche nach Tom Friedrich zu beginnen. Richter hoffte, dass sein Kontaktmann schon an seinem Schreibtisch saß.

Bald sah er das große, weiße Gebäude des Hauptquartiers der Royal Thai Police im Pathum Wan District vor sich aufragen. Richter hatte überlegt, ob er sich an die Metropolitan Police wenden sollte, sich dann aber für den Mann im SBB, dem Special Branch Bureau, entschieden. Der SBB war eine Mischung aus Kriminalpolizei und Geheimdienst und verfügte potenziell über größere Ressourcen. Als Verbindungsbeamter des Bundeskriminalamtes in Thailand war er ein ständiger Gast bei der Royal Thai Police, ihre Organisation war ihm vertraut. Mit dem Kampf gegen die Heroinflut aus dem Goldenen Dreieck nach Europa, zu dem neben Thailand auch Kambodscha und das damalige Burma gehörten, hatte es Anfang der Achtzigerjahre begonnen. Das BKA richtete in Bangkok das erste Verbindungsbüro überhaupt ein, bevor diese Methode schließlich auf der gesamten Weltkugel Schule machte.

Krit Katavetin hatte auch einige Zeit beim BKA in Wiesbaden verbracht, er brauchte keine lange Einleitung, als Richter sein Büro betrat.

„Oh nein, nicht schon wieder so einer", stöhnte er etwas zu theatralisch. Ein Fall wie der von Tom Friedrich war für ihn Alltag. Es gab zu viele Junkies, die aus Deutschland nach Thailand kamen und hier in den Gefängnissen landeten. Das machte diesen Fall allerdings auch unübersichtlich. Natürlich versprach er, er werde sich darum kümmern. So schnell wie möglich. Trotzdem erbat er sich etwas Geduld, die Bürokratie sei doch ein ziemliches Hindernis. Aber er werde sich melden, sobald er etwas Konkretes herausgefunden habe. Richter zweifelte nicht an seinem guten Willen, aber er hatte verstanden. Das war Thailand, ein Fall wie dieser hatte keine große Priorität. Der SBB hatte viele Aufgaben. Er war auch für die Sicherheit des Königshauses zuständig. Ein deutscher Drogenjunkie war da eher lästig. Sich alleine auf die Suche zu begeben wäre im Dickicht von Bangkok ziemlich aussichtslos. Und es setzte voraus, dass Tom Friedrich überhaupt noch in Thailand war, was keineswegs als sicher galt. Er setzte sich an seinen Computer und schrieb Sebastian Krüger eine E-Mail. „Habe thailändische Behörden informiert. Sie haben Unterstützung zugesagt, kann aber dauern."

Ewa brauchte nicht lange, bis sie den Laden fand, nach dem sie gesucht hatte. „Kein Problem", sagte der junge Mann, der die Maschinen im Copyshop bediente. Sie zeigte ihm, wie der Ausschnitt des alten Fotos mit Tom, Conrad und Friedrich aussehen sollte – sie brauchte lediglich Toms Gesicht, vergrößert. Er scannte es ein, zeigte Ewa das Ergebnis und sie nickte zustimmend. Sie ließ 50 Kopien herstellen und hoffte insgeheim, dass Tom heute noch in etwa so aussah wie auf dem Foto.

Sie wusste nicht genau, wo sie anfangen sollte, nur, dass im Rotlichtviertel das Thema Drogen sicherlich nicht weit weg war. Vor einer bunt beleuchteten Hütte standen fünf Mädchen mit rechteckigen Plakaten in den Händen. Sie versuchten vorbeikommende Männer mit den Preisen der Happy Hour und ihrem

Lächeln in die Bar hinter sich zu locken. Die meisten waren wohl Chinesen, aber es waren auch weiße Gesichter darunter, Touristen aus Europa oder Australien.

Ewa drückte jedem der Mädchen hundert Bath in die Hand und zeigte ihnen das Foto. Die Mädchen schauten darauf, schüttelten aber verneinend den Kopf. Ewa ging einen Block weiter, suchte wieder eine Gruppe von Mädchen und wiederholte die Aktion. Das Ergebnis war das gleiche. Dann wechselte sie die Straße, ging eine weitere Gasse entlang und verteilte ihre Kopien; solange bis sie fast alle Fotos verbraucht hatte. Nach einer Weile bemerkte sie, wie sich immer mehr Blicke auf sie richteten. Ganz offensichtlich hatte es sich herumgesprochen, dass hier eine weiße Frau herumlief und Geld verteilte. Sie probierte es noch zweimal, ging dann in eine Bar und bezog den Barkeeper mit ein. Auch hier ohne Erfolg. So, auf gut Glück, kam sie offenbar nicht weiter. Ewa setzte sich auf einen der Barhocker und bestellte sich einen Drink, einen Orangensaft mit einem Schuss Campari. Mit ihren blonden Haaren und dem europäischen Gesicht fiel sie offensichtlich auf. Ein Chinese kam auf sie zu und bot ihr hundert Dollar, und als sie mit dem Kopf schüttelte, erhöhte er ohne zu zögern auf 200. Ewa ließ ihn abblitzen. Der Chinese verschwand.

Schräg gegenüber sah Ewa eine Frau in ihrem Alter, die sie schon eine Weile beobachtete. Sie trug enge, ganz kurze Hotpants und ein weißes T-Shirt mit einem tiefen Ausschnitt. Anscheinend, so dachte Ewa, eine Kollegin. Sie nahm ihr Glas und setzte sich auf den Hocker neben die Frau.

„Auch einen Drink?", fragte Ewa. Die Frau nickte. Der Barkeeper brachte ihr unaufgefordert einen Manhattan. Ewa blieb bei ihrem Campari.

„Sie nennen mich hier Angel", sagte die Frau und trank ihr Glas in gierigen Schlucken auf. Der Barkeeper kam und stellte einen weiteren Manhattan vor Angel hin. „Und mich nennen sie Ewa." Sie reichte Angel die Hand. Dabei merkte sie das Zittern.

Angels Gesicht wirkte leicht eingefallen. Ewa sah genauer hin und entdeckte die Einstiche in ihrem Unterarm. Sie kannte die Symptome. Sophia, die Rumänin bei Blue Moon, hatte sie ebenfalls. Ewa war sicher, dass Angel drogenabhängig war.

„Ich höre, Sie suchen jemanden", sagte Angel. Ewa hakte sofort ein und zeigte Angel das Foto. Dann sagte sie:

„Das ist ein Mann namens Tom Friedrich. Ich vermute, der lebt hier irgendwo. Und ich glaube, er braucht gelegentlich einen ordentlichen Schuss. Heroin, oder so etwas."

Ewa schob Angel 1.000 Bath herüber. Angel steckte sie ein.

„Vielleicht kann ich helfen", sagte sie. Ewa winkte dem Barkeeper und bezahlte die Drinks. Angel stand auf. Sie schwankte leicht. Ewa folgte ihr durch mehrere enge Gassen. Dann blieb sie vor einem Gemüseladen stehen und wies auf einen Vorhang, der ins Innere führte. Sie blieb draußen, während Ewa hineinging. Hinter dem Vorhang lag eine Art Büro. Hinter einem alten Schreibtisch saß ein Mann in einem angeschmuddelten weißen Unterhemd. Er war wohl Mitte fünfzig, kahlköpfig und stellte seine auffallend gelben Zähne zur Schau.

Er machte sich nicht die Mühe aufzustehen.

„Sie sind also die Frau, die überall herumläuft und einen Mann sucht", sagte er. Ewa zog das Foto hervor und legte es vor ihm auf den Schreibtisch. Der Mann studierte es, machte aber keine Anstalten, etwas dazu zu sagen. Ewa legte 5.000 Bath auf das Foto.

„Tom Friedrich", sagte Ewa, „ein Deutscher. Steht auf Drogen, hat dafür auch mal gesessen."

Der Mann nahm die Scheine und schob sie zusammen mit dem Foto in eine Schublade in seinem Schreibtisch.

„Kommen Sie morgen wieder. Ich brauche dann nochmal 10.000", sagte er.

Kapitel 35

Frankfurt

Tatsächlich waren auch einige Fernsehteams dabei, die sich in der Trauerhalle aufgebaut hatten. Sebastian Krüger war nicht überrascht, war sich aber nicht sicher, ob er das angemessen fand. Auch war er nicht völlig überzeugt, ob es wirklich eine gute Idee war, hierher zu kommen. Seine Zeit war kostbar. Aber gut, vielleicht brachte ihn diese Trauerfeier auf neue Ideen, einen neuen Ansatz für seine Ermittlungen. Würde vielleicht sogar Tom Friedrich auftauchen, der buchstäblich verlorene Sohn? Hatte ihn die Nachricht, die natürlich auch jenseits der Landesgrenzen für Schlagzeilen gesorgt hatte, möglicherweise doch irgendwo erreicht? War er vielleicht bereit, über den Tod hinaus mit seinem Vater Frieden zu schließen?

Krüger hatte vorsichtshalber einige Zivilbeamte über die hessische Polizei angefordert, die ebenfalls Ausschau halten sollten, denn nach dem Mord an seinem Vater hielt er Tom Friedrich für hoch gefährdet. Es gab zwar noch viele Fragezeichen bei den Ermittlungen, aber eines war inzwischen doch klar: Nachdem seine Mutter schon früher gestorben war, war Tom Friedrich tatsächlich der einzige Erbe. Sie hatten alles darangesetzt, weitere Verwandte ausfindig zu machen, aber anscheinend gab es keine.

Krüger fand noch einen Platz in einer der hinteren Reihen und beobachtete die Ankunft der Trauergäste. Führende Mitarbeiter von NEWTEC, Vertreter aus der Welt der Finanzen, aus dem Golfclub, einige alte Schulfreunde, Funktionäre der Frankfurter Lokalpolitik, und dann kam Julius Bergner. Sofort richteten sich die Fernsehkameras auf ihn.

Nachdem der Pfarrer gesprochen hatte, ergriff Bergner das Wort.

„Ich darf für die Bundesregierung sagen, ein großer Mann ist von uns gegangen", hob er an. „Einer, der das Gemeinwohl über seinen eigenen Vorteil stellen wollte, denn mit seinem Engagement für die Bekämpfung dieses heimtückischen Virus, für sein unbedingtes Festhalten an dieser Firma, wollte er uns allen einen entscheidenden Dienst erweisen", fuhr Bergner fort. „Und nun hat ein ungeheuerlicher Mord ihn herausgerissen aus dieser wichtigen, ja edlen Absicht. Und ich darf ganz persönlich sagen, wie tief mich sein Tod schmerzt, denn er hatte seine Bereitschaft erkennen lassen, noch mehr für unser Land zu tun, indem er die schwere Bürde übernehmen wollte, sich auch in der Politik zu engagieren."

Bergner machte eine demonstrative Pause und schaute dann wieder in die Kameras.

„Aber ich sage Ihnen, verehrte Trauergäste, wir werden sein Erbe nicht nur bewahren, wir werden es konsequent fortsetzen. Der Kampf gegen das Virus, für den Kurt Friedrich so beispielhaft stand, wird weitergeführt werden. Dafür steht die Bundesregierung und …", wieder machte er eine kleine Pause, „… dafür stehe auch ich ganz persönlich. Pflichterfüllung für unser Land – das ist sein Vermächtnis und wir wollen und werden dafür in seinem Sinne weiterkämpfen."

Bergner stieg von dem kleinen Rednerpult herab und verneigte sich vor dem Sarg.

Als sich die Trauergemeinde aufzulösen begann und Bergner zu seinem wartenden Auto ging, trat Michael Abendrot auf ihn zu. Der Tagesschau-Reporter des Hessischen Rundfunks hielt dem Minister sein Mikrofon hin.

„Nur noch eine Frage, Herr Bergner. Sie gelten als einer der Kandidaten im Wettbewerb um das Kanzleramt. Werden Sie daran festhalten oder ist jetzt, auch durch den Tod von Kurt Friedrich, für Sie eine neue Situation entstanden?"

„Aber ich bitte Sie", stieg Bergner darauf ein. „Sie werden doch nicht im Ernst von mir erwarten, dass ich am Rande einer Trauerfeier auf eine solche Frage eingehen werde. Ich habe gerade erst betont, dass es um Pflichterfüllung geht und, dass dies selbstverständlich auch für mich gilt. Pflichterfüllung, dem Land dienen, das ist es, was man von Politikern erwarten muss. Davon darf es keine Abstriche geben. Jetzt, nach diesem feigen Mord, erst recht nicht."

Sebastian Krüger, der das versuchte Interview aus der Nähe mitbekommen hatte, konnte sich ein Grinsen nicht verkneifen. Ein Profi-Politiker, dachte er beinahe bewundernd – was für ein Heuchler. Indem er so tat, als wollte er diese brisante Frage abwehren, hatte er sie gerade ausdrücklich bestätigt. Pflichterfüllung nannte er das. Jedem, der politisch denken konnte, hatte er es gerade noch einmal gesagt: Julius Bergner würde im Rennen bleiben. Er würde auf keinen Fall aufgeben. Wie hatte er so schön gesagt: „Jetzt erst recht nicht."

Krüger sah dem schwarzen Wagen hinterher, der nun mit hoher Geschwindigkeit davonfuhr. Er bemerkte, wie sein Handy vibrierte, das er für die Dauer der Trauerfeier auf lautlos geschaltet hatte. Er nahm das Gespräch entgegen.

„Wir haben uns weiter um Peter Conrad und seine Begleitung Ewa gekümmert", hörte er die Stimme seines BKA-Assistenten. „Die Bundespolizei hat alle Abflüge durch den Computer laufen lassen. Peter Conrad und Ewa Oksana sind nur ein paar Stunden nach dem Mord von Frankfurt mit der Lufthansa abgeflogen, Platz 20 A und B. Und nun raten Sie mal wohin? Nach Thailand."

„Geben Sie das sofort an Helge Richter weiter", sagte Krüger, „der soll alles in Bewegung setzen, um die beiden zu finden. Würde mich nicht wundern, wenn sie versuchen, Tom Friedrich aufzustöbern."

„Schon passiert, Chef", sagte die Stimme in seinem Handy.

Kapitel 36

Bangkok

Die alte Klimaanlage ratterte. In der schwülen Nacht sorgte sie kaum für Kühlung und Ewa hatte Probleme gehabt einzuschlafen. Neben ihr wälzte sich Peter Conrad hin und her, murmelte unverständliche Sätze vor sich hin und schien von heftigen Träumen gequält. Ewa war zweimal aufgestanden und hatte sich jeweils einen Whiskey aus der Minibar geholt. Aber auch der Alkohol hatte wenig dabei geholfen, in den Schlaf zu kommen.

Endlich war der Morgen angebrochen. Ewa empfand es als Erlösung. Sie duschte kalt, schlüpfte in ihre enge Jeans, bequeme Sneaker und ein frisches T-Shirt. Conrad war aufgewacht, verschwitzt und unrasiert. Er schien noch nicht wirklich angekommen zu sein, versuchte sich zu orientieren und litt unter dem Jetlag. Er setzte ein gequältes Lächeln auf.

Ewa ließ sich nicht darauf ein. „Vielleicht solltest du mal duschen", sagte sie geschäftsmäßig, „ich gehe schon zum Frühstück." An der Rezeption nahm sie eine Bangkok-Post mit. Während sie einen starken Kaffee trank, blätterte sie die englischsprachige Lokalzeitung durch und entdeckte ein Foto von einer Beerdigung in Frankfurt auf einer der hinteren Seiten im Wirtschaftsteil. Kurt Friedrich, so der Bericht, wurde kürzlich ermordet. Dazu der Hinweis, dass die Firma NEWTEC sehr kurz vor dem Abschluss ihrer Forschung für einen Virusimpfstoff stehe, der dann marktreif sein würde. Das fände auch in Asien großes Interesse. In einem weiteren Absatz des Artikels wurden deutsche Pressestimmen erwähnt, die die Mordermittlungen verfolgten. Aus anonymen Polizeikreisen habe man erfahren, dass möglicherweise eine Spur nach Thailand führe. Ewa legte die Zeitung auf den Tisch und umklammerte ihre Kaffeetasse mit beiden Händen. Das waren keine guten Nachrichten. Sie mussten sich beeilen, sie mussten Tom finden. Das war ihre einzige Chance.

Peter Conrad kam in den Frühstücksraum und schaute sich nach ihr um. Sie winkte ihm zu und er setzte sich, schien erleichtert. Ein Kellner brachte eine Kanne mit Kaffee.

„Wie hast du geschlafen?", versuchte Conrad ein Gespräch in Gang zu bringen, doch Ewa hatte keine Lust auf Smalltalk. Sie schob ihm die Zeitung herüber und deutete auf den Artikel im Wirtschaftsteil.

„Das solltest du lesen", sagte sie, „ich werde mich in der Zwischenzeit darum kümmern." Conrad schaute erst auf die Zeitung, dann auf sie. Ewa hatte sich inzwischen erhoben und war bereits Richtung Ausgang unterwegs.

Sie versuchte sich zu erinnern, ging zuerst in die falsche Richtung, merkte es aber bald und drehte um. Sie durchstreifte mehrere der engen Gassen und fand endlich den Gemüseladen, der bereits geöffnet hatte. Sie zögerte kurz, dann schob sie die Plastikperlenschnüre beiseite und betrat das dunkle Büro, das dahinter lag.

Der Kahlköpfige trug diesmal ein buntbedrucktes Hemd mit Papageienmuster und hatte eine Tasse mit grünem Tee vor sich, die auf der neuesten Ausgabe der Bangkok Post stand. Er schien nicht überrascht und wies mit der Hand auf den alten Holzstuhl, der vor seinem Schreibtisch stand. Ewa setzte sich.

Er öffnete eine Schublade und holte einen Zettel hervor. Ewa wollte ihn ergreifen, doch er hielt ihn fest.

„Zuerst die 10.000 Bath", sagte er. Ewa zog das Geldbündel aus ihrer Handtasche hervor und legte es vor ihn hin. Der Kahlköpfige zählte es sorgfältig nach. Dann schob er ihr den Zettel zu.

„Sie sollten sich beeilen. Ich höre, es gibt auch andere, die Interesse an diesem Mann haben", sagte er und hob kurz die Zeitung, so dass sie das Foto aus Frankfurt sehen konnte. Ewa las den Zettel und versuchte sich die Adresse zu merken. Sunrise Hotel stand darauf; dazu eine Straße.

„Falls Sie sonst noch irgendetwas brauchen, sagen Sie Bescheid", sagte er, während er die Scheine in der Schublade verschwinden ließ.

Helge Richter hörte das kurze Ping, das den Eingang einer neuen SMS auf seinem Handy signalisierte. „Es gibt Neuigkeiten, kommen Sie vorbei. Krit", las er, dazu ein Emoji mit hochgereckten Daumen. Wenn Krit Katavetin sich meldete, dann musste es wichtig sein.

Als er eine halbe Stunde später das Büro von Krit betrat, sprang der sofort auf und schwenkte einen Zettel in seiner Hand.

„Ein internationaler Haftbefehl", sagte er. „Ist gerade über Interpol reingekommen. Von Ihren Freunden in Wiesbaden."

Krit zeigte Richter das Papier, der es ausführlich studierte. Es ging um einen Peter Conrad, der im Verdacht der Mittäterschaft an dem Mord an Kurt Friedrich stand. Wahrscheinlich wurde er von einer Ewa Oksana, einem Callgirl von einem Escort-Service in Frankfurt, begleitet. Es waren auch Bilder von einer Überwachungskamera auf dem Frankfurter Flughafen dabei.

„Bingo", sagte Krit, „wir haben ebenfalls mal in die Computer auf dem Flughafen geschaut. Dieser Conrad und seine Begleitung sind gestern Morgen in Bangkok angekommen. Ihre Pässe wurden bei der Einreise ordnungsgemäß eingescannt." Der Stolz in seiner Stimme war unüberhörbar. „Jetzt haben wir etwas, womit wir arbeiten können. Ich gebe das gleich mal zur Fahndung raus."

Krit holte die Bangkok-Post von seinem Schreibtisch und zeigte Richter den Artikel aus Frankfurt.

„Was wissen Sie sonst noch darüber?", fragte er.

Richter erzählte ihm die Geschichte, soweit er sie selber kannte. Krit hörte aufmerksam zu.

„Eine Schlüsselfigur ist jetzt eben sein Sohn Tom", kam er schließlich zum entscheidenden Punkt. „Gibt es dazu etwas Neues? Wiesbaden macht einen Riesendruck."

„Noch nicht. Er scheint untergetaucht zu sein. Aber wenn er noch in Bangkok sein sollte, dann werden wir ihn schon finden. Sie wissen doch, das Special Branch Bureau trägt seinen Namen nicht umsonst."

Hoffentlich, dachte Richter, auch wenn er nicht alle Einzelheiten wissen wollte. Der SBB war für die nationale Sicherheit und ganz besonders für die Sicherheit des Königshauses zuständig. Als er nach Bangkok gekommen war, hatte er in alten Akten über die Anfangszeit des SBB recherchiert. In den frühen Sechzigerjahren hatte man dem Dienst vorgeworfen, rund 3.000 prokommunistische Verdächtige in roten Benzinfässern verbrannt zu haben. Der Kalte Krieg war lange vorbei, aber Richter wusste, dass der SBB nicht zimperlich war, wenn es darum ging, Informationen zu sammeln. Jetzt baute er darauf, dass das auch im Fall Tom Friedrich funktionieren würde.

Als Ewa in das Hotel zurückkam, saß Conrad immer noch im Frühstücksraum. Gerade wurde das Buffet abgeräumt und eine ältere Frau in einer Schürze war mit einem Besen dabei, die auf den Boden gefallenen Überreste zusammenzukehren. Conrad war noch in die Bangkok-Post vertieft. Er bemerkte Ewa erst, als sie sich zu ihm setzte.

„Ich habe seine Adresse", sagte Ewa. „Wirklich?! Die Adresse von Tom?", staunte Conrad.

„Ja, wirklich", antwortete sie. „Aber bevor wir weitermachen, sollten wir noch etwas klären." Conrad legte die Zeitung beiseite und schaute sie fragend an.

„Ich verstehe es so, dass wir Partner sind. Und bei Partnern sollte das Prinzip der Gleichberechtigung gelten. Wie es auch weitergeht, ich will die Hälfte vom Erlös."

Conrad schien irritiert.

„Aber, aber ich habe bisher alles nur für uns getan ...", stotterte er, „... für unsere Zukunft ..."

„Es gibt kein Aber. Die Hälfte!", sagte sie. Conrad wurde blass. Seine Hände begannen zu zittern.

„Sicher", flüsterte er, „sicher, wir werden das so machen."

Ewa zog den Zettel hervor, den sie von dem Kahlköpfigen bekommen hatte, und schob ihn herüber.

„Hier ist die Adresse. Ich rufe jetzt ein Taxi, dann fahren wir da hin."

Krit Katavetin verbrachte eine Viertelstunde am Telefon, dann hatte er alle Anweisungen erteilt. Der Ehrgeiz hatte ihn gepackt. Er wollte den deutschen Kollegen zeigen, wie effektiv der SBB arbeitete. Dieser Conrad und seine Hure, sie zu finden, das war nur eine Frage der Zeit. Da war er sich sicher. Mit diesem Tom war es anscheinend komplizierter, aber ein Drogenjunkie brauchte Nachschub. Das war sein schwacher Punkt, genau da musste man mit den Ermittlungen ansetzen. Einmal auf Drogen, immer auf Drogen – das zeigte ihm die Erfahrung. Ausnahmen gab es nur wenige.

In der Zeit nach der Pandemie war es besonders wichtig, den Tourismus anzukurbeln – eine der wichtigsten Einnahmequellen des Landes. Und da spielten vor allem die Deutschen eine Rolle.

Man musste sie bei Laune halten, hilfreich sein, liefern. Wenn er jetzt erfolgreich war, dann würde er seinem Land einen besonderen Dienst erweisen und das würde sich gewiss bei der nächsten Beförderung als nützlich erweisen. Schließlich hatte der Monarch eine besondere Beziehung zu den Deutschen, wo er doch lange unter ihnen gelebt hatte, bevor er den Thron bestieg.

Man musste sich schon auskennen, um zu bemerken, wie der Apparat anlief, geschmeidig, effektiv; wenn nötig rücksichtslos. Fünf Zivilfahnder des SBB machten sich mit dem Bild von Conrad und Ewa daran, alle Taxifahrer am Flughafen abzuklappern. Die Taxifahrer wussten, dass der SBB keinen Spaß verstand. Sie würden auch kein Geld annehmen, was sonst jeder Polizist auf der Straße tat, um das miserable Gehalt aufzubessern. Das war normal. Bei dieser Aktion herrschte allerdings ein anderer Ton. Hier galt es zu kooperieren.

Der Taxifahrer hatte das Navi im großen Handy im Blick, das an der Windschutzscheibe befestigt war. Eine weibliche Roboterstimme gab ihm auf Thailändisch neue Informationen, führte ihn durch viele enge Gassen. Ewa und Conrad hatten sich damit abgefunden, die ohnehin kaum vorhandene Orientierung in der Riesenmetropole längst verloren zu haben. Die Gegend schien ärmlich, Wäsche hing zum Trocknen in der schwül-heißen Luft von den Fenstern der Häuser. Zwei Buchstaben der Aufschrift über der Tür zum Hotel fehlten, aber sie waren offensichtlich richtig, denn der Taxifahrer sagte:

„Das Sunrise Hotel, bitte sehr." Ewa bezahlte ihn und er fuhr davon, scheinbar froh, wieder aus dieser Gegend verschwinden zu können. Auch hier lungerten zwei Prostituierte vor dem Eingang herum. Ewa stellte mit kundigem Blick fest, dass sie am unteren Ende dieser Profession angelangt waren – deutlich über fünfzig, grell geschminkt und die Beine in Lackstiefeln, die früher einmal weiß gewesen waren.

Eine korpulente Frau um die 70 bewachte die Rezeption, eine qualmende Zigarette in der Hand. Misstrauisch musterte sie die Besucher, die ganz offensichtlich nicht in diese Gegend passten. Ewa schob ihr 300 Bath zu.

„Wir wollen zu Tom", sagte sie. Die Alte steckte das Geld in ihre Schürzentasche und zog an ihrer Zigarette. Dann legte sie den qualmenden Stummel in einen Aschenbecher.

„Ich bin nicht sicher, ob er da ist", sagte sie. Ewa legte noch einmal 200 Bath auf den Tresen.

„Dritte Etage, Zimmer 312", sagte die Alte. „Meistens schläft er um diese Zeit noch. Muss sich ausruhen. So ein Job, das schafft einen."

„Job? Welcher Job?", hakte Ewa nach.

„Nun ja, manche Frauen hier stehen auf weiße, europäische Männer. Das ist mal was anderes und jeder muss eben sehen, wo er bleibt." Sie machte eine Pause, blickte zu Conrad und dann wieder zurück zu Ewa. „Aber ich sehe, Sie sind ja schon versorgt." Sie griff zum Telefonhörer.

„Nicht nötig", sagte Ewa, „wir finden schon hinauf. Sie brauchen uns nicht anzumelden."

Die Alte legte den Telefonhörer zurück und griff wieder zu ihrem Zigarettenstummel. „Der Aufzug ist kaputt", sagte sie, als Ewa und Conrad sich nach dem Lift umsahen, dessen Tür sich gleich neben der Rezeption befand. Auf dem Weg über die engen Treppen kam ihnen eine Frau entgegen. Sie stolperte unsicher auf den hohen Absätzen ihrer ebenfalls weißen Lederstiefel die Treppe hinunter. Ewa fragte sich, ob sie vielleicht bei Tom gewesen war. Was für ein Rollentausch, dachte sie. Tom Friedrich, der Sohn des Großinvestors Kurt Friedrich, ein Callboy. Ein Kollege, schoss es ihr durch den Kopf.

Endlich kamen sie, inzwischen reichlich verschwitzt, in der dritten Etage an. Conrad stand hinter ihr, als Ewa an die Tür klopfte, auf die die Nummer 312 aufgemalt war.

Ewa klopfte energisch. Nichts rührte sich. Ewa klopfte noch einmal – härter. Wieder nichts. Schließlich hämmerte sie mit ihrer rechten Faust gegen die Holztür.

Nach einer Weile hörte sie Geräusche. Auf der anderen Seite schien sich jemand der Tür zu nähern.

„Who is it?", war eine Stimme zu vernehmen. „Besucher aus Deutschland", antwortete Ewa, „machen Sie auf, Herr Friedrich."

Langsam öffnete sich die Tür. Ein eingefallenes, von blonden Bartstoppeln umrahmtes Gesicht kam zum Vorschein – die fettigen Haare lang, die Augen leicht gerötet. Er trug ein altes T-Shirt und eine zerschlissene Jeans, seine Füße waren nackt.

„Ja, bitte?", fragte Tom. Ewa antwortete nicht, sondern drängte ihn in das Zimmer zurück. Conrad folgte ihr zögernd. Tom wich aus, ließ sie herein, überrumpelt, offensichtlich unfähig, mit der plötzlich entstandenen Situation umzugehen. Er wirkte fahrig, hatte sich nicht wirklich unter Kontrolle. Ewa schaute sich schnell um. Das Bett war ungemacht und seit langem nicht frisch bezogen worden. Auf dem Nachttisch lag eine Spritze – leer. Ewa war klar, was das bedeutete.

„Setzen Sie sich doch", übernahm Ewa weiter die Initiative. Tom ließ sich langsam auf die Bettkante gleiten. Vor dem Fenster standen zwei Stühle und ein kleiner Tisch. Ewa setzte sich und wies Conrad an, auf dem zweiten Platz zu nehmen. Conrad setzte sich ebenfalls. Er bemerkte, wie Tom ihn aus trüben Augen ansah, als erinnere er sich an irgendetwas, das er jedoch nicht einordnen konnte.

„Wir kommen wegen Ihres Vaters", begann Ewa. Toms blasses Gesicht schien etwas Farbe zu bekommen.

„Mein Vater?", fragte er. „Was ist mit ihm?"

Conrad mischte sich ein. Tom tat ihm leid, ganz offensichtlich hatte er keine Ahnung. Leise sagte er:

„Er ist tot, Tom. Dein Vater ist tot."

Tom starrte ihn mit einer Mischung aus Unverständnis und Schrecken an.

„Tot? Wieso tot? Und was haben Sie damit zu tun?"

„Vielleicht erinnerst du dich. Wir haben uns früher gelegentlich mit ihm getroffen – in Kronberg, auf dem Golfplatz", versuchte Conrad, ihn zu beruhigen. „Du wolltest damals Schauspieler werden."

Tom dachte nach, dann schien es ihm einzufallen.

„Sie müssen Herr Conrad sein. Peter Conrad?"

Conrad nickte. Ewa fiel ihm ins Wort. Nur keine sentimentalen Abschweifungen.

„Leider haben wir sehr schlechte Nachrichten. Ihr Vater ist auf sehr tragische Weise ums Leben gekommen. Er wurde ermordet."

Tom zuckte zusammen, aber er sagte nichts. Ewa bemerkte, wie sein Blick zu der Spritze auf dem Nachttisch wanderte. Sie machte sich keine Illusionen. Solange Tom nicht seinen nächsten Schuss bekam, war kaum mit ihm zu reden. So war es eben mit Heroinabhängigen. Nicht die Phase nach dem Schuss war die kritische, sondern die davor. Die Unruhe, die sich immer weiter steigerte, die Nervosität, der unbedingte Drang nach Erlösung, die Gleichgültigkeit gegenüber dem Rest der Welt. Nur eines zählte: der nächste Schuss. Jetzt, sofort. Offensichtlich hatte er nichts mehr. Sie hatten ihn gefunden, aber es musste etwas passieren, so ging das hier nicht weiter.

Ewa ergriff die Spritze und betrachtete sie von allen Seiten.

„Wie wäre es, wenn ich dir Nachschub besorgen könnte?", fragte sie. Toms Gesichtszüge hellten sich auf, in seinen Körper kam so etwas wie Spannung.

„Das würden Sie tun?"

„Ich könnte es wenigstens versuchen", sagte Ewa und legte die Spritze zurück. „Peter Conrad wird Ihnen solange Gesellschaft leisten."

Conrad war überrascht, erhob aber keine Einwände. Ewa machte ihm ein Zeichen, ihr zu folgen.

„Wenn Sie uns ganz kurz entschuldigen würden?", fragte sie. Tom wirkte wieder verunsichert, nickte aber. Ewa stieg mit Conrad die Treppe herunter und sah sich draußen vor der Hoteltür nach einem Taxi um.

Nachdem sie abgefahren war, blieb Conrad noch einen Moment vor der Tür stehen. Auch er kam bei der Entschlossenheit, die Ewa vorlegte, kaum noch mit. Aber immerhin hatten sie Tom gefunden. Jetzt musste der nächste Schritt gut überlegt werden. Vielleicht rückte die eine Million nun doch noch in greifbare Nähe. Und war es nicht fair, wenn Ewa die Hälfte davon bekam – nach all dem, was sie bis hierher erreicht hatte.

Hauptsache, jetzt verlief alles nach Plan. Und zum Plan gehörte doch eigentlich, dass er seine Auftraggeber unterrichtete. Sonst würde es mit der Million nichts werden. Er nahm sein Handy aus der Tasche und schrieb eine WhatsApp. „Zielperson gefunden. Erwarte weitere Anweisungen."

Es dauerte nur wenige Sekunden, bis eine Antwort kam. „Sehr gut", schrieb Joe Miller zurück. „Komme morgen an. Halten Sie ihn bei Laune. Bieten Sie ihm 50 Millionen." Er schickte ein Emoji hinterher – einen breit grinsenden Smiley.

Ewa hatte sich bei ihrem letzten Besuch die Adresse notiert. Der Taxifahrer hatte kein Problem, den Obstladen zu finden. Der

Kahlköpfige stand vor den Obstauslagen auf der Straße und rauchte. Als er sie kommen sah, zog er sie am Arm in das Büro hinter dem Plastikperlenvorhang.

„Was kann ich diesmal für Sie tun?", fragte er ohne Umschweife.

Ewa war ebenfalls kurz angebunden.

„Ich brauche ein halbes Kilo gutes Heroin", sagte sie, machte dann eine Pause, und fügte hinzu:

„Und eine Pistole, für alle Fälle."

Der Kahlköpfige verzog keine Miene, reagierte aber nicht sofort. Schließlich antwortete er:

„So viel habe ich nicht hier – aus Sicherheitsgründen. Ich habe nur ein paar Gramm."

Ewa war enttäuscht, verstand aber seine Gründe. Wenn es eine Durchsuchung geben würde, dann käme er wahrscheinlich glimpflich davon. Für ein halbes Kilo würde er viele Jahre im Knast verschwinden oder die Bestechungssumme wäre dermaßen hoch, dass er sie sich nicht leisten könne.

„Gut, ich nehme sie", entgegnete Ewa. „Wann kann ich mit dem Rest rechnen?"

„Morgen früh", sagte er. Er verschwand in einem Nebenraum, kam mit einem Plastiktütchen voll weißem Pulver zurück und drückte es ihr in die Hand. „Sollte bis morgen reichen." Ewa steckte es in ihre Handtasche.

„Wieviel?", fragte sie und wollte das Geld hervorholen, doch der Kahlköpfige wehrte ab.

„Geht aufs Haus", sagte er.

„Und die Pistole?"

„Ich sagte doch: morgen früh."

Als sie sich zum Gehen wandte, hielt er sie kurz auf.

„Vielleicht geben Sie mir Ihre Telefonnummer. Für alle Fälle", lächelte er. Ewa überlegte kurz, dann schrieb sie die Nummer auf ein kleines Stück Papier, das sie aus der Handtasche holte.

Als Ewa im Sunrise Hotel zurück war, lag Tom auf seinem Bett und hatte die Augen geschlossen. Sein Körper zitterte. Er schwitzte stark. Conrad hatte ihr geöffnet. Auch er war offensichtlich erschöpft und ließ sich auf den Stuhl zurückfallen, auf dem er gedöst hatte, nachdem er hilflos mitansehen musste, wie sich Toms Zustand verschlechterte.

Tom riss die Augen auf, als er ihre Stimme hörte. Ewa zog das Tütchen hervor und legte es neben die Spritze auf den Nachttisch. Tom brauchte nur wenige Augenblicke, bis er alle Utensilien zusammenhatte und das Pulver mit einem Feuerzeug unter einem Löffel aufkochte. Dann setzte er sich die Spritze, hatte mit seinen zittrigen Händen aber Schwierigkeiten, die Vene zu finden. Er legte sich wieder aufs Bett. Kurze Zeit später entspannten sich seine Gesichtszüge. Irgendwann richtete er sich auf und zeigte ein Lächeln, schien plötzlich wie verwandelt.

„Danke, danke", strahlte er. „Wie kann ich das wiedergutmachen?"

Ewa war erleichtert. Endlich war Tom soweit, dass man vernünftig mit ihm reden konnte. Wenigstens vorübergehend. Er war in einem fortgeschrittenen Stadium und brauchte ständig Nachschub, am besten eine noch stärkere Dosis als beim letzten Mal. Ein Teufelskreis, den er kaum würde überwinden können, jedenfalls nicht hier in diesem Loch, nicht ohne Hilfe von Ärzten. Und schon gar nicht auf die Schnelle. Sie hatte das alles schon gesehen.

Ewa begann zu erzählen: von dem schrecklichen Mord an seinem Vater, von immer noch völlig unbekannten Tätern. Dann, ganz langsam, ging sie zu ihrem eigentlichen Anliegen über. Berichtete vom Engagement seines Vaters bei NEWTEC und von dem Impfstoff, der dort entwickelt wurde.

„Und stellen Sie sich vor, damit kann man diese Pandemie ausradieren", sagte Ewa. Tom hörte ihr interessiert zu. „Ihr Vater wollte der ganzen Welt einen großen Dienst erweisen. Sie können wirklich stolz auf ihn sein."

Sie ließ diesen Satz wirken. Es war unübersehbar, wie sehr es Tom beeindruckte.

„Und jetzt, Tom, stellen Sie sich vor: Jetzt können Sie diese wunderbare Aufgabe übernehmen. Und dann wäre Ihr Vater sicherlich stolz auf Sie gewesen... Wie traurig, dass er das nicht mehr erleben kann."

Tom verstand nicht.

„Ich? Wieso ich?"

„Ganz einfach. Sie sind sein Erbe und wir vertreten eine große Organisation, die diesen Impfstoff allen Menschen zur Verfügung stellen will, damit das Virus endlich abgetötet werden kann."

Tom war jetzt ganz bei ihr, schien von der Idee überzeugt.

„Was muss ich tun?", fragte er aufgeregt.

„Sie müssen bereit sein, einen großen Anteil der bisherigen Beteiligung Ihres Vaters an unsere Organisation zu verkaufen, damit wir den Impfstoff schnell auf den Markt bringen können – wie gesagt, zum Wohle aller."

Toms Augen schienen neuen Glanz zu entwickeln.

„Verkaufen? Für wieviel?"

Bevor Ewa etwas dazu sagen konnte, griff Conrad ein.

„50 Millionen Dollar", sagte er und griff damit die Zahl auf, die Miller ihm aufgetragen hatte. Ewa merkte, wie ein Ruck durch Toms Körper ging.

„50 Millionen?", fragte er ungläubig. „Wirklich? So viel?"

„Ja, auf jeden Fall. Und wenn Sie gut verhandeln, und wir helfen Ihnen gerne dabei, vielleicht noch etwas mehr."

Ewa nahm die Spritze vom Nachttisch und hielt sie in die Luft.

„Ich denke, damit wären Ihre Probleme erst einmal gelöst."

„Wann könnten wir das Geschäft abschließen?", wollte Tom wissen.

„So schnell wie möglich. In den nächsten Tagen könnten Sie das Geld haben."

Tom schien immer noch Probleme zu haben, das alles zu verstehen.

„Ich schlage vor", sagte Ewa, „Sie schlafen jetzt erst einmal aus und morgen früh reden wir weiter."

Sie hatte immer noch die Spritze in der Hand.

„Und in der Zwischenzeit kümmere ich mich um ordentlichen Nachschub, versprochen."

Sie waren wieder gegangen. Tom streckte sich auf dem Bett aus. Noch hielt die Wirkung des Heroins an und stellte ihn ruhig. Er genoss diesen Zustand. Entspannt, endlich entspannt. Natürlich wusste er, dass dies nur vorübergehend war. Aber jetzt schien ihm so etwas wie Normalität einzukehren, jedenfalls das, was gegenwärtig bei ihm als Normalität durchging. Er versuchte, seine Gedanken zu sortieren. Das fiel ihm schwer. Einen Moment lang war er unsicher, ob er all das nicht nur geträumt, es sich in seinem von der Droge vernebeltem Gehirn bloß eingebildet hatte. Hatte er wirklich richtig verstanden, dass er der Erbe eines Unternehmens war, das die Welt von der Pandemie befreien konnte? Und hatte man ihm, in diesem Drecksloch von einem Hotel, tatsächlich gerade 50 Millionen Dollar dafür geboten, dass er einfach nur eine Unterschrift leisten sollte? Sie hatten seinen Vater erwähnt. Wie hatte er in Wahrheit um seine Anerkennung gekämpft, immer wieder gehofft, dass er ihn so nehmen könnte, wie er eben war. Mein Gott, dachte er, wie konnte es nur so weit kommen? Hatte es nur an seinem Vater gelegen oder hätte er nicht auch dazu beitragen können, dass er seinen Ansprüchen an ihn genügt hätte? Nur ein klein wenig. Sein Vater war immer stur seinen Weg gegangen. Hatte er das nicht von ihm geerbt, dieses Festhalten am eigenen Lebensentwurf? Der Gedanke quälte ihn. Er hatte die Flucht ergriffen und das hatte dazu geführt, dass er in dieses Elend abgesunken, dass er der Droge verfallen war. Jetzt war sein Vater tot. Aber hatte die Frau nicht davon gesprochen, dass sein Vater stolz auf ihn sein würde, wenn er jetzt mitmachte, wenn er jetzt den Weg freimachen würde für den Verkauf der Firma? Sie konnte helfen, die Welt von dem Virus zu befreien. Und er, Tom Friedrich, konnte dazu einen entscheidenden Beitrag leisten. Natürlich war es zu spät für eine Aussöhnung. Und dennoch hatte er jetzt die Möglichkeit, etwas zu tun, das seinem Vater gefallen hätte. Tom starrte an die Decke, an der kleine Insekten schwirrten. Wieder fragte er sich: Konnte das alles wirklich wahr sein? Neben ihm lag noch die kleine Tüte mit dem restlichen Heroin, das die Frau mitgebracht hatte. Es war real. Sie waren da gewesen, das war ganz offensichtlich kein irrer Traum. Es konnte also durchaus so sein, dass auch die übrige Geschichte stimmte, die die Frau ihm erzählt hatte. Es war eine Chance, seine Chance. Er konnte etwas tun, was eine Bedeutung hatte, was seinem elenden Leben einen Sinn geben würde. Und dann das Geld. 50 Millionen – was für eine Summe. Tom starrte weiter an die Decke. Konnte es sein, dass das alles so einfach war? Er stimmte dem Verkauf zu und dann würde er in der Lage sein, alles hinter sich zu lassen? Alles auf null stellen, ein neues Leben beginnen, vielleicht einen Entzug machen? Wegkommen von der Droge? Irgendwie, das war ihm in diesem Augenblick bewusst, klang der Gedanke, der sich gerade in seinem Kopf formte sehr pathetisch. Er konnte sich endlich auf die große Bühne stellen und seinem Publikum zurufen: Seht her! Ich, Tom Friedrich, der Retter der Menschheit vor der Pandemie. Der Virus Killer. Du musst etwas essen, wenn du das erreichen willst. Du kannst hier nicht einfach liegenbleiben, dachte er. Mühsam stand er auf, ging ins Bad, schüttete sich etwas von dem lauwarmen Wasser ins Gesicht, das aus der Leitung kam, versuchte seine struppigen, ungepflegten Haare zu bändigen und überlegte, ob er sich rasieren solle, ließ es dann aber bleiben. Er verließ das Zimmer, tastete sich die Treppe herunter und schaffte es bis in den nächsten Coffeeshop gleich um die Ecke. Er bestellte eine Nudelsuppe und einen grünen Tee, schlürfte die Suppe herunter und spürte, wie sich das Verlangen wieder in ihm aufbaute. Es drängte, es bohrte – obwohl er sich dagegenstemmen wollte. Er brauchte den nächsten Schuss, er brauchte ihn schnell. In seinen Hosentaschen fand er ein paar Scheine, und legte sie vor sich auf den Tisch. Tom stemmte sich hoch und wankte zurück ins Hotel. Mehrfach musste er auf der Treppe anhalten, bis er wieder vor seinem Zimmer stand. Er ließ sich auf das Bett fallen. Die Frau hatte ihm versprochen, dass sie wiederkommen würde. Dass sie ihn versorgen würde. Er hoffte nur eins: dass es bald sein würde.

Der Kahlköpfige sah den schwarzen SUV kommen, der direkt vor dem Obstladen anhielt. Die Nacht war wie immer schnell hereingebrochen. Es hatte einen schweren Regenschauer gegeben, aber die Gasse war immer noch voller Menschen. Die Hausfrauen aus der Umgebung kamen, um Gemüse einzukaufen, und auch die Mädchen von der Bar nebenan standen wieder auf der Suche nach Kunden auf dem Bürgersteig.

Zwei Männer stiegen aus. Sie waren kräftig gebaut. Beide trugen weite Hemden über ihren dunklen Leinenhosen und der Kahlköpfige erkannte die Ausbeulung, die ihre Waffen verursachten.

Sie kamen sofort auf ihn zu, schubsten ihn durch den Plastikperlenvorhang in das Büro und drückten ihn auf den Sessel hinter dem Schreibtisch.

Einer zog seine Dienstmarke hervor.

„SBB", sagte er, „und bitte keine langen Geschichten. Sie tun sich einen großen Gefallen, wenn wir schnell zur Sache kommen könnten. Sonst kommen in einer Viertelstunde ein paar Leute, die den Laden hier mal so richtig auf den Kopf stellen. Und die finden immer was: Drogen zum Beispiel, viele Drogen. Das wollen wir doch nicht, oder? Hier im Viertel lief eine blonde Frau herum und hat nach einem Deutschen gesucht, einem Kerl namens Tom Friedrich, um genau zu sein. Diese Frau war hier bei Ihnen. Also: Wo ist Tom Friedrich?"

Dem Kahlköpfigen war klar, dass er die SBB-Agenten nicht so einfach loswerden würde. Die waren nicht von der Metropolitan Police, mit der man sich meistens einigen konnte, wenn genügend Geld auf den Tisch kam. Er hatte für solche Fälle immer einige Briefumschläge vorbereitet. Er dachte an das Treffen, das er für morgen früh verabredet hatte. Irgendwie musste er versuchen, diesen Männern entgegen zu kommen, und zugleich sein lukratives Geschäft retten. Er konnte jedenfalls nicht so tun, als habe er den Namen noch nie gehört. Dafür hatten sie in diesem Viertel zu viele Zuträger, zu viele Augen und Ohren.

„Sie haben völlig recht, ja, sie war hier, und die war ganz hektisch und will ihn unbedingt finden. Ich habe ihr versprochen, dass ich mich darum kümmern werde." Er musste jetzt irgendeine Lüge erfinden, irgendetwas, das ihm Zeit bis morgen verschaffte. „Ich habe da einige Spuren, Sie wissen ja, ich kenne mich hier in der Gegend aus. Und ich bin ganz optimistisch, dass ich bis morgen Mittag eine Rückmeldung habe."

Der SBB-Mann war nicht bereit, sich damit abzufinden.

„Nichts da, morgen Mittag. Morgen früh um acht sind wir wieder hier. Und dann wollen wir eine Adresse, haben wir uns verstanden?"

Der Kahlköpfige nickte ergeben. Die beiden gingen, aber der eine drehte sich noch einmal um.

„Morgen früh um acht, ist das klar!"

Er überlegte. Er musste es wagen, sonst ging das Geschäft verloren. Aber er musste ihnen auch die Adresse liefern. Keiner legte sich mit dem SBB an, ohne es zu bedauern.

Als sie endlich wieder verschwunden waren, holte er den Zettel mit ihrer Telefonnummer hervor.

„Morgen früh um sechs. Und sehen Sie zu, dass ihr Kerl verschwindet", schrieb er ihr eine SMS.

Ewa las die Nachricht. Ihr war klar, dass der Kahlköpfige ihr nicht schreiben würde, wenn es kein Notfall wäre. Sie saß mit Conrad in einem kleinen Restaurant in der Nähe ihres Hotels. Er löffelte lustlos in der Nudelsuppe herum. Besorgt stellte sie fest, wie er zunehmend an Energie verlor, sich offensichtlich immer wieder zusammenreißen musste, um dabei zu bleiben. Nicht jetzt, dachte sie, nicht ausgerechnet jetzt. Sie hatten Tom gefunden. Zum ersten Mal hatten sie eine reale Chance, ihrem Ziel näherzukommen. Sein Vater, dieser sturköpfige Kerl, war tot. Tom war ein völlig anderer Fall: drogenabhängig. Er lebte nur von einem Schuss zum nächsten. Gewiss wäre er leicht zu manipulieren, solange es genügend Nachschub gab. Dafür würde sie schon sorgen. Aber sie brauchte Conrad für den nächsten Schritt und sie hatte nicht vergessen, dass es neben Miller und seinen Auftraggebern mit etwas Glück auch noch eine zweite Möglichkeit gab. Und die war für sie ein ganz anderes Kaliber. Zehn Prozent Vermittlungsgebühr hatte Conrad doch ausgehandelt.

Sie durften keine Zeit verlieren. Der Preis war zu hoch. Sie winkte der Kellnerin in dem kurzen Rock und bezahlte die Rechnung. Dann zeigte sie Conrad die SMS. Er schaute sie nur fragend an.

„Gehen wir", raunte sie ihm zu. Conrad folgte ihr ins Hotel und warf sich erschöpft aufs Doppelbett. Ewa breitete einen bunten Touristenprospekt aus, der an der Rezeption ausgelegen hatte. Er versprach eine Reihe von Angeboten für Ausflüge und Kurztrips. Auch Mietwagenfirmen boten ihre Dienste an – rund um die Uhr.

Ewa studierte den Prospekt und tippte schließlich auf die Anzeige eines Hotels in Pattaya, dem berühmten Badeort südlich von Bangkok. Die Entfernung betrug laut Karte etwa 130 Kilometer. Das Zwei-Sterne-Hotel warb damit, klein und intim zu sein, was Ewa so verstand, dass es eher unauffällig war und mit seinen zwei Sternen sicherlich keine besondere Aufmerksamkeit auf sich ziehen würde. Genau das, was sie wollte. Sie suchte eine Mietwagenfirma heraus und bestellte für den nächsten Morgen einen Wagen mit einem Navi zum Hotel. Um 5:00 Uhr.

Kapitel 37

Bangkok

Der Regen fiel schubweise. Immer wieder ließ er nach, kam dann jedoch mit noch größerer Heftigkeit zurück. Ein Gewitter entlud sich über der Stadt und die Blitze zerrissen den nächtlichen Himmel. Es war Regenzeit, die Einwohner Bangkoks waren daran gewöhnt, aber Helge Richter stand wieder am Fenster seines Apartments in einem der zahllosen Hochhäuser und schaute fasziniert auf das Schauspiel.

Es war zehn Uhr abends, später Nachmittag in Wiesbaden, und eben hatte Sebastian Krüger angerufen, um sich erneut nach dem Fortgang der Ermittlungen zu erkundigen. Noch immer blieben die genauen Hintergründe des Mordes auf dem Golfplatz unklar, aber Krüger hatte zumindest von einer interessanten neuen Spur berichtet. Nachdem die KTU-Experten den Radius um den Tatort erweitert hatten, hatten sie doch noch eine winzige DNA-Spur entdeckt. Blutstropfen an den Dornen eines Rosenstrauches. Der Schütze war daran hängengeblieben und hatte sich dabei anscheinend die Haut aufgeritzt. Es war, daran gab es kaum einen Zweifel, ein Auftragsmord und alle Umstände deuteten darauf hin, dass die Tat von einem erfahrenen Scharfschützen begangen worden war, einem Profi.

Daraufhin hatte das BKA seine Suche auf ehemalige Soldaten ausgeweitet und war über die DNA auf Hans Anders gestoßen, ein Ex-Hauptfeldwebel vom Kommando Spezialkräfte. Der KSK-Mann war wegen schwerer Körperverletzung an einem Kameraden verurteilt worden und so als Täter in die Datenbank gelangt, Fingerabdrücke und DNA inklusive. Die Fahndung nach ihm hatte bislang keine weiteren Ergebnisse erbracht, was bei seinem Background keine völlige Überraschung war. Immerhin hatte man jetzt einen Namen.

Krüger wurde ungeduldig und Helge Richter konnte das verstehen. Der Fall Friedrich war nicht nur spektakulär, die Zeitungen waren immer noch voll davon, er hatte auch große politische Bedeutung. Vor allem die Frage nach der Zukunft von NEWTEC musste geklärt werden. Hier zeigten eben alle Hinweise nach Thailand und er hatte dabei gerade eine Schlüsselrolle oder, so dachte Richter, den Schwarzen Peter.

Ihm selbst waren weitestgehend die Hände gebunden. Als BKA-Verbindungsmann, war er auf die Zusammenarbeit mit der thailändischen Polizei angewiesen und hatte bisher noch keine Rückmeldung erhalten. Seine größte Hoffnung war Krit Katavetin. Der SBB wusste, wie man mit schwierigen Fällen umging.

Richter wollte sich gerade den Abendnachrichten im Fernsehen zuwenden, als sein Handy erneut klingelte. Schon wieder Sebastian Krüger.

„Einer unserer Ermittler hat sich mal das familiäre Umfeld von Hans Anders vorgenommen. Seine geschiedene Frau und seine zwölfjährige Tochter leben beide noch in Calw. Dort war Anders früher stationiert. Die Frau hat erzählt, dass Anders sehr an dieser Tochter hängt. Er hat des Öfteren versucht, sie zu kontaktieren, obwohl die Ex-Frau bemüht war, das zu unterbinden. Jetzt kommt das Spannende: Die Tochter bekam gestern einen Anruf, aber als sie abnahm, hat sich niemand gemeldet. Es gab nur ein Atmen. Offensichtlich hat sich der Anrufer nicht getraut, etwas zu sagen. Vielleicht fürchtete er, abgehört zu werden. Jedenfalls konnten wir den Anruf zurückverfolgen – auf ein Prepaid-Handy in Australien."

Richter und Krüger waren sich einig: Das konnte ein wichtiger Hinweis sein. Der Täter hatte seinen Auftrag ausgeführt und war dann schnell mit dem nächsten Flugzeug Richtung Australien verschwunden. Das würde ins Profil passen. Alles, bis auf diesen Anruf.

„Irgendwann macht jeder einen Fehler", sagte Krüger. „Wir werden unseren Verbindungsmann in Canberra darauf ansetzen. Die australische Polizei ist ein sehr zuverlässiger Partner." Dann hatte er aufgelegt.

Kapitel 38

Bangkok

Gegen 2:00 Uhr morgens hatte das Rappeln aufgehört. Die Klimaanlage war endgültig ausgefallen. Noch immer zuckten Blitze über den Nachthimmel. Ewa hatte kaum ein Auge zu bekommen und jetzt, nachdem sich die drückende Schwüle schlagartig verstärkte, war an Schlaf ohnehin nicht mehr zu denken. Conrad warf sich neben ihr hin und her. Ewa fragte sich, ob er das alles durchhalten würde. Sie versuchte das Fenster zu öffnen, um ein wenig frische Luft hereinzulassen, aber das Fenster war verriegelt.

Gegen 4:30 Uhr gab sie sich einen Ruck und ging unter die Dusche. Sie drehte den Hahn auf kalt und blieb 10 Minuten unter dem Strahl stehen, doch das Wasser blieb lauwarm. Dann packte sie eine kleine Tasche zusammen und verstaute sorgfältig die Papiere und das restliche Geld, das von den 50.000 Dollar Spesen übriggeblieben war. Beruhigt stellte sie fest, dass es wohl erst einmal reichen würde. Dann stieß sie Conrad in die Seite, der sofort die Augen aufriss.

„Wir müssen gleich los", sagte sie, „pack nur das Nötigste ein." Er kam nur mühsam hoch und verschwand im Badezimmer. Sie hörte das Rauschen der Dusche. Als er zurückkam, zog er sich an – stumm, so als habe er sich einfach mit allem abgefunden. Auch er packte seine Sachen zusammen. Kurz darauf klingelte das Telefon.

„Hier ist die Rezeption, Ihr Mietwagen ist da", hörte sie eine Stimme. Der Nachtportier überreichte ihr den Schlüssel, als sie vor das Hotel traten. Wenige Augenblicke später saßen sie in dem kleinen, weißen Toyota. Ewa stellte das Navi auf Englisch um und gab die Adresse des Hotels Sunrise ein. Eine Frauenstimme dirigierte sie durch den langsam einsetzenden Verkehr, bis sie dort

ankamen. Die Alte hatte hinter dem Counter an der Rezeption ge-
döst und schreckte hoch, als sie Ewa und Conrad kommen sah.
Sie hustete, suchte nach einem Feuerzeug und steckte sich eine
Zigarette an.

„Zu Tom Friedrich, vermute ich?", ließ sie sich vernehmen.
„Sie kennen ja den Weg."

Sie stiegen die steile Treppe in den dritten Stock hoch und Ewa
bemerkte erneut, dass sich Conrad schwertat, ihr zu folgen. Sie
klopfte erst leise, dann mehrfach lauter an die Zimmertür. Eine
Weile tat sich nichts, aber dann öffnete Tom. Ewa sah sofort, dass
er wieder unter Entzug litt. Die Wirkung der letzten Dosis war
aufgebraucht, seine Hände zitterten und er fieberte wahrscheinlich einzig und allein dem nächsten Schuss entgegen.

„Wir machen einen Ausflug", erklärte Ewa lediglich, und als
er zögerte, fügte sie hinzu: „Ich habe doch versprochen, dass ich
für Nachschub sorge. Gestern habe ich es bestellt und heute muss
ich es nur noch abholen."

Sie nahm Tom bei der Hand und zog ihn aus dem Zimmer,
hielt dann aber kurz inne. „Nehmen Sie Ihren Pass mit", sagte sie,
und Tom tat, wie ihm geheißen. An der Rezeption stellte sich
ihnen die Alte in den Weg.

„Was auch immer Sie vorhaben", blaffte sie Richtung Tom,
„erst zahlen Sie Ihre Rechnung!" Tom starrte sie an und blickte
dann hilflos zu Ewa, die in ihre Tasche griff und ein Geldbündel
hervorholte.

„Wieviel?", fragte sie. „7.000", sagte die Alte. Ewa zählte die
Summe auf den Tresen der Rezeption. Die Alte blickte zwar mürrisch drein, strich das Geld aber ein und steckte es in einen
Umschlag. Ewa gab Conrad den Autoschlüssel und tippte noch
die Adresse des Hotels in Pattaya ins Navi, nachdem sie Tom auf
den Rücksitz bugsiert hatte.

„Ich komme so bald wie möglich nach. Beeilt Euch", sagte sie. Ewa wartete, bis Conrad das Auto gestartet hatte und losgefahren war. Dann winkte sie ein Taxi heran und gab dem Fahrer die Adresse des Obstladens.

Der tropische Regen hatte aufgehört und das Wasser verdampfte auf dem aufgeheizten Asphalt. Der Kahlköpfige blickte wiederholt auf seine Armbanduhr. 6:13 Uhr zeigten die digitalen Ziffern. Die Lieferung war über Nacht gekommen, jetzt wollte er sie so schnell es ging loswerden, bevor die SBB-Leute zurückkamen. Und sie würden kommen, das war sicher. Da war es keine gute Idee, ein halbes Kilo reines Heroin und eine Pistole in seinem Schreibtisch zu haben. Er würde ihnen geben, was sie von ihm verlangten, alles andere war nicht mehr seine Sache. Vorher jedoch wollte er das Geld. Endlich sah er ein Taxi, das vor dem Obstladen hielt und beobachtete, wie die weiße Europäerin ausstieg, die am Vortag zu ihm gekommen war. Er ging ihr entgegen und führte sie schnell in das kleine Büro. Bereits gestern hatte er bemerkt, dass sie sehr zielstrebig war und wusste, was sie wollte. Lange Vorreden wurden nicht von ihm erwartet.

Er holte das kleine Paket mit dem Heroin heraus und legte die Pistole daneben, die er in ein Tuch eingeschlagen hatte. Ewa öffnete das Paket an einer Ecke und überprüfte den Inhalt. Dann nickte sie. Der Kahlköpfige packte die Pistole aus. Es war eine ältere Colt M1911 aus dem Vietnamkrieg.

„Kennen Sie sich damit aus?", fragte er Ewa. Sie schüttelte den Kopf.

„Gut, ich werde es Ihnen erklären." Er zog das Magazin heraus, zeigte ihr, wo sich der Sicherungshebel befand, und demonstrierte die Handgriffe, die nötig waren, um die Pistole schussbereit zu machen. Er drückte sie ihr in die Hand und forderte sie auf, auf ihn zu zielen. Ewa tat es, ohne zu zögern. Er hörte das Klicken, als sie den Abzugshebel durchzog. Der Kahlköpfige nahm ihr die Waffe wieder aus der Hand, schob das Magazin herein und wickelte den Colt in das Tuch. Dann schob er die Pistole und das Heroin zu ihr herüber. Er zögerte.

„Wollen Sie noch ein zweites Magazin? Nochmal 8 Schuss? Man weiß ja nie." Ewa nickte.

„100.000 Bath für alles", sagte er lakonisch. Ewa rechnete, kam auf rund 3.500 Euro, kramte in ihrer Tasche und blätterte das Geld hin. Sie versuchte gar nicht erst zu handeln. Der Kahlköpfige sah, wie sie Heroin, Pistole und das zweite Magazin in ihrer Tasche verstaute. Mehr nebenher fragte sie:

„Wie lange braucht man bis Pattaya?"

„Knapp zwei Stunden. Wenn Sie gut durchkommen", gab er zurück. „Das kommt auf den Verkehr an."

Draußen wartete noch immer das Taxi, mit dem sie gekommen war. Sie stieg ein und kurz darauf war das Auto im leichten Morgendunst verschwunden. Pattaya, dachte der Kahlköpfige. Egal, was ging ihn das an. Kein Grund, das den Bullen zu stecken, und sie darauf zu stoßen, wie er an diesem Morgen sein Geld verdient hatte.

Krit Katavetin war gerade dabei gewesen, seinen Computer herunterzufahren. Es war 23:00 Uhr und er hatte beschlossen, wenigstens eine kurze Nacht zuhause zu verbringen. Er wollte wenigstens duschen und das Hemd zu wechseln. Als das Telefon klingelte, hatte er gleich die Nummer erkannt und gewusst, dass dies nicht irgendein Anruf war. Er setzte sich aufrecht hin und drückte den Rücken durch.

„Ihre Majestät möchte wissen, wie weit die Ermittlungen wegen der Deutschen sind", hörte er eine vertraute Stimme. Es war der Kontaktmann im Königshaus.

„Wir haben alle unsere Mittel auf den Fall konzentriert", versuchte Krit Zeit zu gewinnen, „bitte versichern Sie dem König, dass wir schnell liefern werden."

„In zwei Tagen holt der deutsche Außenminister endlich einen Besuch nach, den er wegen der Pandemie mehrfach verschieben musste. Ich brauche Ihnen nicht zu sagen, wie wichtig gerade die deutschen Urlauber für unsere Wirtschaft sind. Es wird höchste Zeit, dass wir den Tourismus wieder ankurbeln. Und da wäre es wichtig, dem Minister zu signalisieren, dass Thailand ein sicheres Land ist. Ein Land, in dem wir die Gesundheit und die Kriminalität ernst nehmen." Der Mann im Königspalast hatte eine Pause gemacht. „Ihre Majestät wünscht Ergebnisse, wenn der Außenminister eintrifft", hatte er hinzugefügt. Dann hatte er aufgelegt.

Krit war klar gewesen, was dieser Satz bedeutete. Es war kein Wunsch, es war ein Befehl. Oder mehr noch: Es war eine Drohung. Wenn er es nicht schaffte, dann würde er am Hof in Ungnade fallen und das würde das Ende seiner Karriere bedeuten.

Gegen ein Uhr hatte das Telefon erneut geklingelt. Sein Stellvertreter hatte sich gemeldet.

„Schlechte Nachrichten", hatte er gesagt. „Wir haben endlich den Taxifahrer ausfindig gemacht, der diesen Deutschen, diesen Conrad und seine Begleiterin, am Flughafen aufgenommen hat. Wir hatten ihn sofort zur Vernehmung einbestellt ..."

Krit merkte das Zögern in seiner Stimme.

„Und? Was hat er ausgesagt?"

„Bisher leider nichts. Er hatte einen Unfall, ist mit einem Bus zusammengestoßen. Jetzt liegt er mit einer schweren Gehirnerschütterung im Krankenhaus."

Krit musste sich beherrschen, um nicht aus der Haut zu fahren.

„Hören Sie zu: Fahren Sie selbst dahin und machen Sie den Ärzten Druck. Sie sollen ihn aufwecken, mir egal wie. Er soll reden. Wir brauchen eine Adresse."

Krit schüttete grünen Tee aus einer Thermoskanne in seine Tasse. Um acht Uhr hatten seine Agenten das Treffen mit dem Kerl aus dem Obstladen – wegen der Adresse von Tom. Er hoffte, dass wenigstens das klappen würde.

Helge Richter spürte die Anspannung steigen. Irgendetwas würde heute passieren. Er sah die Sonne über der Stadt aufsteigen. Bald würden die Temperaturen wieder auf über 35 Grad klettern.

Krit hatte angekündigt, dass er sich selber um die Angelegenheit kümmern würde und wenn er das tat, dann lieferte er in der Regel Ergebnisse. Richter hatte sich abgewöhnt zu ergründen, mit welchen Mitteln er das tat. Es war nicht ohne Pikanterie, dass sich beim Kampf um den Impfstoff ein Schwerpunkt ausgerechnet nach Thailand verlagerte, dachte Richter. In den letzten Stunden war ihm klar geworden, wie groß der Druck in Deutschland sein musste. Wenn er Tom finden würde, dann wäre das ein wichtiger Schritt für das weitere Vorgehen – Tom, den Erben der Firma mit der besten Chance auf ein marktreifes Mittel gegen das Virus. Und dann war da ja noch die Geschichte mit Conrad und seiner Begleiterin. Zwei Baustellen, die offenbar zusammengehörten. Ob sie dasselbe Ziel hatten? Tom. Worum mochte es den beiden gehen?

Als sein Handy klingelte, dachte er erst, dass es wieder Krüger sein würde, aber in Wiesbaden war es ja noch mitten in der Nacht. Er nahm ab. Es war Krit. Obwohl es erst sechs Uhr war, klang er sehr wach.

„Gegen acht werden wir mehr über Tom Friedrich wissen, denke ich. Vielleicht wäre es gut, wenn Sie dabei wären", sagte er und fuhr fort, ohne eine Antwort abzuwarten. „Ich komme bei Ihnen vorbei und hole Sie ab."

Das sollten sie in Wiesbaden doch auch dringend wissen. Selbst, wenn es dort noch Nacht war. Er griff zu seinem Handy und hörte kurz darauf die Stimme von Sebastian Krüger, der keineswegs verschlafen klang.

„Gut, dass Sie sich melden", sagte Krüger. „Ich habe eben mit unserem Mann in Australien gesprochen. Die Kollegen konnten das Prepaid-Handy von Hans Anders in Sydney lokalisieren. Es hat sich in den letzten Stunden von einem kleinen Hotel Richtung Flughafen bewegt. Dann ist der Kontakt abgebrochen. Sieht so aus, als habe unser Mann Australien schon wieder verlassen. Sie versuchen gerade herauszufinden wohin, aber es gibt unter seinem Namen weder eine Ein- noch eine Ausreise. Hätte mich auch gewundert, wenn jemand wie er seinen eigenen Namen benutzt. Gibt es bei Ihnen etwas Neues?"

„Vielleicht", sagte Richter. „Die Thais haben angekündigt, dass sie eventuell an die Adresse von Tom Friedrich kommen. Sie wollen mich dabei mitnehmen. Von Conrad und dieser Ewa noch keine Spur. Bangkok ist eben verdammt groß."

„Immerhin", antwortete Krüger. „Viel Glück, was Tom angeht. Wir könnten einen Erfolg gut gebrauchen. Berlin ruft ständig an. Die sind ziemlich nervös."

Der Kahlköpfige hatte die letzte Stunde damit verbracht, sorgfältig alle Spuren von ihrem Besuch zu beseitigen. Er hatte alles abgewischt, womit Ewa in Berührung gekommen war, hatte die Schublade feucht ausgewischt, in der er das Heroin aufbewahrt hatte und er hatte das Geld aus dem Büro geschafft – für den Fall, dass sie mit Spürhunden anrückten. Vermutlich würde sie das alles nicht sonderlich interessieren, solange er ihnen die Adresse geben würde, die sie von ihm verlangt hatten. Aber er wollte auf alles vorbereitet sein.

Er hatte natürlich gesehen, dass der schwarze SUV schon um sieben Uhr vorgefahren war und war erleichtert gewesen, dass sich die Frau früh genug davongemacht hatte. Nun wartete er darauf, dass es acht Uhr werden würde und hoffte darauf, dass die Beamten schnell wieder verschwanden.

Kurz vor acht Uhr bemerkte er, dass ein schwarzer Mercedes vor dem Obstladen stoppte. Der Fahrer trug eine Polizeiuniform. Von den beiden Männern auf der Rückbank, war einer offensichtlich Europäer.

Punkt acht stiegen zwei SBB-Agenten aus dem SUV und schoben sich durch den Vorhang in sein Büro.

„Also, die Adresse", sagte der Ältere ohne Begrüßung. Der Kahlköpfige öffnete seine Schublade und holte den kleinen Zettel heraus, den er vorbereitet hatte. Sunrise Hotel und der Name der Straße – das war das einzige, was darauf geschrieben stand. Der SBB-Mann nahm den Zettel entgegen und schaute kurz darauf.

„Ich hoffe für Sie, dass das stimmt", drohte er. „Und Sie halten die Klappe: keine Telefonate. Nichts weiter, verstanden!" Dann waren sie gegangen.

„Folgen Sie dem SUV und rufen Sie Verstärkung", wies Krit den Fahrer an, der den Befehl über Funk weitergab. „So, jetzt haben wir ihn gleich", gab sich Krit gegenüber Helge Richter optimistisch, der neben ihm in seinem Dienstwagen saß. Der Fahrer gab Gas und fuhr hinter dem schwarzen Geländewagen her, der sich seinen Weg durch die Rushhour mit einem Blaulicht auf dem Dach bahnte. Wenig später sah Helge Richter, wie sich vier Polizeimotorräder vor den SUV setzten und sich der dichte Verkehr vor ihnen teilte. Als der Konvoi vor dem Sunrise Hotel hielt, bemerkte er die fünf Mädchen, die bereits auf der Straße vor der Bar nebenan auf Kundschaft hofften. Einen Moment lang starrten sie verdutzt herüber, verschwanden dann aber schnell in der Bar und auch der restliche Bürgersteig leerte sich, als sämtliche Passanten, auf die andere Straßenseite auswichen. Keiner wollte einer Polizeiaktion zu nahekommen.

Die beiden SBB-Männer stiegen aus. Krit bedeute Richter, ihnen zu folgen und auch er verließ den Dienstwagen. Die Alte fertigte gerade einen Gast ab, der eiligst Platz machte, als er die Männer kommen sah, die von zwei Motorradpolizisten begleitet wurden Die Alte an der Rezeption wich zurück.

„Friedrich, Tom Friedrich", rief der ältere SBB-Mann in ihre Richtung.

„Dritter Stock, Zimmer 312", antwortete sie und holte den Schlüssel vom Brett an der Wand. Der SBB-Mann nahm ihn entgegen. „Aber er ist nicht da", sagte die Alte. „Er ist weggefahren. Ein Mann und eine Frau, wahrscheinlich aus Deutschland, haben ihn abgeholt."

Krit trat nun vor und baute sich vor der Alten auf, die sofort verstand, wer hier das eigentliche Sagen hatte.

„Abgeholt? Wohin?", fragte er. Die Alte zuckte mit den Schultern.

„Keine Ahnung. Der Mann ist mit Tom weg. Sah aus wie ein Mietwagen. Die Frau hat ein Taxi genommen."

„Lassen Sie sich eine Beschreibung geben", trug Krit dem jüngeren SBB-Mann auf, der sogleich einen Notizblock hervorholte.

„Gehen wir rauf. Sehen wir uns sein Zimmer an", wies Krit auf die Treppe. Helge Richter folgte ihm. Das Zimmer wirkte so, als sei es lange nicht aufgeräumt worden. Es hingen wenige Kleidungsstücke in dem schmalen Schrank und ein paar schmutzige Handtücher im Bad. In der Schublade des Nachttisches lagen mehrere Spritzen. Zwei davon waren offensichtlich bereits in Gebrauch gewesen. Daneben befanden sich mehrere Löffel.

„Schau an", sagte Krit, „einmal Junkie, immer Junkie." Helge Richter konnte ihm nicht widersprechen. Es war zu offensichtlich, dass Tom Friedrich, der schließlich schon einmal wegen Drogenbesitzes verurteilt worden war und im Gefängnis gesessen hatte, auch weiterhin abhängig geblieben ist. „Unsere Experten werden sich das alles mal genauer ansehen", sagte Krit.

Gemeinsam stiegen sie wieder die Treppe herab, wo der jüngere SBB-Agent inzwischen das Verhör mit der Alten beendet hatte. Er hatte sich eine ausführliche Beschreibung der beiden Gäste geben lassen, die mit Tom Friedrich verschwunden waren.

„Das passt ziemlich genau auf Conrad und Ewa", sagte Richter zu Krit.

„Die Frage ist: Was wollen die beiden von Tom?"

Krits Handy klingelte und er nahm den Anruf sofort entgegen. Eine Weile hörte er zu, dann legte er auf – offensichtlich zufrieden.

„Die Ärzte haben dem Taxifahrer etwas gespritzt, damit er aufwacht. Und er konnte sich erinnern, in welches Hotel er die beiden Verdächtigen gefahren hat."

Krit hatte sich den Namen notiert.

„Der Vogel hier ist ausgeflogen, aber vielleicht haben wir ja mit den beiden anderen Glück. Möglicherweise ist er sogar bei ihnen."

Er winkte den SBB-Leute zu.

„Auf geht´s. Ein bisschen plötzlich!"

Wenige Augenblicke später hatte sich der Konvoi, erneut in Bewegung gesetzt. Helge Richter schrieb eine SMS nach Wiesbaden.

„Tom Friedrich hat Hotel verlassen. Sind auf dem Weg zu Conrad und Ewa."

Der Quantas-Flug von Sydney nach Bangkok war pünktlich gelandet. Hans Anders reichte dem Beamten der Einwanderungspolizei seinen holländischen Pass. Er war auf den Namen Claas Rijnders ausgestellt, den er seit dem Mord an Friedrich benutzte. Der Polizist klappte ihn auf, verglich das Passbild mit dem Gesicht vor ihm und scannte die Daten ein.

„Willkommen in Thailand, Mr. Rijnders", sagte er und reichte ihm den Pass zurück. Hans steckte ihn ein. Er sah sich nach dem Schild der Hertz-Autovermietung um. Sie hatten die Autovermietung als Treffpunkt ausgemacht. Hans wusste, dass Joe Miller schon eine Stunde vorher gelandet war, sofern sich sein Flug nicht verspätet hatte. Der Vietnamese, der für Security International Jobs in Thailand übernahm, hatte bereits auf Miller gewartet, ihm den Umschlag zugeschoben und war dann sofort wieder verschwunden. Miller hatte inzwischen ein Auto, einen grauen Honda, gemietet.

Hans beobachtete Joe Miller eine Weile aus seiner Deckung hinter einem Betonpfeiler, bis er sicher war, dass ihn sonst keiner im Visier hatte. Dann trat er auf Miller zu, der ihm gleich den Umschlag in die Hand drückte. Ohne zu fragen, brachte Hans ihn in seinem kleinen Rollkoffer unter. Er hoffte, der Vietnamese habe wie bestellt seine Lieblingswaffe, eine Beretta M9, Kaliber 9 Millimeter, geliefert.

Miller hatte die nächste Maschine von British Airways von London aus genommen, nachdem er von Peter Conrad eine WhatsApp mit der guten Nachricht bekommen hatte, dass sie Tom Friedrich gefunden hatten. Er wollte Hans dabeihaben, für alle Fälle. Ein Mann, der gerade erst bewiesen hatte, dass er mit Waffen umgehen konnte, wenn es darauf ankam. Und er hatte den Vertragsentwurf dabei, den er Tom Friedrich unter die Nase halten wollte. 50 Millionen Dollar, das war zwar nur ein Bruchteil der Summe, die NEWTEC wert war, aber er hoffte, Tom Friedrich würde darauf hereinfallen. Und wenn es ihm zu wenig war, dann würde er eben auf 100 Millionen erhöhen, immer noch weit, weit unter dem Marktwert.

Er nahm sein Handy, suchte in den Kontakten nach Conrads Nummer und drückte auf Wählen. Jetzt kam es darauf an, ihn schnell ausfindig zu machen, um endlich an Tom Friedrich heranzukommen. Nach einigen Sekunden meldete sich eine Roboterstimme. „Dieser Anschluss ist vorübergehend nicht erreichbar."

Verdammt, dachte Miller. Ob Conrad gerade in einem Funkloch steckte? Aber er hatte ja seine Hoteladresse. Dort würden sie es als erstes probieren.

Hans übernahm das Fahren, während Miller immer wieder versuchte, Conrad doch noch zu erreichen. Vergeblich. Endlich informierte sie die Navi-Stimme darüber, dass sie das Ziel erreicht hätten. Es liege nach 100 Metern auf der linken Seite. Joe Miller packte Hans am Arm.

„Stopp!", befahl er. „Sofort!"

Unmittelbar vor dem Hotel parkten mehrere Polizeifahrzeuge mit rotierendem Blaulicht. Offensichtlich lief dort ein Einsatz. Um was es ging, war aus der Entfernung nicht zu erkennen. Aber Miller wollte kein Risiko eingehen. Niemand brauchte zu wissen, dass er sich gerade in Thailand aufhielt, und auf eine Polizeikontrolle, ausgerechnet an diesem Hotel, konnte er erst recht verzichten.

Besorgt nahm er die große Zahl der Polizisten zur Kenntnis, die an dem Einsatz beteiligt waren. Er dachte an die zahlreichen Anrufe an Conrad, die unbeantwortet geblieben waren. Waren sie zu spät gekommen?

Krit Katavetin war, mit Helge Richter im Schlepptau, sofort zur Rezeption gegangen und hatte seine Dienstmarke gezeigt.

„Dieses Hotel ist ab sofort gesperrt. Keiner geht rein, keiner geht raus", hatte er gesagt. „So lange, bis wir es wieder freigeben." Dann legte er zwei Fotos auf den Counter, die sie von einer Überwachungskamera auf dem Flugplatz bekommen und vergrößert hatten.

„Haben Sie diesen Mann und diese Frau schon mal gesehen?"

Der junge Mann hinter dem Counter studierte die Bilder aufmerksam und blickte auf.

„Allerdings, sie wohnen hier." Er tippte auf eine Tastatur, bis er die Namen auf dem Computerbildschirm gefunden hatte. „Peter Conrad und Ewa Oksana, Zimmer 425."

Krit wollte Richtung Aufzug stürmen, aber der Rezeptionist stoppte ihn.

„Ich fürchte, die beiden sind nicht da. Sie sind heute Morgen schon früh weggefahren. Das war gegen fünf Uhr. Mit einem Mietwagen. Sie hatten es ziemlich eilig."

Er winkte einem Mann in Portiersuniform zu. Der Angestellte wirkte verschüchtert, als er sich Krit näherte.

„Ich… ich habe den Mietwagen für sie entgegengenommen und dann in ihrem Zimmer angerufen, um Bescheid zu sagen. Dann habe ich ihnen den Schlüssel übergeben und sie sind weggefahren", stammelte er vor sich hin.

„Und? Wo wollten sie hin? Irgendeinen Hinweis?", fragte Krit.

„Nein, keine Ahnung." Er überlegte einen Moment. „Aber ich kann Ihnen etwas über das Auto sagen. Ein weißer Toyota." Wieder überlegte er, dann schrieb er etwas auf einen Zettel. „Hier, das Kennzeichen. Es stand auf dem Mietvertrag für das Auto."

Krit nahm den Zettel entgegen und reichte das Kennzeichen an den älteren SBB-Mann weiter, der ihm gefolgt war.

„Hier, geben Sie eine Fahndung raus. Sie sollen sich vor allem die Überwachungskameras ansehen. Auch die Richtung Stadt-grenze. Und sorgen Sie dafür, dass alle Polizeidienststellen diese Fotos bekommen – landesweit."

Herrgott nochmal, dachte Richter, das nannte man eine Pechsträhne. Zum zweiten Mal an diesem Morgen waren sie ent-kommen.

Kapitel 39

Pattaya/Bangkok

Er hatte für die 130 Kilometer über zweieinhalb Stunden gebraucht. Tom Friedrich saß hinter ihm. Eine Weile hatte er stumm in die vorüberziehende Landschaft gestarrt, dann war er in sich zusammengesackt und krümmte sich nun zitternd und stöhnend auf der Rückbank. Peter Conrad hatte immer wieder das Fenster heruntergekurbelt und gehofft, dass der Fahrtwind Tom Erleichterung verschaffen würde. Offenbar vergeblich, die Qualen des Entzugs ließen nicht nach.

Auch Conrad war erschöpft. Die Hitze setzte ihm immer mehr zu. Schlimmer war allerdings die Ungewissheit, der Mord an Kurt Friedrich, die Kugel, die an ihm vorbeigezischt war und seine Rolle bei alldem. Sie hatten ihn benutzt. Auch wenn er es nicht gewusst hatte, dass es darum ging, Friedrich umzubringen, hatte er ihn doch mithilfe einer Lüge über seinen Sohn Tom auf den Golfplatz gelockt. Dieser Tom saß nun in seinem Auto und wieder ging es darum, jemanden in eine Falle zu locken. Ob sie erneut bereit sein würden, einen Mord zu begehen, um an ihr Ziel zu gelangen? Er versuchte sich zu beruhigen. Nur ein lebendiger Tom war für sie von Wert. Das Navi zeigte ihm an, dass er in 15 Minuten an seinem Ziel ankommen würde. Er hatte nur eine Hoffnung: Dass Ewa bald kommen und das Heroin mitbringen würde, das sie Tom versprochen hatte.

Der Taxifahrer, den Ewa in Bangkok angeheuert hatte, war Ende dreißig und trug ein Basecap mit dem Logo der New York Yankees. Die ganze Zeit über versuchte er mit Ewa zu flirten, fragte sie über Deutschland aus und gab partout keine Ruhe. Ewa blickte genervt auf den kleinen Bildschirm ihres Smartphones und tat so, als lese sie dort die Nachrichten.

Endlich sah sie das Ortsschild von Pattaya. Auf der Karte hatte sie festgestellt, dass das kleine Hotel am anderen Ende der Stadt in einer Nebenstraße lag. Ganz in der Nähe des Strandes.

Das Hotel war so unscheinbar, wie es die Zwei-Sterne-Kategorie hatte vermuten lassen. Ewa war froh, den geschwätzigen Taxifahrer endlich los zu sein. Sie hatte das Zimmer, das nach hinten herausging, auf den Namen Conrad bestellt und die junge Frau an der Rezeption nickte nur, als Ewa sich als Frau Conrad vorstellte und nach der Zimmernummer fragte.

„Ihr Mann ist vor einer halben Stunde angekommen", sagte sie. Ewa bemerkte den dröhnenden Lärm, der von einer nahen Baustelle ausging. Gleich neben dem kleinen Gebäude sollte offenbar ein neuer Hotelpalast entstehen. Ein schwerer Dampfhammer rammte gerade Pfeiler in den sandigen Untergrund. Ewa musste mehrfach an die Zimmertür klopfen, bis Conrad sie endlich hörte und die Tür öffnete.

Tom lag auf dem Bett und zitterte. Entschlossen holte Ewa das Paket mit dem Heroin hervor und zeigte es ihm. Ein verzerrtes Lächeln huschte über sein Gesicht. Aus einer kleinen Tasche zog er eine Spritze, einen Löffel und ein Feuerzeug hervor, band seinen Arm ab und hatte bald alles für seinen Schuss zusammen. Er führte die Spritze in seine Vene ein und drückte das aufbereitete Heroin hinterher. Nach einigen Momenten hörte das Zittern auf, sein Blick wurde klarer.

Ewa hatte ein Dreibettzimmer bestellt. Sie nahm Tom bei der Hand und lotste ihn auf das dritte, schmalere Bett. Sie schlug die Bettdecke zurück und drängte Tom, sich darunter zu legen. „Ruhen Sie sich aus", flüsterte sie leise, aber bestimmt. Wenig später war er in einen tiefen Schlaf gesunken. Der erste Teil ihres Planes war aufgegangen. Tom war bei ihnen. Er war die entscheidende Figur. Er würde ihnen vertrauen, solange er nur sein Heroin bekam. Jedenfalls vorläufig. Jetzt ging es darum, den nächsten Schritt zu tun. Sie wusste, dass Conrad auftragsgemäß Joe Miller davon berichtet hatte, dass sie Tom gefunden hatten, und sie gab sich keinen Illusionen hin, dass Miller lange auf sich warten lassen würde. Er durfte sie nicht finden, deshalb der schnelle Umzug nach Pattaya. Miller hatte Conrad eine Million angeboten und sie sollte ihren Anteil bekommen. Peanuts, dachte sie. Verglichen mit dem, was die zweite Option bot.

Krit hatte Sandwiches kommen lassen, dazu eine große Kanne starken, grünen Tee und eine Kanne schwarzen Kaffee. Helge Richter hatte sich für den Kaffee entschieden und trank gerade seine zweite Tasse. Sie saßen in Krits Dienstzimmer. Eine Weile war Krit auf- und abgelaufen, hatte am Fenster pausiert, auf die Stadt hinausgestarrt, und dann wieder auf die Uhr. Da draußen waren sie unterwegs, versuchten seine Befehle umzusetzen. Die Jagd nach dem weißen Toyota war angelaufen, landesweit. Bisher allerdings vergeblich.

Richter hatte bereits mehrfach eine SMS ans BKA nach Wiesbaden geschickt, hatte aber ebenfalls nicht viel zu berichten. Plötzlich klingelte sein Handy und an der Nummer sah er, dass es Sebastian Krüger war. Seine Stimme klang triumphierend.

„Unser Mann in Australien hat gerade ein Update geschickt", berichtete Krüger. „Die Kollegen haben tatsächlich etwas über den Mann mit dem Prepaid-Handy herausgefunden. Wir hatten ja vermutet, dass es sich um Hans Anders handelt. Deshalb haben wir ihnen Fingerabdrücke geschickt. Sie sind sofort in die Unterkunft, wo sich das Handy zuerst eingeloggt hatte, und haben tatsächlich seine Fingerabdrücke gefunden. Er hatte mit einem holländischen Pass eingecheckt – auf den Namen Claas Rijnders. Er war aber schon wieder weg, das Handy war ja zuletzt am Flughafen eingeloggt. Dort ist gestern Abend ein Claas Rijnders abgeflogen. Und jetzt kommt es: mit einer Quantas-Maschine nach Bangkok. Der Haftbefehl von Interpol ist raus."

Nachdem Krüger aufgelegt hatte, informierte Richter Krit über die neuen Entwicklungen.

Verdammt, dachte Krit. Sie steckten mitten in der Jagd nach diesen drei Personen, die die Deutschen unbedingt haben wollten. Und jetzt lief auch noch ein gefährlicher Killer da draußen rum.

Ewa hatte sich schnell in den Nebenstraßen umgeschaut, in denen es viele kleine Geschäfte für den täglichen Bedarf gab. Vor allem Sonnencreme, Badesandalen, Strohmatten und billige Souvenirs. Sie kaufte eine große Sonnenbrille und eine schwarze Perücke. Zwar war sie nicht die einzige blonde Europäerin in Pattaya, aber sie wollte untertauchen, unsichtbar werden und auf gar keinen Fall auffallen. Jetzt kam es darauf an. Sie musste alles daransetzen, dass die Operation zu einem Ende kam. Sie entdeckte auch eine New York Times und las die Schlagzeile: „Weltweites Wettrennen um den Impfstoff." Sie kaufte die Zeitung und nahm sie mit.

Sie hatte sich mit Conrad im kleinen Frühstücksraum des Hotels verabredet und eine Ecke im hinteren Teil gefunden. Ewa hoffte, dass Tom noch eine Weile schlafen würde. Dann würde er bald nach einem weiteren Schuss gieren, einem noch stärkeren.

Conrad saß schon am Tisch, als sie zurückkam und schaute überrascht auf, als sie sich mit ihrer schwarzen Perücke auf dem Kopf zu ihm setzte und ihre Sonnenbrille aufbehielt.

„Miller hat schon mehrfach versucht, mich zu erreichen", stammelte Conrad mit einem Blick auf sein Handy.

„Du darfst auf keinen Fall rangehen", mahnte Ewa.

„Aber es muss doch weitergehen. Wir machen das alles doch in seinem Auftrag", jammerte Conrad, „und wir kriegen das Geld nur, wenn Tom diesen Vertrag unterschreibt." Und außerdem hat

Miller mich in der Hand, dachte er, beschloss aber, es nicht zu erwähnen. Ein Hinweis an die Polizei, anonym, und schon würden sie ihn schnappen. Dann säße er wegen Beihilfe zum Mord hinter Gittern. Längst hatte er begriffen, dass Miller und seine Organisation bereit waren, jedes Mittel einzusetzen, um ihre Ziele zu erreichen. Sicherlich erst recht hier im Ausland. Noch brauchten sie ihn, aber wenn er nicht funktionierte, wenn er gar aus der Reihe tanzte, dann könnte ihm leicht das Schicksal von Kurt Friedrich blühen. Schließlich hatte er danebengestanden, als es passierte.

„Merkst du nicht, dass Miller uns nur ausnutzen will?", setzte Ewa ihren Vorstoß fort. „Dass er uns mit Peanuts abspeisen will? Hast du es immer noch nicht verstanden?"

Conrad starrte in seine Teetasse. Immerhin stand eine Million Dollar auf dem Spiel. Es sollte das Ticket für die Zukunft sein, für die gemeinsame Zukunft mit Ewa. Das war der Grund, warum er sich auf diesen Deal eingelassen hatte. Die Zukunft mit ihr. Wenn er jetzt ausstieg, dann könnte alles umsonst gewesen sein. Aber sie ließ ja keinen Zweifel daran, dass sie längst weiter war. Dass sie diesen Deal hinter sich lassen wollte. Wollte sie auch ihn hinter sich lassen, ihn einfach ablegen wie ein altes Paar Schuhe? Conrad fühlte sich plötzlich wie ein Ertrinkender, der hilflos in einem Strudel gefangen, langsam in die Tiefe gerissen wurde. Er suchte spontan nach ihrer Hand und hielt sie fest. Ihre Augen waren hinter der Sonnenbrille verborgen, die sie nach wie vor trug. Ewa zog ihre Hand zurück.

„Es ist Zeit, dass wir eine andere Lösung finden", stellte sie nüchtern fest.

„Eine andere Lösung? Aber welche?", fragte Conrad leise.

„Du selbst hast sie doch vorbereitet, schon vergessen?", warf sie ein.

„Dein alter Freund, der Scheich. Er hat doch großes Interesse gezeigt. Jetzt haben wir, was wir brauchen, um es in die Tat umzusetzen. Wir haben Tom, er hat das Geld. Und wenn wir Tom dazu kriegen, einen Vertrag zu unterschreiben und dem Scheich seine Anteile zu verkaufen, dann haben wir gewonnen. Zehn Prozent Provision, du hast es selbst gesagt."

Conrad merkte, wie die Röte in sein Gesicht stieg. An der Decke surrte ein alter Ventilator über seinem Kopf, aber er spürte plötzlich die Hitze, die an diesem Vormittag bereits auf der Stadt lastete. Der Scheich, er wollte bis zu anderthalb Milliarden investieren, vielleicht sogar noch mehr. Einen besseren Deal konnte man weltweit kaum bekommen. Und dann zehn Prozent... Der Schweiß troff ihm von der Stirn. Ewa breitete die New York Times vor ihm aus.

„Hier, schau dir das an", sagte sie. „Der Wettlauf läuft auf Hochtouren. Weltweit sind Firmen dabei, einen Impfstoff zu entwickeln. NEWTEC ist keineswegs allein. Und wenn wir noch länger warten, dann macht vielleicht eine andere Firma das Rennen."

Conrad zog die Zeitung zu sich herüber und überflog den Artikel. Der Profi in ihm erwachte. In dieser Sache hatte Ewa recht, das sah auch er. Er gab sich einen Ruck.

„Also gut", sagte er, „ich werde ihn anrufen."

Komm schon, komm schon, geh endlich ran. Joe Miller konnte seine Wut kaum zügeln. Erneut versuchte er, Conrad auf seinem Handy zu erreichen. Er hatte die Razzia beim Hotel verfolgt und den Eindruck gewonnen, dass es dort nicht zu einer Festnahme gekommen war. Offenbar waren Conrad und Ewa verschwunden. Aber irgendwo mussten sie ja sein und, noch wichtiger, Tom. Die Polizei würde gewiss alles daransetzen, ihn zu finden. Er hatte nur eine Chance, er musste schneller sein.

Er saß mit Hans in einem Coffeeshop und stopfte ein Rührei mit Toast in sich hinein.

„Dieser Hurensohn!", knirschte er. „Ich werde ihm alle Knochen brechen, wenn er sich nicht bald meldet." Hans schien in Gedanken. Dann hatte er offenbar eine Idee.

„Der Vietnamese", sagte Hans, „er kennt sich doch hier aus."

Joe Miller überlegte kurz, griff dann zu seinem Handy und wählte eine Nummer. Er wartete, bis der Mann ranging und gab ihm die Adresse des Coffeeshops. „In einer halben Stunde", sagte er. Miller bestellte ein weiteres Rührei und machte sich darüber her.

Der Vietnamese brauchte zwanzig Minuten. Er setzte sich Miller gegenüber. Er war seit 25 Jahren in Thailand und Drogen waren seine Spezialität. Er kannte die Spielregeln, wusste, wie man hier etwas bewegte – vor allem bei der Polizei.

Miller erklärte ihm das Problem.

„Ich brauche 10.000 Dollar in bar", sagte er. Miller war nicht überrascht. Er hatte vorgesorgt, griff in seine Laptop-Tasche und zog ein Geldbündel hervor. Er blätterte das Geld vor dem Vietnamesen hin. Der steckte es in seine Jackentasche.

„Sie hören von mir", sagte er und ging.

Kapitel 40

Berlin

Auf seinem Schreibtisch lagen mehrere Zeitungen. Die Süddeutsche hatte den Sachverhalt in ihrer Schlagzeile so zusammengefasst: „Ministerpräsident weit vorn", der Tagesspiegel titelte „Machtkampf vor der Entscheidung" und die TAZ brachte es wie folgt auf den Punkt: „Die Nase vorn: Corona-King gegen Impfstoff-Meister."

Julius Bergner überflog alle Artikel, die auf den neuesten Zahlen des ZDF-Politbarometers beruhten. Sie waren in der Tat ziemlich eindeutig. Edgar Reiter lag in den Umfragen deutlich vor ihm, daran gab es nichts zu rütteln. 47 Prozent hielten ihn für den besseren Kanzlerkandidaten, Bergner lag mit 35 Prozent auf Platz zwei. Der Rest entfiel auf den Gesundheitsminister, dessen Kandidatur aber niemand mehr ernst nahm. Die Lücke zwischen Reiter und ihm würde er mit den normalen Mitteln des politischen Wettkampfs kaum schließen können. Aber, so dachte Bergner, er hatte keinen Grund, aufzugeben. Ihm fiel wieder dieser dumme Spruch ein: Wer zuletzt lacht, lacht am besten.

Zum Lachen war ihm zwar nicht zumute, aber es war Zeit zu handeln. Vor ihm lag der Umschlag, den ihm Angerer bei ihrem letzten Treffen in Bonn gegeben hatte. Die brisante Anklageschrift. Bald würde er die Anklage erheben und dann wüssten es alle. Dem musste er jetzt zuvorkommen. Der Coup sollte nach seinen Bedingungen ablaufen.

„Geben Sie mir Kai Herrmann", wies er seine Sekretärin über Telefon an. Kurz darauf hatte er den Redakteur in der Leitung.

„Erinnern Sie sich an unser Gespräch vor einigen Wochen?", fragte Bergner, „als ich Ihnen geraten habe, noch mit einem endgültigen Urteil über die Chancen von Reiter abzuwarten?"

Einen Augenblick herrschte Stille, dann erwiderte Herrmann:

„Ja, das haben Sie gesagt."

„Jetzt ist es soweit." Bergner versuchte, den Triumph in seiner Stimme nicht zu deutlich werden zu lassen. „In einer Stunde im Café Einstein?"

Herrmann stimmte zu. Bergner legte auf, drückte aber erneut auf den Knopf, der ihn mit seinem Vorzimmer verband.

„Sagen Sie die restlichen Termine für heute ab. Ich bin in den nächsten Stunden nicht zu sprechen."

Bergner nahm die Mappe und ging selber in den kleinen Raum, in dem der Kopierer stand. Er ließ das Angerers Unterlagen durchlaufen und steckte es in einen neutralen Umschlag.

Die erste Welle Besucher im Einstein war bereits wieder fort. Julius Bergner war es recht. Heute war es sogar besser, wenn ihn nicht allzu viele Paar Augen mit Herrmann zusammensahen. Der BILD-Mann saß schon an einem Tisch und las in der TAZ. Der Corona-King werde das Rennen machen, hatte der Kommentator geschrieben, der Impfstoff-Meister könne den Vorsprung nicht aufholen. Auch die Partei stehe mehrheitlich hinter dem Ministerpräsidenten. Es sei gut so, dass nun endlich Klarheit herrsche. Die Bevölkerung sei das Hin und Her leid. Außerdem sei die Firma NEWTEC, das Lieblingsprojekt des Wirtschaftsministers, immer noch nicht mit ihrem Impfstoffprojekt zu einem erfolgreichen Abschluss gekommen, die Zukunft der Firma mit dem Tod von Kurt Friedrich zusätzlich ungewiss.

„Interessante Lektüre haben Sie da", sagte Bergner.

„Interessant?", zog Herrmann eine Augenbraue hoch. „Ich würde eher sagen: ziemlich realistisch, oder?"

„Das mag von außen so scheinen", räumte Bergner ein. Er holte den Umschlag hervor und schob in Herrmann hin.

„Aber lesen Sie das mal. Ich hatte Ihnen damals versprochen, Sie erfahren es als Erster. Jetzt ist es soweit."

Herrmann sah ihn fragend an. Bergner grinste.

„Lesen Sie selbst, dann werden Sie es schnell verstehen. Und klar, die Frau, um die es hier geht, das wissen Sie natürlich, das ist seine Ehefrau – auch wenn sie hier ihren Mädchennamen eingesetzt hat." Herrmann steckte den Umschlag ein.

„Ich bin gespannt, was BILD daraus macht", fügte Bergner hinzu. „Ich bin dann gerne bereit, das zu kommentieren. Aber vorerst denke ich, der Sachverhalt spricht für sich selbst."

Als Herrmann gegangen war, wählte Bergner die Nummer des Generalsekretärs. Er wusste, dass Orlowski von Anfang an auf Edgar Reiter gesetzt und die Partei entsprechend darauf vorbereitet hatte. Er konnte es ihm nicht einmal sonderlich verübeln. Er setzte lediglich um, was die Umfragen zum Wohle der Partei hergaben. Dennoch hätte er sich gewünscht, Orlowski hätte sich gelegentlich auch mal für ihn eingesetzt. Wenn er jetzt durchstarten und die Ära der Kanzlerin demnächst vorbei sein würde, dann würde er dafür sorgen, dass sich die Partei einen neuen Generalsekretär suchte. Und diese Suche würde gewiss morgen beginnen. Rache ist süß, dachte Bergner, als er Orlowskis Stimme hörte.

„Sicher haben Sie heute schon die Zeitungen gelesen", sagte Bergner. „In aller Fairness rate ich Ihnen, keine voreiligen Schlüsse zu ziehen. Die Aktualität in den Medien ist ein sehr flüchtiges Tier."

„Ich verstehe nicht ganz", warf Orlowski ein. „Ich mache nur meinen Job als Generalsekretär."

„Eben", sagte Bergner, „und deshalb empfehle ich: Setzen Sie noch keine vorzeitigen Siegesfeiern an. Halten Sie sich einfach mit öffentlichen Bewertungen dieser Zahlen zurück. Sie wissen doch wie kaum jemand sonst, dass Umfragen immer nur Momentaufnahmen sind. Das kann sich buchstäblich über Nacht ändern. Morgen ist wieder ein neuer Tag, dann sprechen wir weiter. Guten Tag, lieber Herr Orlowski."

Bergner legte auf. Er war zufrieden. Herrmann, dachte er wieder, war ein Profi. Der BILD-Mann würde bestimmt die richtigen Schlüsse ziehen. Und Edgar Reiter dann sicherlich auch.

Kapitel 41

Bangkok/Pattaya

Für den Abend erwartete er eine neue Lieferung. Ein Kilo. Der Kahlköpfige war fleißig, er brauchte ständig Nachschub. Viele der Freelancer, wie die Mädchen vor den Bars genannt wurden, waren abhängig. Der Vietnamese lieferte und der Kahlköpfige verteilte es an die Endverbraucher. So verdienten beide. Einen Moment lang überlegte er, ob der Kahlköpfige nicht etwas zu leichtsinnig war und besser eine kleine Pause einlegen sollte. Der Vietnamese hatte natürlich vom Auftauchen des SBB erfahren. So etwas sprach sich schnell herum. Aber gut, es ging nicht um die Drogen, es ging um diesen Deutschen, Tom Friedrich. Irgendwie hingen die beiden anderen, die Blondine und dieser Conrad, die Miller so dringend suchte, auch mit drin.

Der Vietnamese beschloss, noch einmal bei dem Obstladen vorbeizuschauen. Vielleicht gab es ja irgendetwas, was ihn weiterbringen würde. Der Kahlköpfige hing, wie meistens, gerade am Telefon, legte aber auf, als er ihn kommen sah.

„Wie laufen die Geschäfte?", fragte er.

„Läuft gerade wieder richtig gut an", gab der Kahlköpfige zurück. Auch seine Geschäfte hatten unter der Pandemie gelitten. Nicht zuletzt, weil die Mädchen nicht mehr genügend Geld verdienten.

„Sie hatten letzte Nacht doch diese Kundin aus Deutschland, diese Blondine", fragte der Vietnamese. Der Kahlköpfige sah ihn misstrauisch an. In der Tat hatte er es kurz erwähnt, um die Dringlichkeit der Lieferung zu erklären. Gerade schien er sich jedoch zu fragen, ob das ein Fehler gewesen war. Der Vietnamese schob ihm ein Geldbündel herüber. 500 Dollar.

„Hat sie zufällig gesagt, wo sie hinwill?" Der Kahlköpfige machte keine Anstalten, das Geld anzunehmen. Er schwieg. Der Vietnamese legte weitere 1.000 Dollar dazu und sein Gegenüber griff beide Summen und steckte sie ein.

„Pattaya", sagte der Kahlköpfige. „Sie hat das kurz erwähnt, mehr nicht."

„Falls Sie noch mehr hören, lassen Sie es mich wissen", nickte der Vietnamese. „Das Kilo kommt heute Abend. Wie verabredet."

Der Vietnamese fuhr in seine Wohnung, ein kleines Apartment in einem unauffälligen Hochhaus. Sein Geld, inzwischen an die drei Millionen Dollar, transferierte er regelmäßig auf eine Bank in Dubai. Noch drei, vier Jahre, dann würde er sich zur Ruhe setzen und zurück nach Vietnam gehen. Dort hatte er sich bereits eine Villa aus der französischen Kolonialzeit ausgesucht.

Pattaya also. Das war ein guter Hinweis. Die Touristenstadt am Meer war sein Revier. Hier konnte man mit Drogen gutes Geld verdienen. Und natürlich kannte er den Polizeichef. Ein vernünftiger Mann, mit dem man reden konnte – solange die Kasse für ihn stimmte.

Es war nicht ohne Risiko, die Dinge mit ihm am Telefon abzustimmen, jetzt, wo der SBB involviert war, aber er hatte keine andere Wahl. Er rief ihn an, erzählte ihm das Nötigste, nannte die Namen und gab ihm eine Beschreibung, so gut er eben konnte. „3.000 Dollar", sagte er zum Schluss. Ihm war klar, dass es nicht sehr lange dauern würde, bis der SBB auch auf Pattaya kam. Offensichtlich hatte diese Operation große Priorität und wenn sie einmal begonnen hatten, dann würden sie nicht lockerlassen. Früher oder später kämen sie ans Ziel. Dann würde auch sein Kontaktmann bei der Polizei in Pattaya mitspielen müssen, sie würden ihm keine Wahl lassen. Deshalb war es wichtig, ihnen zuvorzukommen.

Dann rief er Miller an.

„Ich habe es noch nicht ganz konkret, aber ich rate dringend, nach Pattaya zu fahren. Sobald ich mehr weiß, melde ich mich."

„Ok, wir sind schon unterwegs", hörte er Miller sagen.

Krit legte den Telefonhörer auf. Der Kontaktmann aus dem Königspalast hatte schon wieder angerufen und er konnte ihm immer noch nichts wirklich Neues mitteilen. Im Gegenteil: Er musste einräumen, dass sie gleich zweimal zu spät gekommen waren.

Sein Assistent kam alle zehn Minuten herein. Sämtliche Polizeistationen waren informiert, die Bilder verteilt und die Stunden verrannen. Ein Erfolg war dabei, aber er brachte sie bisher auch nicht weiter, sondern machte die Operation nur noch komplizierter. Die Einwanderungspolizei am Flughafen hatte die Einreisen überprüft und festgestellt, dass tatsächlich ein Mann mit einem holländischen Pass auf den Namen Rijnders aus Australien ins Land gekommen ist. Inzwischen war auch der internationale Haftbefehl wegen Mordes aus Wiesbaden eingetroffen und die neuen Informationen wurden ebenfalls landesweit an die Polizei weitergeleitet. Der Auftragskiller war also tatsächlich in seinem Revier unterwegs.

Helge Richter saß weiter in einer Ecke in Krits Dienstzimmer und hielt über sein Smartphone Kontakt mit dem BKA, konnte ansonsten aber auch nicht viel zur Fahndung beitragen. Seine Anwesenheit steigerte Krits Nervosität eher noch. Auch Richter schien besorgt.

„Der Kerl hat Kurt Friedrich umgelegt. Jetzt ist er hier und natürlich liegt die Frage auf der Hand, ob er auch hinter Tom her ist. Und was er von ihm will", sagte Richter. Das war genau die Frage, musste Krit einräumen. Aber er hatte darauf bedauerlicherweise keine Antwort. Umso wichtiger war es, diesen Tom zu finden. Einen Mord an diesem Deutschen, an dem offenbar so viel hing;

und dann auch noch so unmittelbar vor dem wichtigen Besuch des deutschen Außenministers – das wäre eine Katastrophe.

Wieder kam sein Assistent herein. Er wedelte mit einem Foto.

„Von der Verkehrspolizei. Ein Bild von einer Überwachungskamera, etwa zehn Kilometer vor Pattaya. Heute Morgen. Der gesuchte Toyota. In ihm sind zwei Personen zu erkennen."

Krit riss ihm das Foto aus der Hand. Tatsächlich, der Toyota, das Kennzeichen war klar zu erkennen.

„Holen Sie mir den Polizeichef von Pattaya ans Telefon", wies er seinen Assistenten an.

Tom schlief noch immer. Ewa war kurz hinauf ins Zimmer gegangen und hatte sich davon überzeugt, dass er noch da und nicht erneut auf Entzug war. Dann kehrte sie in den kleinen Frühstücksraum zurück. Conrad brütete über einer Tasse Kaffee, deren Inhalt längst kalt geworden war. Ewa war ungeduldig, wusste aber nicht so recht, wie sie damit umgehen sollte. Sie legte ihre Hand auf Conrads Knie. Er wirkte, als wäre er gerade aus einem schlechten Traum erwacht. Langsam kehrte das Leben in seine müden Augen zurück. Er griff unter dem Tisch nach ihrer Hand und drückte sie fest.

Lange verharrte er so, dann legte er seine Hand auf den Tisch zurück und schnappte sich sein Smartphone. Er schaltete es ein und blätterte durch die vielen Kontakte, die darin gespeichert waren. Er hatte sie aus seiner Zeit in der Bank herübergerettet. Endlich fand er die Nummer des Scheichs.

„Hallo, mein Freund", hörte er kurz darauf dessen Stimme. Der Scheich schien aufgeweckt. „Ich hatte mich schon gefragt, wann ich wieder einmal von Ihnen hören würde. Ständig lese ich in den Zeitungen von den vielen Firmen, die an einem Impfstoff arbeiten. Und Sie wollten mir doch ein Geschäft vermitteln."

Conrad war erleichtert, dass der Scheich von sich aus das schwierige Thema anschnitt.

„In der Tat, Hoheit", stimmte er zu. „Sie haben völlig recht. Es eilt. Jetzt muss gehandelt werden. Steht Ihr Angebot noch?"

Der Scheich antwortete, ohne zu zögern.

„Selbstverständlich mein Freund, selbstverständlich. Wir können das Geschäft sofort abschließen."

Es könnte nicht besser laufen, dachte Conrad. Aber natürlich brauchten sie dazu die Unterschrift von Tom. Er war der Erbe. Nur er konnte am Ende alles unter Dach und Fach bringen.

„Wo sind Sie gerade?", riss ihn der Scheich aus seinen Gedanken.

„Eh … ich habe gerade geschäftlich in Thailand zu tun."

„Und? Könnten Sie kommen, damit wir unseren Deal endlich machen können?"

„Im Prinzip sehr gerne, Hoheit, aber es wird etwas dauern, bis ich alles gebucht habe", gab Conrad zu, „ich muss sehen, wann der nächste Flug geht und wie oft ich umsteigen müsste."

„Kein Problem, mein Freund. Das können wir abkürzen. Ich werde mein Büro bitten, ein Geschäftsflugzeug zu mieten. Dann sind Sie in ein paar Stunden hier. Ich kümmere mich gleich darum und rufe zurück."

Der Scheich legte auf, bevor er sich bedanken konnte. Conrad berichtete Ewa gerade von ihrem Gespräch, als sein Handy klingelte.

„Der Abflug ab Bangkok ist in drei Stunden", meldete sich der Scheich. „Übrigens, ist Ihre reizende Begleiterin bei Ihnen? Ich würde mich sehr freuen, wenn Sie sie mitbringen würden."

Conrad überlegte einen kurzen Augenblick, wohl wissend, welche Erwartung der Scheich mit dieser Frage verband. Aber er wusste auch, dass Ewa keinen Moment zögern würde, ihm entgegenzukommen. Wenn er jetzt Nein sagen würde, dann wäre es wohl aus, endgültig.

„Sehr gerne. Wir werden auch den neuen Besitzer von NEWTEC mitbringen, damit wir das Geschäft gleich vor Ort abschließen können."

„Inschallah", hörte er den Scheich antworten.

Die Uferstraße war belebt, viele Touristen und Einheimische waren mit Motorrollern unterwegs und schienen die Aussicht auf den Golf von Thailand zu genießen. Hans saß am Steuer. Seit einer Stunde fuhren sie durch die Straßen, ohne ein festes Ziel zu haben. An der Beach Road entdeckte Joe Miller das moderne Gebäude mit der Aufschrift Pattaya City Police Station. Viele Hotels lagen in der Nähe des Strandes. Ihm entgingen auch die vielen Polizisten nicht, die mit Fotos in den Händen, die Hotels betraten und offensichtlich etwas oder jemanden suchten.

Miller hoffte, dass sie bald die Richtigen finden würden. Er konnte nicht selber eingreifen. Der Vietnamese musste liefern. Hoffentlich bald, ein solch massiver Polizeieinsatz konnte dem SBB nicht ewig verborgen bleiben. Sie mussten Tom vorher finden, sonst war alles umsonst. Noch immer verstand Miller nicht, warum sich Conrad nicht meldete. War es wirklich ein technisches Problem oder versteckte er sich vor ihnen? Und wenn ja, warum? All das musste dringend geklärt werden.

Als das Handy klingelte, griff er hektisch danach.

„Sie haben sie gefunden. Haben Sie was zu schreiben?", erkundigte sich der Vietnamese. Miller griff nach einem Kugelschreiber und der Vietnamese diktierte die Adresse. „Aber beeilen Sie sich, der Polizeichef kann Bangkok bestenfalls eine halbe Stunde hinhalten. Der SBB steht ihm auf den Füssen und er muss das bald weitergeben. Wenn die irgendetwas merken, dann ist er geliefert."

Miller reichte die Adresse an Hans weiter, der sie in das Navi eingab. Nach zehn Minuten erreichten sie das Hotel. Miller sprang aus dem Auto und lief auf die Rezeption zu, dicht gefolgt von Hans. Irgendetwas musste ihm jetzt einfallen.

„Bill Reuters, amerikanisches FBI. Das ist mein Kollege Rijnders. Ich bin der Verbindungsbeamte der US-Botschaft. Die Kollegen von der thailändischen Polizei waren ja schon da. Sie haben uns informiert, wir arbeiten eng zusammen", sagte er zu der jungen Frau an der Rezeption. „Wir müssen zu Peter Conrad."

Die Frau schien zu zögern. „Es ist wirklich eilig", drängte Miller. Hans schlug sein Jackett auf, so dass sie die Beretta sehen konnte, die er im Hosenbund stecken hatte. Miller schob ihr zwei Hundert-Dollar-Scheine hin. „Nur eine kleine Aufmerksamkeit. Die US-Botschaft dankt Ihnen sehr." Die Frau ließ die Scheine verschwinden. Sie beugte sich zu ihm herüber und flüsterte beinahe, als sie Miller die Zimmernummer nannte.

Das Gespräch mit dem Polizeichef von Pattaya war kurz. Krit hatte keine Lust, sich länger als nötig mit diesem Mann auseinanderzusetzen. Er hatte ihn mehrfach angerufen, Druck gemacht, nachdem er das Foto des Toyota von der Überwachungskamera bekommen hatte. Krit war sich ziemlich sicher, dass Conrad in Pattaya sein musste. Der Polizeichef hatte versichert, er werde alle verfügbaren Kräfte einsetzen und die Hotels abklappern lassen.

„Das Königshaus hat ein besonderes Interesse an diesem Fall", hatte Krit betont. Er wusste, kein Polizist würde es wagen, das auf die leichte Schulter zu nehmen.

Gerade eben hatte sich der Polizeichef mit der Adresse des Hotels, in dem sie Conrad und seine Begleitung lokalisiert hatten, zurückgemeldet.

„Unternehmen Sie vorläufig nichts", befahl Krit. „Wir kommen selber vorbei und übernehmen den Fall. In einer halben Stunde sind wir da. Wir brauchen zwei Wagen am Landeplatz."

Krit hatte den Hubschrauber bereitstellen lassen. Die Rotoren kreisten schon, als er mit Helge Richter und den beiden SBB-Männern einstieg. Wenige Augenblicke später hob die Maschine ab. Bald sahen sie das blaue Wasser des Golfs von Thailand unter sich, rund 90 Kilometer Luftlinie lagen vor ihnen.

Das Rattern der Dampfhämmer auf der Baustelle nebenan wurde zunehmend unerträglicher. Tom war aufgewacht und hatte sie flehend angeschaut. Ewa hatte verstanden. Er brauchte seinen nächsten Schuss. Sie gab ihm ein Portion Heroin und ließ ihn gewähren. Sie mussten so schnell wie möglich verschwinden, das Flugzeug in Bangkok würde bald für sie bereitstehen. Noch zweieinhalb Stunden bis zum Abflug. Was für eine Entwicklung! Es war wichtig, dass Tom nicht wieder Entzugserscheinungen bekam. Sollte er sich doch seinen Schuss setzen, würde ihn das immerhin beruhigen. Das wäre zumindest besser, als wenn jetzt im letzten Moment noch durchdrehen würde. Um alles andere würden sie sich später kümmern. Der Scheich hatte dem Deal zugestimmt, Tom würde unterschreiben und dann müsste Conrad nur noch die Details umsetzen. Ab jetzt war alles auf der richtigen Schiene. In kurzer Zeit würden sie Thailand hinter sich lassen können. Zehn Prozent Provision, Millionen, viele Millionen. Den Mietwagen würden sie stehen lassen, der war registriert. Stattdessen würden sie ein unauffälliges Taxi nehmen. Weg, nur weg, dachte Ewa.

Noch immer ratterten draußen die Baumaschinen, die die schweren Pfeiler in die Erde trieben. Ewa hätte das Klopfen an der Tür beinahe überhört. Es ging in ein hartes Hämmern über. „Verdammt noch mal, machen Sie auf. Wir wissen, dass Sie da drin sind", schrie eine Stimme, die ihr bekannt vorkam. „Ich bin´s, Miller, machen Sie endlich auf!" Tom, der ausgestreckt auf dem Bett lag, sah plötzlich verängstigt aus. Conrad saß zusammengesunken auf dem Doppelbett und hatte die Hände vors Gesicht geschlagen. Es war aus, dachte Ewa, es war vorbei. Hundert Millionen Dollar Provision hatten sich soeben in Luft aufgelöst. Und wenn Miller sie jetzt in die Hände bekommen würde, dann würde er gewiss nicht zögern, mit ihnen abzurechnen – auf seine Art. Bei Kurt Friedrich hatte er vorgemacht, was das bedeutete. Sie wollten Tom, und den würden sie nun bekommen. Wie in einem Zeitraffer liefen die Bilder ihres Lebens in ihrem Kopf ab. Die Kindheit in Kiew, die Armut, ihr Leben als Putzfrau in Polen, als Zimmermädchen in Frankfurt, ihr rasanter Aufstieg als Spitzenmodel bei Blue Moon, die Aussicht auf den Millionen-Jackpot, ein sorgloses Leben. Alles vorbei. Sie hatte viel mitgemacht, viel überstanden, aber jetzt hatte sie Angst, Todesangst. Wieder hörte sie das Hämmern seiner Fäuste an der dünnen Holztür. „Macht auf", schrie Miller wieder, „oder ich trete die Türe ein."

Ewa umklammerte ihre Tasche, in der alles war, was sie noch besaß: das restliche Geld, das Heroin, ihre Papiere. Dann fiel ihr die Pistole ein. Ewa zog sie heraus, versuchte sich zu erinnern, was der Kahlköpfige ihr beigebracht hatte. Sie richtete die Pistole auf die Tür, schob den Sicherungshebel zurück. Dann krümmte sie den Finger um den Abzug und zog durch. Einmal, zweimal, immer wieder schoss sie auf die Tür, solange bis das Magazin leer war. Einen Moment stand sie wie angewurzelt da und erst jetzt wurde ihr klar, was sie gerade getan hatte. Draußen dröhnten weiter die Dampfhämmer. Es war merkwürdig, aber als Erstes fiel ihr ein, dass vermutlich niemand die Schüsse gehört hatte. Sie lauschte, dann wurde ihr klar, dass das Hämmern an der Tür aufgehört hatte. Sie atmete tief durch, versuchte sich zu beruhigen. Wenn sie Miller getroffen hatte, war der Weg dann jetzt frei?

Hans hatte nicht sofort realisiert, was soeben passiert war. Er stand rechts neben der Tür, auf die Miller eingeschlagen hatte. Dieser verrückte Conrad, dachte er. Sollte er doch endlich aufmachen, das Spiel war vorbei. Wenn er jetzt kooperierte, wenn er mit Tom zusammen den Deal möglich machte, dann konnte man sich irgendwie arrangieren, jedenfalls vorläufig. Mit seiner Hure würde man später abrechnen, sofern Miller das zulassen würde. Hans hatte das Gefühl, dass Joe ein Auge auf sie geworfen hatte. Egal, das war seine Sache. Das Donnern und Rattern der Baumaschinen war beinahe nervtötend. Hans fragte sich, wie es überhaupt ein Gast unter den gegebenen Umständen in diesem Hotel aushalten konnte.

Dann sah er, wie Miller, der weiter gegen die Tür hämmerte, zusammensackte und auf dem Boden liegenblieb. Immer wieder durchschlugen Kugeln die Tür, hatten auch seinen Kameraden getroffen. Hans begann, beinahe instinktiv, mitzuzählen. Der Profi in ihm erwachte. Acht Schuss, dann war Ruhe. Hans war sich ziemlich sicher, was das bedeutete. Das Magazin war leer. Wer immer da gefeuert hatte, hatte nun seine Kugeln verschossen. Er blickte auf Miller herunter, sah, wie sich sein Blut schnell auf dem Boden ausbreitete. Er beugte sich über ihn. Beim KSK hatte er eine gründliche Ausbildung in Erster Hilfe im Kampfeinsatz absolviert. Was er hier sah, machte ihm klar, dass es mit Miller vorbei war.

Hans zog seine Beretta aus dem Hosenbund, trat einen Schritt zurück und warf sich mit aller Macht gegen die dünne Tür, die sofort splitternd nachgab.

Ewa hielt immer noch ihre Pistole umklammert. Sie merkte, wie das Adrenalin durch ihren Körper pumpte. Sie hatte das leere Klicken des Schlaghammers gehört, nachdem sie ihre letzte Kugel verschossen hatte. Sie hatte keine Ahnung, ob sie Miller getroffen hatte. Das Hämmern an der Tür hatte jedenfalls aufgehört, doch das musste nichts bedeuten. Die Gefahr war nicht gebannt, aber ab jetzt wäre sie wehrlos.

Tom stand direkt vor ihr, mit dem Rücken zur Tür, und starrte auf die Pistole. Er schwankte. Ewa befürchtete, dass er einen Schock erlitten hatte. Conrad saß immer noch auf dem Doppelbett und starrte regungslos vor sich hin. Von ihm war keine Hilfe zu erwarten. Wenn Miller überlebt hatte, dann hätte sie wohl kaum eine Chance. Plötzlich fiel ihr der Kahlköpfige ein. Das zweite Magazin. Sie drehte sich um, riss ihre Tasche vom Bett und tastete hektisch darin herum. Als sie es endlich greifen konnte, zog sie es heraus. Sie brauchte einen Augenblick, um sich zu erinnern, wie man das leer geschossene Magazin aus der Pistole herausziehen konnte, dann fiel es zu Boden.

Als die Tür zersplitterte und die Silhouette eines Mannes im Türrahmen auftauchte, war Ewa gerade dabei, das neue Magazin wieder einzuschieben. Tom stand immer noch direkt vor ihr.

Hans war der Beste im Schießkino des KSK in der Heimatbasis in Calw gewesen. Für ihn war es kein Problem, bei einer auf der Leinwand eingespielten Geiselnahme den Täter zu erschießen, ohne die Geisel zu treffen. Wer das auch nach einer Wiederholung nicht schaffte, für den war kein Platz in der Truppe. Vorbei. Vor der Abfahrt nach Pattaya hatte er die Beretta gecheckt, sie funktionierte einwandfrei.

Das hier war kein Schießkino, es war die Realität. Er kannte sie aus Afghanistan. Dort war er bei der Abwehr eines Taliban zu effektiv gewesen. Kurz flammte das Bild vor ihm auf: der tote

Kämpfer, die Augen seiner ebenfalls toten Frau und die beiden Kinder, von denen eines noch einige Augenblicke gelebt hatte.

Hans verdrängte das Bild, erfasste die Situation in dem Raum vor ihm, fasste sie blitzschnell auf. Er sah, dass die Frau die Pistole hatte, sah einen jungen Mann schwankend vor ihr stehen, direkt in der Schusslinie. Das musste Tom sein. Ihn galt es zu schonen. Er war der große Preis. Das zu realisieren dauerte eine Sekunde. Es war die eine Sekunde zu viel.

Ewa hörte das Klicken, als das neue Magazin mit neuen acht Kugeln in der Pistole einrastete. Sie konnte nur hoffen, dass es funktionieren würde. Der Mann vor ihr war etwa drei Meter entfernt, sie konnte ihn nicht verfehlen. Sie sah, wie seine Augen kurz hin und her zuckten, merkte, wie er versuchte, an Tom vorbei zu zielen. Dann drückte sie den Abzug und fühlte den Rückschlag, als die Kugel aus dem Lauf schoss. Sie feuerte trotzdem noch dreimal. Auch noch, als sie merkte, wie der Mann vor ihr in die Knie ging, wie seine eigene Pistole auf den Boden fiel, wie er zusammensackte, noch kurz zuckte und dann regungslos liegen blieb.

Tom setzte sich auf das schmale Bett und begann zu zittern. Er hatte kurz zuvor sein Heroin bekommen. Ewa war sich sicher, dass es diesmal die Folge des Schocks war. Conrad saß mit weit aufgerissenen Augen immer noch auf dem Doppelbett, er bewegte sich nicht. Ewa ließ die Pistole sinken und setzte sich neben ihn. Halb unterbewusst ließ sie die Szene auf sich wirken: den toten Körper vor sich, die Blutlache, die sich langsam ausbreitete, den zitternden Tom, den völlig passiven Conrad. Draußen dröhnten die Baumaschinen.

Plötzlich merkte sie, wie ein heftiger Zorn in ihr aufstieg. Conrad saß einfach nur da, hatte nichts getan, um ihr zu helfen, sie zu beschützen. So, als habe er mit all dem nichts zu tun. Das brachte sie in die Wirklichkeit zurück. Sie stieß ihn an und merkte, wie ein

Ruck durch ihn zu gehen schien. Vielleicht war er wieder ansprechbar. Sie blickte auf die Uhr.

„Schnell, wir müssen los. Das Flugzeug geht in zwei Stunden."

Sie suchte nach ihrer Tasche und stopfte die Pistole hinein. Auch Conrad schaute nach seiner kleinen Umhängetasche und Ewa packte den Beutel, den Tom mitgebracht hatte. Dann reichte sie ihm die Hand. Tom griff zu – zögerlich.

„Wir machen jetzt eine Reise", flüsterte Ewa ihm ins Ohr. Sie war sich nicht sicher, ob er das wirklich verstanden hatte. Aber er ließ sich jetzt aus dem Zimmer herausführen. Conrad folgte den beiden. Draußen im Flur lag die Leiche von Miller. Sie mussten über ihn hinwegsteigen, aber Ewa ließ nicht zu, dass sie sich weiter damit beschäftigten. Sie suchte nach dem Notausgang und fand schnell das Schild. Sie stiegen eine enge Treppe hinab, die direkt hinaus auf die Straße hinter dem Hotel führte. Ewa sah ein Taxi und brachte es mit einer energischen Handbewegung zum Stehen.

„Zum Flughafen Bangkok", sagte sie und setzte sich neben den Fahrer, nachdem sie Tom auf dem Rücksitz abgeladen hatte. Sie zeigte auf die andere Tür. Conrad stieg ebenfalls ein. Der Fahrer stellte das Taxameter mit den roten Digitalziffern an und trat aufs Gaspedal.

„Fahr schneller. Los, los, mach schon", herrschte Krit den Fahrer des Polizeiwagens an, der sie am Hubschrauberlandeplatz abgeholt hatte. Die Touristen, die auf dem Weg zum Strand waren, rannten über die Uferstraße, um dem kleinen Konvoi Platz zu machen, der mit heulenden Sirenen angerauscht kam.

Der Polizeichef wartete schon an der Rezeption des Hotels, nahm Haltung an, als er Krit und seine Begleitung näherkommen sah und salutierte. Er hatte sich an Krits Anweisung gehalten und nichts unternommen, außer sich nach der Zimmernummer zu erkundigen. Er hoffte darauf, dass nach dieser Aktion schnell wieder Ruhe in Pattaya einkehren und der Vietnamese die 3.000 Dollar zahlen würde, die er ihm versprochen hatte, damit er für ihn die Gesuchten ausfindig machte. Als er Krit in Begleitung seiner Bodyguards vom SBB sah, fragte er sich insgeheim, ob das wirklich eine gute Idee gewesen war. Er hatte sie ausfindig gemacht, das schon, aber er hatte die Meldung nach Bangkok um eine halbe Stunde verzögert, um den Auftraggebern des Vietnamesen einen Vorsprung zu verschaffen. Das war, das wurde ihm in diesem Augenblick schmerzlich bewusst, riskant, verdammt riskant. Aber jetzt konnte er es nicht mehr ändern.

„Hier entlang", sagte er und wies auf die Aufzüge, doch die SBB-Leute stürmten die Treppe hoch und Krit und Helge Richter folgten ihnen. Als sie das entsprechende Stockwerk erreichten und in den Flur zu dem Zimmer einbogen, sahen sie am Boden vor der Tür als erstes den leblosen Körper eines Mannes, unter dem sich eine Blutlache ausgebreitet hatte. Krit beugte sich zu ihm herunter. Angesichts der Größe der Lache war klar, dass es für diesen Mann keine Hoffnung mehr gab. Die zersplitterte Tür hing nur noch halb in ihren Angeln, das Holz wies eine Reihe von Einschüssen auf und als sie den Raum betraten, sahen sie die zweite Leiche – ebenfalls ein Weißer, der noch eine Pistole in seiner Hand umklammerte. Eine Beretta, wie Krit fachkundig feststellte. Ein SBB-Mann öffnete ruckartig die Tür ins Bad und ließ sie dann offen. „Leer", stellte er fest.

Die drei Betten waren ungemacht, von den Gesuchten fehlte ansonsten jede Spur.

Zu spät. Zum dritten Mal zu spät, dachte Krit. Sein Kontaktmann aus dem Königshaus fiel ihm ein. Wie sollte er ihm das erklären?

Das Büro des Scheichs hatte die Abflugdaten per SMS übermittelt und darauf verwiesen, dass der Jet auf dem abgetrennten Teil für die Privatflieger warten würde. Ewa hielt nach den Schildern Ausschau und dirigierte den Taxifahrer zu dem Tor, hinter dem das Rollfeld für die Geschäftsmaschinen lag. Sie war nervös, der Schock nach der Schießerei setzte während der Fahrt erst richtig ein. Doch jetzt kam der kritische Moment. Sie mussten dieses Tor passieren. Sie hoffte darauf, dass hier, wo die Prominenten des Landes kamen und gingen, die Kontrollen weniger scharf ausfallen würden. Dass man es hier gewohnt war, VIPs abzufertigen, die erwarteten, nicht weiter behelligt zu werden. Aber das war Thailand, dachte sie, und legte einen Hundert-Dollar-Schein in ihren Pass.

Tatsächlich schob sich das schwere Eisentor zur Seite. Ein junger Soldat beugte sich zu dem Taxi herunter, eine Liste in der Hand. Ewa reichte ihm die drei Pässe, die sie zuvor eingesammelt hatte. Der Soldat checkte die Namen auf seiner Liste, offenbar eine Passagierliste für die Gäste, die hier durchkamen, fand die Namen und setzte mit einem Kugelschreiber einen Haken dahinter. Er gab die Pässe zurück, die hundert Dollar waren verschwunden, als Ewa sie wieder einsteckte.

„Da entlang", sagte er dem Taxifahrer und wies auf einen großen Hangar. Das Taxi fuhr vor dem schlanken Learjet vor, der davor geparkt stand. Zwei Männer und eine Frau in einer hellblauen Uniform warteten an der heruntergeklappten Flugzeugtreppe, die beiden Piloten und die Stewardess.

„Willkommen an Bord", grüßte der ältere der beiden Piloten, der vier goldene Streifen an den Ärmeln seiner Uniformjacke trug. Er wies auf die Treppe und die drei Passagiere stiegen ein.

Wenige Augenblicke später war das Fauchen der beiden Triebwerke zu hören. Der Learjet setzte sich in Bewegung, kam am Anfang der Startbahn an, nahm Fahrt auf und hob ab.

„Ich hoffe, Sie fühlen sich wohl an Bord auf unserem Flug nach Abu Dhabi", sagte der Kapitän über das Bordmikrofon. „Unser

Bordcomputer hat für die 4947 Kilometer eine Flugzeit von
5 Stunden und 55 Minuten berechnet."

Kapitel 42

Abu Dhabi

Die Limousine, eine Sonderanfertigung von Mercedes, war weiß und hatte dunkle Scheiben. Ein Fahrer in einer weißen Dischdascha und einer dunkelgrünen Sonnenbrille riss den Schlag auf, als sie aus dem Learjet stiegen. Die Gluthitze ließ die Luft über dem Rollfeld flimmern. Das Innere der Limousine, in der die Klimaanlage auf Hochtouren lief, fühlte sich dagegen eiskalt an.

Die Landung war pünktlich, der Flug ruhig verlaufen. Ewa hatte versucht, Tom zu erklären, worum es ging. Auch Peter Conrad hatte sich schließlich eingeschaltet, nachdem er drei Stunden aus dem Fenster gestarrt und das Spiel der Wolken unter ihnen beobachtet hatte, ohne ein Wort zu sagen. Die Firma, so hatte er Tom erläutert, sei endlich dabei, einen Impfstoff fertigzustellen, der den Menschen auf der ganzen Welt helfen werde. Nur ein reiches Land werde die Kapazitäten haben, das schnell umzusetzen, deshalb sei der Verkauf so wichtig.

Tom schien verstanden zu haben, dass er als Erbe seines Vaters nun 51 Prozent seiner Anteile verkaufen und dafür eine riesige Summe Geld bekommen sollte, die, wie Ewa nicht sonderlich überrascht feststellte, weit jenseits seiner Vorstellungskraft lag. Eigentlich, so hatte sie ihm gesagt, sei alles ganz einfach. Er brauche nur zu unterschreiben, den Rest werde Conrad für ihn erledigen.

Tom schien während des Fluges erstaunlich stabil, aber jetzt merkte Ewa, dass seine Aufmerksamkeit wieder nachzulassen schien, sein Blick erneut unsteter wurde. Wie stark würde wohl die nächste Dosis ausfallen müssen, damit er überhaupt noch zu etwas zu gebrauchen war.

Nun gut, dachte sie, Tom würde bald jedes Geld der Welt haben und sich die besten Entzugskliniken aussuchen können – wenn er es denn wollte.

Die Stewardess war alle halbe Stunde gekommen und hatte sich nach ihrem Wohlbefinden und möglichen Wünschen erkundigt, hatte Essen serviert und Drinks angeboten; und Ewa hatte den Luxus dieses Privatfluges genossen. Würde das nicht die Welt sein, in der sie sehr bald regelmäßig verkehrte?

Vor der Landung hatte Ewa sich von der Stewardess dann mit einigen Kosmetikartikeln ausstatten lassen und war für eine halbe Stunde in dem kleinen Bad verschwunden, um sich einigermaßen zurechtzumachen. Sie hatte ihre schwarze Perücke abgelegt und ihre langen blonden Haare sorgfältig gekämmt. In ihrer Tasche fand sie noch ein sauberes, weißes T-Shirt mit einem V-Ausschnitt und das dünne, schwarze Seidentuch, das sie prüfend über ihre Haare legte. Sie blickte in den Spiegel und war zufrieden, zumindest, wenn man die Umstände bedachte. Dann forderte sie zuerst Conrad auf, sich ebenfalls frisch zu machen und zu rasieren, und schließlich auch Tom, den sie anwies, seine verfilzten Bartstoppeln abzuschneiden und seine zotteligen Haare zu stutzen. Die Stewardess hatte ihnen, wie allen ihren VIP-Kunden, beim Abflug dunkelblaue Polohemden mit dem Logo „Private Air Service" der Charterfirma überreicht, die sie jetzt überzogen. Ewa sorgte dafür, dass sie die verschwitzten Hemden von Tom und Peter Conrad einsammelte und in einer Plastiktüte verschwinden ließ. Besser so, als wenn sie zu diesem wichtigen Treffen wie ein Clochard antreten würden, dachte Ewa.

Der Fahrer brauchte eine knappe halbe Stunde, bis er vor dem palastartigen Gebäude mit den hohen Mauern anhielt, in dem der Scheich seine Residenz in Abu Dhabi hatte.

Ein junger Mann, ebenfalls in eine Dischdascha gekleidet, empfing sie am Eingang und führte sie ins Innere des Gebäudes. Ewa fielen als Erstes die vielen Teppiche auf, die dem Raum trotz seiner Größe eine wohnliche Atmosphäre verliehen. Auch der Scheich trug das traditionelle arabische Gewand, wie fast alle Männer hier, sofern sie nicht zu den zahlreichen Gastarbeiten aus den vielen Ländern Asiens zählten, die das Emirat am Laufen hielten.

Er schien gut gelaunt. Auf dem iPad, das vor ihm auf dem niedrigen Tisch lag, konnte Ewa eine Kurve erkennen, die steil nach oben zeigte, offensichtlich waren es Aktienkurse. Die Weltwirtschaft war dabei, sich zu erholen.

„Willkommen, willkommen", rief der Scheich. Mit einem Blick auf Tom sagte er: „Sie sind also der junge Mann, von dem mir mein Freund Conrad schon so viel erzählt hat. Ich freue mich, dass wir heute Geschäftspartner werden."

Er klatschte in die Hände und eine Frau in einem dunklen Gewand, augenscheinlich eine Pakistani, erschien. Der Scheich bestellte Tee, Kaffee und süßes Gebäck, das sie kurz darauf servierte.

Dann wandte er sich Ewa zu – mit schlecht kaschiertem Interesse.

„Ich bin meinem Freund Conrad sehr dankbar, dass er seine charmante Begleiterin mitgebracht hat. Ich habe wirklich beste Erinnerungen an unser letztes Treffen. Das verlangt gewiss nach einer Wiederholung."

Er trank von dem starken, schwarzen Tee und konzentrierte sich auf Peter Conrad.

„Aber zuerst das Geschäftliche." Der Scheich hatte einen Stapel Papiere vor sich ausgebreitet und wies nun mit der Hand darauf.

„Das sind die Vertragsunterlagen, die mein Rechtsanwalt aus London heute per E-Mail geschickt hat. Wir müssen nun noch

Wege finden, wie wir die Anteile so verteilen, dass sie den deutschen Rechtsnormen entsprechen", war er nun ganz Geschäftsmann.

Conrad war auf diesen Punkt vorbereitet.

„Ich denke, das wird gelingen. Ich habe genügend Kontakte: Leute, die bereit sind, gegen eine entsprechende Provisionen Anteile zu erwerben und sie dann an Sie weiterzuleiten."

Der Scheich nickte zustimmend. Conrad blätterte in den Unterlagen, die viele Absätze enthielten, zahlreiche Paragrafen und Zahlen. Immer wieder tauchte der Name NEWTEC auf. Auch in ihm erwachte nun der routinierte Geschäftsmann, der dabei war, einen großen Abschluss zu tätigen.

„Bevor Sie lange suchen", sagte der Scheich, „die wichtigsten Zahlen stehen auf Seite 23. Vielleicht können Sie sie auch unserem jungen Freund einmal zeigen."

Conrad nahm die Seiten zwischen die Finger und suchte, bis er Seite 23 gefunden hatte. Er warf einen Blick darauf und reichte sie dann an Tom weiter, der offensichtlich große Schwierigkeiten hatte zu verstehen, was hier gerade genau ablief.

Conrad legte den Finger auf die Zahl mit den vielen Nullen.

„1,5 Milliarden Dollar", sagte er.

„Allerdings abzüglich aller Provisionen für alle Beteiligten, auch wie verabredet für Sie, Unkosten, Rechtsanwälte und so weiter", ließ sich der Scheich vernehmen.

„Steht aber alles hier drin, ordentlich aufgelistet." Er machte eine Geste in Richtung Tom.

„Und das Wichtigste ganz zum Schluss: diese Zeile hier. Da brauchen Sie nur noch zu unterschreiben."

Ewa bemerkte, wie Tom plötzlich anfing zu zittern. Sein Gesicht war blass, die Augen wieder unstet. Sie kannte die Symptome schon.

„Ich ...", begann Tom stotternd, „... ich glaube, ich brauche eine Pause. Ich müsste einmal dringend ...", er sah sich suchend um, „meine Hände waschen ..."

„Kein Problem", sagte der Scheich verständnisvoll, „mein Mitarbeiter wird Ihnen den Weg zum Bad zeigen." Der junge Mann in der Dischdascha begleitete Tom in den hinteren Teil des Gebäudes. Ewa fiel auf, dass Tom seine kleine Tasche mitnahm. Sie war beunruhigt, sah aber keine Möglichkeit einzugreifen. Tom verschwand hinter der Tür mit der Aufschrift WC. Conrad studierte weiter den Vertragstext.

Der Scheich rückte an Ewa heran und tätschelte ungeniert ihr Knie. Anscheinend ging er auch diesmal, wie schon in Paris, davon aus, dass Conrad sie als Gastgeschenk mitgebracht hatte. Sozusagen zum krönenden Abschluss dieses Vertrags. Nicht, dass sein offensichtliches Anliegen ihr viel ausmachte, aber in diesem Augenblick fand sie es unpassend.

„Ich hätte einen Vorschlag", sagte der Scheich und hielt weiter seine Hand auf ihrem Knie. „Wie wäre es, wenn ich für Sie eine Wohnung in London einrichtete? Dort könnten wir uns dann öfter sehen, die Sommermonate verbringe ich regelmäßig in Europa. Wären 500.000 Dollar für die Sommersaison angemessen?"

Ewa sah, wie Conrad plötzlich bleich wurde und den Vertragstext sinken ließ. Sie erschrak. Nicht so sehr wegen der Unverschämtheit seines so direkten Angebotes, sondern weil sie befürchtete, Conrad könnte spontan den ganzen Deal platzen lassen. Zu anderen Zeiten hätte sie sich das durchaus vorstellen können. Es war deutlich besser bezahlt als beim Escort-Service, geradezu fürstlich. Ein verlockendes Angebot, aber jetzt hoffte sie darauf, noch heute um viele, viele Millionen reicher zu sein – als Geschäftspartnerin von Conrad, dem sie diese Beteiligung abgerungen hatte. Mochte er ruhig von der gemeinsamen Zukunft träumen. Erst einmal die Unterschrift von Tom, dann würde man weitersehen.

„Ein sehr großzügiges Angebot, Hoheit", rang sie sich schnell ab. „Es kommt, das verstehen Sie sicher, etwas überraschend. Natürlich denke ich sehr gerne darüber nach. Aber nun möchte ich den Fortgang dieser wichtigen Vertragsverhandlung nicht weiter damit unterbrechen…"

Das schien dem Scheich einzuleuchten.

„Wo bleibt denn unser junger Freund?" Der Scheich sah sich suchend um. Er klatschte in die Hände und der junge Mann in der Dischdascha erschien.

„Sehen Sie einmal nach, ob er vielleicht Hilfe braucht."

Der junge Mann verschwand. Nach einigen Minuten kam er zurück.

„Ich fürchte, Hoheit, er ist tot."

Ewa begriff als erste. Sie sprang auf und erreichte das Bad in wenigen Sekunden. Tom lag auf dem Boden, die leere Spritze neben seinem abgebundenen Arm, das Paket mit dem Heroin davor. Die Überdosis hatte schnell gewirkt. Natürlich wusste Ewa, wie man das nannte: der Goldene Schuss, der allem ein Ende setzte.

Conrad stand jetzt neben ihr und beugte sich zu Tom herunter, dessen tote Augen an die Decke starrten. Er drückte sie zu. Auch der Scheich war gekommen, hatte sich aber schnell abgewendet und war in den großen Raum zurückgekehrt.

Dort trafen sie sich gleich darauf wieder. Im Gesicht des Scheichs schien es zu arbeiten. Plötzlich wischte er den umfangreichen Vertragstext mit einer schwungvollen Handbewegung vom Tisch. Die Blätter wirbelten zu Boden.

„Das war´s", stieß er hervor. „Kein berechtigter Erbe, keine Unterschrift."

Ewa erstarrte. Der Scheich hatte es in einem Satz auf den Punkt gebracht. Der Deal, die vielen Millionen, alles hatte sich soeben in Luft aufgelöst.

„Verschwinden Sie", herrschte der Scheich nun Conrad an. „Wie konnten Sie es wagen, eine solch erbärmliche Kreatur in mein Haus zu bringen?"

Conrad stand nur mit hängenden Schultern da, unfähig, ihm angemessen zu antworten.

„Mein Fahrer wird Sie in ein Hotel bringen und ich rate Ihnen, das Land so schnell wie möglich zu verlassen. Ich bin selber zu Gast in Abu Dhabi und ich will Sie nie wiedersehen."

Der junge Mann in der Dischdascha führte Conrad und Ewa zur Limousine. Als sie abgefahren war, kehrte er zum Scheich zurück.

„Sorgen Sie dafür, dass die deutsche Botschaft von diesem Vorfall informiert wird. Sie sollen den Kerl hier rausschaffen."

Er überlegte kurz.

„Und sagen Sie den Deutschen, sie sollen das diskret behandeln. Der Kerl hat dieses Haus nie betreten, ist das klar? Wie die das hinbiegen ist mir egal. Als Mitglied der saudischen Königsfamilie darf ich erwarten, dass man mir entgegenkommt. Die Deutschen machen doch gute Geschäfte mit Riad und wenn das so weiter gehen soll, dann sollen sie einen Weg finden, der meinen guten Ruf nicht beschädigt."

Der Fahrer hatte sie vor einem der großen Hotels in der Nähe des Strandes abgesetzt und war ohne weiteren Kommentar davongefahren. Ewa kramte in ihrer Tasche und fand den Umschlag mit dem Geld, den Spesen, die Miller ihnen für diese Operation überlassen hatte. Sie schätze, dass noch gut 20.000 Dollar übriggeblieben waren. Das musste fürs Erste reichen.

Der Mann an der Rezeption nahm ihre Pässe entgegen und schob ihnen das Anmeldungsformular zu, das Conrad zögerlich ausfüllte.

„Darf ich um eine Kreditkarte bitten?", fragte der Rezeptionist höflich. Conrad erschrak, er wusste, dass seine nicht mehr gedeckt war. Ewa schob dem Rezeptionisten ein Bündel Bargeld zu. „Für zwei Nächte", sagte sie. Der Mann zählte 1.000 Dollar ab, gab ihr den Rest zurück und überreichte ihnen zwei Plastikkarten für die Zimmertür.

„Wir wünschen einen angenehmen Aufenthalt", sagte er.

Das Zimmer war geräumig und luxuriös ausgestattet. Ewa schlüpfte in einen weißen Bademantel mit dem Logo des Hotels auf der Brusttasche. Sie ging zur Minibar und holte eine kleine Whiskeyflasche hervor, füllte Eiswürfel in ein Glas und goss den Alkohol darüber. Conrad saß zusammengesunken in einem großen Sessel. Auf ihn war nicht mehr zu zählen, das war ihr klar. Seine ewigen Träume von der gemeinsamen Zukunft, sorglos und von vielen Millionen finanziert, waren endgültig zerplatzt.

Das Leben geht weiter, dachte Ewa, nur nicht mit ihm. Sie musste eine Entscheidung treffen. Es machte keinen Sinn mehr, sich weiter mit ihm abzugeben. Ihr war aufgefallen, dass der Scheich seinen Zorn gegen Conrad gerichtet hatte. Sie selbst, so überlegte sie, spielte dabei keine Rolle. Sie war lediglich die willkommene Beigabe. Sie ließ die Eiswürfel in dem Whiskeyglas kreisen und nahm einen tiefen Schluck.

„Ich weiß, du hast alles gegeben", sagte sie. „Aber es war eben nicht genug. Das Schicksal hatte andere Pläne." Sie fand sich selbst etwas pathetisch, wollte den nächsten Satz aber doch etwas abfedern.

„Ich habe mir überlegt, das Angebot des Scheichs anzunehmen", sagte sie und versuchte so sachlich wie möglich zu klingen. Sie stand auf, ohne seine Reaktion abzuwarten, und zog es vor, in dem großen Badezimmer zu verschwinden.

Das erste, was er bemerkte, war die plötzliche Stille in dem großen Zimmer, nachdem sie gegangen war. Leere. Totale Leere. Die Ungeheuerlichkeit ihrer Ankündigung sank in ihn hinein, schien sich in seine Eingeweide zu fressen. Spätestens seit der Schießerei in Pattaya war ihm klar gewesen, dass sie beide jetzt auf der Flucht waren. Eigentlich suchte man schon seit dem Mord auf dem Golfplatz nach ihnen, aber bis zu den Verhandlungen mit dem Scheich hatte er wenigstens noch gehofft. Wenn der Deal erst einmal abgeschlossen wäre, wenn die Millionen geflossen waren, dann würde er mit Ewa schon einen Weg finden – irgendwo auf der Welt. Eine neue Identität, ein neues Leben. Das Geld würde es schon möglich machen. Vielleicht war auch das von Anfang nur eine Illusion, allerdings eine, an die er sich geklammert hatte, an die er glauben wollte.

Doch jetzt war die Illusion geplatzt. Er war ohne Geld, ohne Zukunft. Und ab sofort ohne Ewa.

Er stützte sich auf, kam aus dem schweren Sessel hoch und ging hinüber zum Couchtisch, auf dem Ewas Tasche stand. Er öffnete sie, suchte etwas und fand sie schließlich.

Vor seinem Studium hatte Conrad seinen Wehrdienst bei der Bundeswehr ableisten müssen, Ende der Achtzigerjahre, bei einer Panzergrenadierkompanie. Das war endlos lange her, eigentlich ein abgeschlossenes Kapitel. Aber den Umgang mit Waffen, auch mit Handfeuerwaffen, hatte man ihm damals eingebläut. Er nahm die Pistole und entsicherte sie.

Als Ewa endlich wieder aus dem Bad kam, zielte er und feuerte zweimal. Er beobachtete noch, wie sie zusammensank. Sie war sofort tot.

Dann schob er sich den Lauf der Pistole in den Mund und drückte ab.

Kapitel 43

Berlin

„Sagen Sie denen, ich werde pünktlich da sein", bekräftigte Julius Bergner. Es war 5:30 Uhr und er trug noch seinen Schlafanzug. Aber der Anruf seines Pressesprechers hatte ihn nicht überrascht. Im Gegenteil. Er war geradezu begierig darauf, ins ARD-Morgenmagazin eingeladen zu werden. Er ging unter die Dusche, wusch sich sorgfältig die Haare, rasierte sich und suchte dann eine rote Krawatte heraus; in der Hoffnung, dass die grelle Farbe beim Zuschauer hängenbleiben würde. Um 6:15 Uhr würde ihn sein Dienstwagen abholen, für 7:10 Uhr war das Interview vorgesehen.

Sein Fahrer brachte ihm die BILD-Zeitung mit. Es hatte funktioniert. Die riesige Schlagzeile lautete: „Ministerpräsident tritt zurück – Ende des Machtkampfs um das Kanzleramt."

Bergner überflog den Artikel, der auf der zweiten Seite ausführlich fortgesetzt wurde. Hervorragend, dachte er wieder, genauso hatte er sich die Entwicklung erhofft. Sie war eigentlich alternativlos. Das war ihm klar, seit Angerer ihm die Unterlagen zugespielt hatte.

Elisabeth Bichler, das war ihr Mädchenname. Und unter diesem Namen hatte sie jahrelang bei der wundersamen Geldvermehrung mitgemacht, hatte das Erbe ihrer verstorbenen reichen Eltern auf wundersame Weise vergrößert. Das Erbe war stattlich, eigentlich hätte es mehr nicht gebraucht. Es war ja auch sonst alles gut für sie gelaufen: die Ehe mit Edgar Reiter, sein Aufstieg zum Ministerpräsidenten, dann in den letzten Monaten zum hoffnungsvollen und scheinbar unschlagbaren Kandidaten für das Kanzleramt.

Nach dem Erbe hatte ihr Steuerberater empfohlen, sich doch an dem zu beteiligen, was er, halb scherzhaft, als das große

Gewinnspiel bezeichnete, Cum-Ex, die komplexen Steuermanipulationen, mit denen man den Staat abzocken konnte, indem man sich zweimal die Steuern vom Finanzamt erstatten ließ, obwohl es nur einmal hätte passieren dürfen.

Edgar Reiter war damals noch ein weitgehend unbekannter Landtagsabgeordneter gewesen. Sie hatte ihn eingeweiht – auch als der Steuerberater vorgeschlagen hatte, vorsichtshalber ein Konto in Panama einzurichten. Es könne nichts passieren, alles sei vielfach erprobt und doch eigentlich legal, hatte er versichert. Elisabeth wollte Reiter in ihrer jungen Ehe, sie aus reichem Elternhaus, er aus einer Handwerkerfamilie, mit einbinden, deshalb hatte sie vorgeschlagen, ein gemeinsames Konto einzurichten, auf seinen und ihren Namen. Er schien nicht begeistert, aber er hatte viel um die Ohren, setzte alle Kraft in seinen Aufstieg und kaum jemand wusste zu diesem Zeitpunkt, was für eine Zeitbombe Cum-Ex war.

Jetzt, Jahre später, war sie explodiert. Die Panama-Papiere, die internationale Medien aufgedeckt hatten, zusammen mit Abertausenden von Kontoinhabern, ließen keinen Zweifel offen. Und Edgar Reiters Name stand mit in den Papieren. Er hatte davon gewusst, er hatte mit großen Summen davon profitiert, auch wenn er die Geschäfte seiner Frau überlassen hatte, deren Name jetzt ganz oben auf der Bonner Anklageschrift der Staatsanwaltschaft mit der Unterschrift von Gisbert Angerer erschien.

Es hatte 24 Stunden gedauert, bis er zurückgetreten war – von allen Ämtern.

Bergner legte die Zeitung beiseite, als sein Dienstwagen vor dem ARD-Hauptstadtstudio vorfuhr.

„Geile Krawatte, Herr Minister", sagte die Maskenbildnerin, die Bergner vor seinem Auftritt in dem Raum neben dem großen Sendestudio schminkte. Natürlich würde er nicht übertreiben dürfen, keine Genugtuung zeigen. Er musste glaubwürdig rüberkommen, aber doch entschlossen. Und er musste den richtigen Zeitpunkt abwarten. Heute war ein wichtiger Schritt, kein Zweifel, aber er durfte jetzt nur nichts überstürzen. Sein Tag würde kommen – bald.

Julia Bellmann, die Korrespondentin, machte keine lange Überleitung vor der Live-Kamera, sondern sprach gleich den naheliegendsten Punkt an.

„Ihr Hauptkonkurrent Reiter ist soeben zurückgetreten. Was wird jetzt aus Ihnen?", fragte sie.

Gut so, dachte er, gut so. Die richtige Frage, um die Aufmerksamkeit zu schüren. Restlos jeder in Berlin würde gespannt zuhören. Jetzt zählte jedes Wort, und doch, nur nicht zu viel Gas geben.

„An so einem Tag wäre es jetzt völlig falsch, sofort in eine Personaldiskussion einzutreten. Lassen Sie mich aber sagen, wie hoch bedauerlich der Rücktritt von Edgar Reiter ist, der sich so lange, so erfolgreich für das Wohl unseres Landes eingesetzt hat. Aber unter den gegebenen Umständen war es wohl unvermeidlich, leider."

„Aber noch einmal", setzte Julia Bellmann nach. „Unsere Zuschauer wollen wissen, wie es weitergeht. Stehen Sie nun als Kanzlerkandidat zur Verfügung oder nicht?"

„Heute geht es um die Frage von Moral und Anstand. Und da muss klar sein, dass wir Politiker von den Bürgern nicht verlangen dürfen, dass sie ihre Steuern ordentlich bezahlen und wir uns selber nicht daran halten. Und deshalb sage ich noch einmal: Wir müssen Edgar Reiter für seine klare Übernahme der Verantwortung in diesem bösen Skandal dankbar sein. Und was Ihre Frage angeht, so will ich dazu nur sagen: Jetzt liegt die Entscheidung bei der Partei. Das habe ich immer wieder gesagt, und das tue ich sehr bewusst erneut. Allerdings dürfen wir jetzt nicht mehr zuwarten, das wäre Gift für das politische Klima. Darauf haben Ihre Zuschauer ein Recht, da bin ich ganz Ihrer Meinung."

Julia Bellmann gab auf. Sie drehte sich zur Live-Kamera und sagte:

„Sie haben es mitbekommen, Julius Bergner will heute Morgen auf diese brisante Frage nicht antworten. In Berlin jedoch pfeifen es die Spatzen von allen Dächern: Er ist jetzt der Spitzenkandidat für die Nachfolge der Kanzlerin. Es wird schwer werden, ihm diesen Anspruch jetzt noch zu nehmen."

Sehr richtig. Kluges Mädchen, dachte Bergner. Genauso ist es. Auf dem Rückweg ins Ministerium blickte er auf seinen Twitter-Account. Mehrere Berliner Journalisten hatten die Nachricht bereits aufgenommen und in eine Schlagzeile umgesetzt, darunter auch BILD-Mann Kai Herrmann.

„Bergner warnt vor Vergiftung des politischen Klimas und verlangt im ARD-Morgenmagazin im Machtkampf um das Kanzleramt nun eine schnelle Entscheidung", las er. Er leitete den Tweet an Orlowski weiter, auch um ihm zu signalisieren, dass es jetzt Aufgabe des Generalsekretärs war, in der neuen Lage die Partei endlich auf Linie zu bringen.

Kapitel 44

Wiesbaden

Der Druck aus Berlin war erheblich. Das Bundesinnenministerium, dem das Bundeskriminalamt unterstand, verlangte einen detaillierten Bericht, noch heute. Sebastian Krüger hatte sämtliche Unterlagen vor sich ausgebreitet; alle E-Mails, alle Informationen vom hessischen Landeskriminalamt, von Helge Richter aus Bangkok, von dem BKA-Verbindungsmann an der deutschen Botschaft in Abu Dhabi und vom Bundesnachrichtendienst. Er sollte die Puzzle-Teile nun zu einem Gesamtbild zusammensetzen.

Eines war schon jetzt offensichtlich: ein Blutbad. Was sich da aus der Übernahmeschlacht um NEWTEC entwickelt hatte, konnte man kaum anders beschreiben.

Der Mord an Kurt Friedrich auf dem Golfplatz, mit dem alles begonnen hatte, die beiden Toten in dem Hotel in Pattaya, die ihm besonders viel Arbeit gemacht hatten, dann Peter Conrad und Ewa Oksana in Abu Dhabi, und natürlich derjenige, um den sich später wahrscheinlich alles gedreht hatte, Tom Friedrich, der Erbe.

Wenn er jetzt alles zusammenfasste, dann ergab sich folgendes Bild: Kurt Friedrich musste sterben, weil er NEWTEC nicht verkaufen wollte. Der Ex-Soldat Hans Anders war der Auftragskiller, so viel war klar. Dann starb er selber, und mit ihm dieser Joe Miller. Das war schwierig gewesen, aber der Bundesnachrichtendienst hatte über eine CIA-Quelle herausgefunden, dass er für Security International die schmutzige Arbeit machte. Er war sicher der Auftraggeber für den Scharfschützen Hans. Die ballistische Untersuchung der Kugeln in seinem und Anders Körper hatte ergeben, dass die Kugeln aus derselben Waffe stammten, die bei Conrad und dieser Ewa gefunden wurde. Ewa hatte noch Schmauchspuren vom Abfeuern an ihren Händen. Und es gab kaum einen Zweifel, das zeigte die Rekonstruktion in dem Hotelzimmer in Abu Dhabi, dass Conrad erst Ewa und dann sich selber erschossen hatte. Und dass sie Tom in Bangkok aufgespürt und mit in das Golf-Emirat gebracht hatten, war ebenfalls sicher. Hier endete die Spur.

Der Bericht der Polizei in Abu Dhabi hatte ergeben, dass seine Leiche mit einer Überdosis Heroin im Körper in demselben Hotel gefunden worden war, in dem auch Ewa und Conrad starben. Der Chef der Polizei hatte den BKA-Verbindungsmann ganz ausdrücklich mit zum Fundort von Toms Leiche geholt und Fotos herstellen lassen: im Badezimmer seines Hotelzimmers, ein Stockwerk unter dem von Conrad. Allerdings lehnte er weitere, eigene Ermittlungen des BKA vor Ort strikt ab. Es sei schon genug Schaden für die Reputation des Emirates entstanden. Was die drei in Abu Dhabi wollten, war nicht zu ergründen, aber Krüger vermutete, dass es mit dem versuchten Kauf von NEWTEC zusammenhing, auf den der BND immer wieder hingewiesen hatte. Aber an wen, das war nicht herauszufinden, und der Chef der örtlichen Polizei hatte daran auch kein Interesse gezeigt. Für ihn war nur wichtig, dass die Leichen der Deutschen schnell abgeholt und aus Abu Dhabi entfernt wurden. Der Fall war für ihn gelöst. Ein Tötungsdelikt an der Frau von ihrem Geliebten, darauf sein Selbstmord, und die Überdosis eines offensichtlichen Drogenjunkies. Fertig.

Sebastian Krüger schob die Unterlagen auf seinem Schreibtisch hin und her. Die wichtigste Erkenntnis war doch offenbar die: Die feindliche Übernahme von NEWTEC war gescheitert.

Und das nicht zuletzt, weil es nicht gelungen war, mit den Hauptaktionären Kurt und später seinem Sohn Tom jemanden zu finden, der bereit war, die Firma zu verkaufen – auch wenn unklar blieb, wer am Ende genau dahintersteckte.

Er hatte mit höchster Dringlichkeit in Auftrag gegeben, herauszufinden, ob noch andere Erben aus der Familie Friedrich lebten. Denn die würden dann die Anteile der Firma übernehmen können. Sie hatten wirklich alles abgeklappert, aber es gab keine.

Kapitel 45

Berlin

Der Gesundheitsminister war auf dem Weg zu seinem Platz an dem ovalen Tisch im Kabinettssaal des Bundeskanzleramtes an Julius Bergner vorbeigekommen und war kurz bei ihm stehen geblieben. Er schien gut gelaunt.

„Ah, unser Mann für Anstand und Moral", grinste Hans-Peter Mertens, „schönes Interview im Morgenmagazin. Und dann die Warnung vor der Vergiftung des politischen Klimas. Sehr gut, Bergner, sehr gut. Das hören die Wähler bestimmt gerne."

Bergner ärgerte sich erneut über die provokante Art von Mertens, der es offensichtlich locker wegsteckte, dass er nicht mehr wirklich im Rennen um die Kanzlerkandidatur war. Vielleicht sollte er sogar versuchen, mit dem Gesundheitsminister politisch ins Geschäft zu kommen, dachte Bergner. Er würde jede Unterstützung in der Partei brauchen, auch wenn Reiter jetzt aus dem Weg geräumt war. Er würde sich überlegen müssen, welchen Deal er Mertens anbieten konnte, wenn er selber erst im Kanzleramt saß. Vielleicht hätte er ja Lust, das Amt zu wechseln und dann seinen Platz als Bundeswirtschaftsminister zu übernehmen? Den Job, den er eigentlich für Kurt Friedrich vorgesehen hatte. Je länger er darüber nachdachte, umso besser fand er die Idee. Er würde bald mit Mertens reden, sobald die Hauptfrage endlich öffentlich geklärt und entschieden war, sobald die Partei sich auf ihn festgelegt hatte.

Nachdem die Kanzlerin die Kabinettssitzung eröffnet hatte, meldete sich Felix Hellenbichler zu Wort. Mit seiner sonoren, bayerischen Stimme trug der Bundesinnenminister die Erkenntnisse des Bundeskriminalamtes über die Ermittlungen im Fall

NEWTEC vor. Es sei noch einmal gut gegangen, alle Übernahmeversuche seien abgewehrt, schloss er seinen Bericht ab, auch wenn natürlich der Blutzoll erschreckend hoch gewesen sei.

Bergner war eifersüchtig, dass Hellenbichler ihm gerade die Show gestohlen hatte. NEWTEC, das war doch eigentlich sein Bereich. Aber das BKA lag nun einmal in der Kompetenz des Innenministers.

Dennoch wollte er nun daran anschließen. Doch die Kanzlerin blickte in die Runde:

„Und wie geht es jetzt weiter?", fragte sie, „jetzt, da der alte Friedrich und auch sein Sohn tot sind?"

Genau das war die Kernfrage, und Bergner hatte dafür gesorgt, dass er den BKA-Bericht schon kannte, der darauf mit einer hochexplosiven Antwort eingegangen war.

Aber wieder kam ihm ein anderes Kabinettsmitglied zuvor. Justizministerin Kerstin Schmidt hob die Hand.

„Das ist in der Tat ein sehr komplexer Fall. Unsere Juristen haben das alles genau geprüft. Es gibt keine weiteren Erben", sagte sie.

„Und was bedeutet das?", fragte die Kanzlerin nach.

„Das bedeutet, dass in der Erbfolge der Staat als Nächstes dran ist. NEWTEC gehört dann dem Staat."

Einen Augenblick herrschte ungläubiges Staunen bei den Ministern, die davon noch nie gehört hatten.

„Das gibt uns gute Chancen, jetzt einen neuen Investor zu suchen – in aller Ruhe. Einen deutschen Investor, oder mehrere", warf Bergner schnell ein und lenkte damit endlich die Aufmerksamkeit auf sich.

„Jedenfalls ist auf dem Weltmarkt ein geradezu höllischer Wettbewerb darum entbrannt, wer zuerst mit dem Impfstoff auf den Markt kommt."

Die Kanzlerin nahm den Gedanken auf.

„Und deshalb werden wir jetzt die Fördermittel für die deutsche Forschung zum Impfstoff noch einmal drastisch erhöhen. Um eine dreiviertel Milliarde Euro", sagte sie. „Ich habe das bereits mit dem Finanzminister geklärt."

Verdammt, dachte Bergner, warum mischten sich ständig alle in sein Thema ein. Aber er würde es ihnen zeigen, bei NEWTEC, das hatte er sich gerade vor der Kabinettssitzung noch einmal bestätigen lassen, lief es gut.

Kapitel 46

Berlin/Darmstadt

Ja, dachte Julius Bergner, ja! Jetzt war es soweit. Der Tag der Tage! NEWTEC hatte es geschafft. Heute würde es sich auszahlen. All die Anstrengungen, all die Mühen. Und heute würde er endgültig das Signal geben. Heute würde er durchstarten. Er griff zum Telefon und wartete ungeduldig, bis er Winters Stimme hörte.

„Ist alles vorbereitet, Winter, hat die Pressestelle alle relevanten Medien eingeladen? Bleibt es bei den Interviews in den Tagesthemen und im Heute Journal? Und haben wir BILD auch dabei?"

Er hörte seinem Büroleiter auf einem halben Ohr zu, während der alles bestätigte. Eine Reihe von Sendern, darunter auch NTV und Phoenix, hatten sogar angekündigt, das Ereignis live zu übertragen. Und selbst CNN würde dabei sein. Sehr gut, sehr gut.

„Ich gebe denen gerne auch ein Interview", sagte er, stolz auf seine guten Englischkenntnisse, die er als Austauschschüler in den USA erworben hatte. „Die Pressestelle soll sich darum kümmern."

Parallel las er die Schlagzeilen der großen Zeitungen, die den Erfolg bereits verkündeten. Heute würden bei NEWTEC die ersten Impfungen stattfinden. Man hatte in einem Losverfahren 100 Bürger ausgewählt, die geimpft werden sollten, darunter auch ein Dutzend Kinder und ebenfalls ein Dutzend über 80-jährige. Darauf hatte er bestanden. Und natürlich würden die Kameras dabei sein, wenn er, der Bundeswirtschaftsminister, den Startschuss für die wohl größte Impfaktion geben würde, die es je gegeben hatte. Und ab morgen würde sie weltweit anlaufen. Made in Germany! Und wer hatte all dies in die richtigen Bahnen gelenkt? Wer hatte dafür gesorgt, dass die Firma nicht ins Ausland verhökert wurde?

Es gab einen Schutzengel, der immer aufgepasst hatte, dachte er. Und der saß in Berlin und hieß Julius Bergner.

Ob Edgar Reiter wohl ebenfalls unter den Zuschauern zu Hause am Fernseher sein würde und seine Wunden leckte? Dort, wo er hingehörte, außerhalb des Scheinwerferlichtes.

Egal, überlegte er, der Mann war Geschichte. Wie das juristisch für Reiter weitergehen würde, das sollten die Gerichte klären. Er jedenfalls würde darauf nicht mehr zurückkommen. Er hatte gewonnen, das war alles, was jetzt zählte. Und die Partei würde mitziehen müssen, schließlich war er als einziger Kandidat übriggeblieben. Er war, wie hieß das so schön in Berlin, alternativlos. Das war das Betätigungsfeld, auf das er sich jetzt konzentrieren musste. Die entscheidenden Bundestagswahlen waren absehbar. Annegret Winkler würde abdanken, und dann war der Weg frei. Bis dahin würde er noch die Zeit nutzen, die Delegierten hinter sich zu vereinigen. Das musste auf dem Parteitag passieren. Und das Ergebnis ihrer Zustimmung musste bei über 80 Prozent liegen. Alles andere wäre kein guter Start. Aber das würde er schon hinkriegen. Der heutige Tag war dafür entscheidend. Sein Tag.

Annegret Winkler war wie immer um 7:30 Uhr am Kanzleramt vorgefahren. Unterwegs hatte sie auf ihrem Smartphone die Schlagzeilen überflogen. Wie nicht anders zu erwarten, stand dabei die Ankündigung der ersten Impfung bei NEWTEC absolut im Vordergrund. Ausführlich wurde beschrieben, wie es ablaufen sollte. Die ersten Hundert würden eine gute Kulisse bieten, der Medienrummel würde riesig sein. Der Bundeswirtschaftsminister würde die Bundesregierung repräsentieren. Es war ihr klar, dass er dabei so viel Aufmerksamkeit wie irgend möglich auf sich ziehen würde.

Die Kanzlerin lächelte. Der eifrige Musterschüler, der eigentlich ein rücksichtsloser Jonglierer war. Sie hatte sich nie Illusionen gemacht. Julius Bergner war ein politisches Talent, keine Frage, ein Macher, hellwach, immer auf dem Sprung. Er hatte das, was man Chuzpe nannte. Eine Mischung aus Frechheit, Anmaßung, Dreistigkeit und, wenn es sein musste, Unverschämtheit. Das hatte er schon auf dem langen Weg als Chef der Jugendorganisation der Partei bis in die Bundesregierung gezeigt, den sie sorgfältig beobachtet hatte. Und es war der Grund, warum sie ihn zum Minister gemacht hatte. Ein solches Talent musste man nutzen. Auch heute. Oder gerade heute. Bergner hatte alles bestens vorbereitet, die ganz große Bühne. Eigentlich müsste sie ihm dafür sogar dankbar sein. Man würde es ja heute noch sehen.

Bergner hatte sich gegen die Mitbewerber um ihre Nachfolge durchgesetzt. Die unappetitliche Affäre rund um Kurt Friedrich hatte er weggesteckt. Und dass er heute mächtig die Trommel rühren würde, war aus seiner Sicht die völlig richtige Entscheidung. Eine solche Gelegenheit bot sich nur selten. Genau, dachte sie, eine solche Gelegenheit bot sich nur selten. Aber nicht nur für ihn.

Als sie in ihrem Büro im siebten Stock ankam, stellte sie sich ans Fenster und blickte auf das Reichstagsgebäude herüber, den Sitz des Bundestages. Auch dort, so wusste sie, würden heute in den Büros der Abgeordneten die Fernseher laufen, würde sich alle Augen auf die Impfaktion in Darmstadt richten und natürlich auf die politischen Konsequenzen, die das Spektakel haben würde. Dort saßen die Profis, dort saßen die, deren weiteres Schicksal auch davon abhing, wie es mit ihrer Nachfolge weitergehen würde, wie sich das am Ende an der Wahlurne für sie auszahlen würde. Die Partei stand gut da, das hatte sie bei den zahlreichen Besuchen an der Parteibasis in den letzten Wochen bemerkt. Jetzt kam es darauf an, das beim Bürger wieder in politisches Kapital umzusetzen. Sie schaltete ihren Bürofernseher ein. Im Morgenmagazin berichtete gerade ein Reporter aus Darmstadt von den Vorbereitungen für das große Ereignis, das für den Mittag angekündigt war. Sie blickte auf die Uhr. Das würde sie schaffen, locker.

Johannes Bunten stand schon eine Weile in der Tür, während sie noch gedankenverloren auf das massige Gebäude des Reichstages geblickt hatte. Jetzt räusperte er sich vernehmlich. Die Kanzlerin drehte sich um. Der Kanzleramtsminister war der einzige, der in ihre Pläne eingeweiht war.

„Ist alles klar?", fragte sie. „Weiß die Flugbereitschaft der Luftwaffe Bescheid?"

„Selbstverständlich, die Maschine steht bereit. Der Abflug nach Frankfurt ist pünktlich um zehn. Am Flughafen dort warten die Autos. Es ist alles vorbereitet."

„Sehr gut, danke", sagte sie. „Und noch etwas. Rufen Sie Hans-Peter Mertens an. Er soll mitkommen. Ich glaube, es wird sich gut machen, wenn ich den Gesundheitsminister an meiner Seite habe."

Julius Bergner war früh zum Flughafen gefahren. Dort wartete bereits Kai Herrmann auf ihn. Er hatte den Mann von BILD eingeladen, ihn auch auf dieser Reise zu begleiten. Herrmann war ein Spürhund, ein Reporter der alten Schule. Immer am Ball, und auch auf seine Unabhängigkeit bedacht, wie Bergner anerkennen musste. Er war Profi genug, um damit umgehen zu können. Heute würde er nach der Impfaktion die Gelegenheit nutzen, auch ganz offiziell seinen Anspruch anzukündigen, als Kandidat für die Nachfolge von Annegret Winkler anzutreten. In seinen vorbereiteten Redetext hatte er genug Lob für sie eingepackt – sozusagen zum Abschied. Sie hatte es ja wieder und wieder betont, dass sie gehen wollte. Und da war es gut, wenn er BILD dabeihatte. Zwar hatte das Boulevardblatt schon lange nicht mehr die Reichweite wie früher, aber die Zeitung war immer noch wichtig für seine Klientel, die er in den nächsten, entscheidenden Monaten ansprechen musste.

Gemeinsam gingen sie zu der Global 6.000 der Luftwaffe hinüber, die sie nach Frankfurt bringen sollte. Dabei fiel Bergner auf, dass gerade auch ein größerer Airbus 319 mit der Aufschrift „Bundesrepublik Deutschland" der Bundeswehr-Flugbereitschaft auf dem Vorfeld ausrollte. Eigentlich eine Maschine für hochrangige Regierungsmitglieder. Er überlegte, ob die Kanzlerin heute einen Auslandstermin, vielleicht bei der EU in Brüssel, haben würde, konnte sich aber nicht an eine solche Ankündigung erinnern. Aber gut, sie hatte immer noch viele Termine. Vielleicht war es sogar besser so, wenn sie heute nicht in Deutschland war. Dann gehörten die Schlagzeilen noch eindeutiger ihm.

Während des einstündigen Fluges ging er noch einmal seinen Redetext durch. Kai Herrmann las in einer Zeitung. Schließlich wandte er sich an den BILD-Mann.

„Ich bin Ihnen wirklich dankbar, dass Sie heute mit dabei sind. Und auch heute will ich mich gerne den Fragen der Medien stellen. Es muss schließlich auch mal ganz offiziell gesagt werden."

Kai Herrmann sah von seiner Zeitung auf.

„Nun ja, wenn Sie meinen ..."

„Ja, das meine ich. Also, falls Sie mich danach fragen würden, ob ich der nächste Bundeskanzler werden will, dann werde ich diesmal diese Frage bejahen, und zwar ohne Wenn und Aber. Ich freue mich schon auf Ihre Frage."

Alle Kameras richteten sich auf ihn, als der schwere schwarze Audi A 8 bei NEWTEC vorfuhr. Am Eingang hingen mehrere Fahnen, die hessische, die bundesdeutsche, die blaue Europafahne und eine Fahne mit dem NEWTEC-Firmenlogo.

Bergner ließ sich Zeit mit dem Aussteigen, damit alle Kameras in Position waren. Mehrere Mikrofone reckten sich ihm entgegen.

„Ein großer Tag für uns alle, ein großer Tag für unsere hervorragenden Forscher, die in unermüdlicher Arbeit diesen Impfstoff in Rekordgeschwindigkeit entwickelt haben", sagte er eilig in die Mikrofone, „und natürlich für die Menschen in aller Welt, die mit uns zusammen auf diesen Erfolg gewartet haben, um das Virus endgültig zu besiegen."

Das musste fürs Erste reichen, dachte Bergner und wandte sich dem Eingang zu. Gleich würde er ja die Hauptrede halten, so hatte er es mit NEWTEC verabredet. Da wollte er nicht alles vorwegnehmen.

In der Halle warteten neben den vielen Medienvertretern und den führenden Forschern in weißen Kitteln schon die hundert Freiwilligen, die per Losverfahren für die Impfung ausgesucht worden waren.

Bergner ging auf sie zu und begann, Hände zu schütteln, unbedingt mit jeder und jedem Einzelnen. Das würde gute Fotos in den Heimatzeitungen ergeben. Eine zierliche Frau um die achtzig hielt seine Hand einen Moment lang fest.

„Ich weiß nicht, Herr Minister, ich habe mich zwar gemeldet, und sicherlich ist der Impfstoff ganz wichtig."

Sie hielt weiter seine Hand fest und Bergner merkte, wie Tränen in ihre Augen stiegen.

„Ich habe gleich am Anfang meinen Mann verloren. Er war in einem Pflegeheim und da hat er sich mit dem Virus angesteckt. Zwei Wochen später war er tot."

Sie weinte, Bergner suchte nach passenden Worten, zumal er merkte, wie sich jetzt die Kameras auf ihn und diese Frau konzentrierten.

„Ich weiß nicht, Herr Minister, ist dieser Impfstoff auch wirklich sicher?", schluchzte sie. Bergner legte einen Arm um sie.

„Das tut mir schrecklich leid, der Tod Ihres Mannes. Aber genau deshalb ist es ja so wichtig, dass es nun diesen Impfstoff gibt. Und selbstverständlich, er ist hinreichend getestet worden. Da können Sie ganz beruhigt sein."

Bergner glaubte, dass dies nun der perfekte Moment war, um diesen Teil schon anzukündigen. Er schaute zunächst in die Kameras vor ihm und dann zu der Frau.

„Und sehen Sie, ich werde mich mit Ihnen zusammen impfen lassen", sagte er. Sie ließ jetzt seine Hand los und zeigte ein schüchternes Lächeln. Bergner arbeitete auch noch die restliche Gruppe ab, in der sich seine Worte sofort herumgesprochen hatten.

Endlich hatte er diesen Teil erledigt. Er schaute auf die Uhr. Noch eine gute Viertelstunde, bis es losgehen würde. Es war ziemlich laut und Bergner hätte beinahe das Klingeln seines Handys überhört. Winter war dran. Er klang angestrengt.

„Ich rufe im Auftrag des Kanzleramtsministers an", hörte er ihn sagen. „Ich soll Ihnen mitteilen, dass die Kanzlerin kurzfristig entschieden hat, ebenfalls zu der Impfaktion zu kommen. Sie lässt mitteilen, dass sie für die Bundesregierung die Hauptrede halten und dabei vor allem die massive finanzielle Unterstützung herausarbeiten wird, die die Bundesregierung für dieses Forschungsvorhaben geleistet hat. Sie bittet Sie, das entsprechend in Ihren Worten zu berücksichtigen, sie angemessen anzukündigen und sich kurz zu halten. Die Kanzlerin wird in wenigen Minuten bei Ihnen eintreffen."

Bergner schaltete das Handy aus und steckte es langsam in seine Jackentasche zurück. Dabei geriet er an die Seiten des Redetextes, die er zusammengefaltet eingesteckt hatte. Das war jetzt Makulatur. Er begann heftig zu schwitzen. Eine Panikattacke, ein

Gefühl, das er zum ersten Mal erlebt hatte, als er sich als junger Delegierter zur Wahl als Vorsitzender der Parteijugend gestellt und dabei verloren hatte. Erst zwei Jahre später war es ihm dann gelungen, dieses wichtige Amt zu ergattern, das ihm den Weg für seinen schnellen Aufstieg in der Partei geebnet hatte.

Herrgott, sie würde ihm die Schau stehlen, dachte er frustriert. Aber sie ließ ihm keine Wahl. Er musste das hinnehmen. Gleich würde sie also vorfahren. Das musste er nutzen, das Beste draus machen. Nachdem er sich beruhigt hatte, zog er schnell Bilanz. Klar, sie würde den Hauptteil der Aufmerksamkeit bekommen, das ließ sich nicht ändern. Warum sie diesen Weg gewählt hatte, konnte er jetzt auf die Schnelle nicht nachvollziehen. Vielleicht wollte sie noch einmal den vollen Glanz eines solchen medialen Großereignisses genießen, sozusagen als vorgezogenes Abschiedsgeschenk. Aber genau das war doch seine Chance, dachte er. Bei genauer Betrachtung tat sie ihm sogar einen Gefallen. Alle Kameras waren da, besser konnte es doch kaum sein. Die Kanzlerin und ihr Nachfolger bei dem Ereignis des Jahres. Vielleicht wollte sie, die um ein würdiges Ende zu ihren Bedingungen doch so bemüht war, genau das erreichen. Er konnte von ihrer wieder enorm gestiegenen Popularität nur profitieren. Er musste jetzt nur geschickt sein. Er musste die richtigen Worte finden und wenn alles vorbei war, dann konnte er seine Ankündigung immer noch hinterherschicken.

Er stellte sich am Haupteingang auf, um sie zu empfangen. Die Kameraleute hatten mitbekommen, dass er, die Hauptfigur, noch einmal nach draußen ging, und waren ihm neugierig gefolgt. Als ihr Wagen vorfuhr, ging Bergner schnell hinüber und wartete, bis sie ausstieg.

Annegret Winkler reichte ihm die Hand, und er glaubte, einen spöttischen Blick in ihren Augen zu erkennen. Dann sah er, wie aus der anderen Tür Hans-Peter Mertens aus ihrem Wagen ausstieg. Er grinste breit, als er auf Bergner zukam.

„Herzlich willkommen, liebe Frau Bundeskanzlerin", sagte Bergner, mehr in Richtung Kameras. Sie ging mit ihm hinein und inmitten der Gäste, der Mitarbeiter von NEWTEC und der Medienvertreter, schien sich eine Gasse zu öffnen. Nachdem sich die Kanzlerin in die erste Reihe gesetzt hatte, gleich neben ihr nahm der Gesundheitsminister Platz, drängte sich Bergner ans Rednerpult.

„Welch wunderbare Überraschung", sagte er. „Ich kann Ihnen, verehrte Gäste, gar nicht genug sagen, wie sehr wir uns über diesen Besuch der Kanzlerin freuen. Sie hat es übernommen, an diesem für uns alle so wichtigen Tag selbst hierher zu kommen und damit ein Signal zu setzen: Deutschland leistet nach der Krise einen entscheidenden Beitrag zum Sieg über das Virus. Und diese Bundesregierung unter der Führung der Kanzlerin hat dazu von Anfang an ihre Unterstützung geleistet und dafür gesorgt, dass diese herausragende Firma ihre Arbeit machen konnte – und, wenn ich das hinzufügen darf, auch in deutscher Hand geblieben ist. Danke, sehr verehrte Frau Bundeskanzlerin."

Beifall brandete auf, und Julius Brandner genoss ihn, obwohl er wusste, dass er nicht ihm, sondern Annegret Winkler galt.

„Und auch wenn der Tag nun immer näher rückt, an dem Sie das Ruder aus der Hand geben wollen, was wir mehr denn je bedauern, dann wird Sie unsere Dankbarkeit ständig begleiten", fügte er hinzu. „Und jetzt, verehrte Frau Bundeskanzlerin, liebe Annegret Winkler, haben Sie das Wort."

Wieder brandete Beifall auf, gefolgt von einer angespannten Stille, als die Kanzlerin an das Rednerpult ging. Sie blickte einen langen Moment in den Saal, nach rechts, nach links, suchte die Stelle, wo die Kameras standen.

Dann hielt sie ihre Rede. Sprach von den großen Fortschritten in der Forschung, von dem geradezu epochalen Durchbruch, der mit dem Impfstoff erreicht worden sei, sie dankte den Forschern und allen anderen NEWTEC-Mitarbeitern.

„Und wir sollten nicht vergessen: Die Bundesregierung hat dieses Projekt von Anfang an finanziell mit großen Summen unterstützt. Mit Ihrem Steuergeld, verehrte Gäste", fügte sie hinzu.

„Und natürlich will ich meine Regierung miteinbeziehen. Ich danke allen, die sich dafür eingesetzt haben, allen Ministerinnen und Ministern, sie alle haben ihren Anteil. Und nicht zuletzt will ich dabei auch den Gesundheitsminister Hans-Peter Mertens einbeziehen, der vom ersten Tag an diesen Impfstoff geglaubt und für seine Förderung im Kabinett gekämpft hat."

Bergner sah, wie das Gesicht von Mertens leuchtete, und natürlich war ihm nicht entgangen, dass sie ihn, den Wirtschaftsminister, nicht ausdrücklich erwähnt hatte.

„Und nun freue ich mich, dass unsere Freiwilligen als Erste geimpft werden", sagte sie und räumte das Podium. Sofort scharten sich die Fotografen und Kameraleute um die Gruppe. Das, so dachte Bergner, sollte doch noch sein Moment werden. Schnell drängte er sich nach vorne, legte sein Jackett ab und rollte den linken Ärmel seines Hemdes hoch. Er sah noch, wie die Kanzlerin sich lächelnd daneben stellte, immer in Sichtweite der Kameras. Dann spürte er den Einstich der Nadel. Jetzt war er tatsächlich der Erste, der öffentlich gegen das Virus geimpft worden war. Dann suchte er nach der kleinen, schmächtigen Frau, die sich zuvor an ihn gewandt hatte. Er sah sie, winkte sie zu sich herüber und sorgte dafür, dass sie nun auch an seiner Seite geimpft wurde. „Hat hoffentlich nicht wehgetan", sagte er hinterher. Sie schaute ihn dankbar an.

Zahlreiche Reporter suchten einen Platz, während Annegret Winkler weiterhin danebenstand und der Impfaktion zuschaute. Bergner hatte wieder den Hemdsärmel herunter gerollt und stellte sich neben sie. Er hoffte darauf, dass sie bald nach Berlin zurückmusste. Das würde der Moment sein, wo er seine Botschaft loswerden würde. Sie würde gehen, und er würde seine Kandidatur bekanntgeben. Das passte. Sein Blick suchte Kai Herrmann, der sich an die Gruppe herangedrängt hatte. Sobald die Kanzlerin weg sein würde, so hoffte Bergner, käme dann sicherlich die Frage, und seine Antwort war ja klar. Sie lautete Ja, einfach Ja.

Die Impfungen, die von mehreren Ärzten vorgenommen wurden, liefen nun zügig ab. Noch immer harrte Annegret Winkler daneben aus. Bergner sah, wie der BILD-Mann ein kleines Aufnahmegerät zückte, es einschaltete und in Richtung der Kanzlerin hielt.

„Frau Bundeskanzlerin, eine Frage", erhob er laut seine Stimme. Sie erkannte ihn gleich. Herrmann gehörte zur vorderen Reihe der Berliner Pressemeute und war auch ständiger Gast bei ihren Presseterminen im Kanzleramt.

„Wenn Sie heute dieses bemerkenswerte Ereignis und den großen Beifall für Ihre Arbeit erleben, bedauern Sie dann nicht manchmal, dass Sie nun bald aus dem Amt scheiden wollen?", fragte Herrmann. Eine gute Frage, dachte Julius Bergner, ein bisschen Nostalgie konnte nicht schaden, und auch das konnte er später aufgreifen und noch einmal betonen, wie wirklich bedauerlich es doch sei, dass die verdiente Kanzlerin nun ihren Abschied nehmen würde.

Annegret Winkler stand da und lächelte. Sie schien es zu genießen, dass alle Kameras auf sie gerichtet waren.

„Ja, Sie haben völlig recht. Und ich hatte schon viele Pläne gemacht, wie ich die Zeit nach meinem Ausscheiden gestalten würde. Aber die Menschen in diesem Land haben mir bei den vielen Besuchen in den letzten Wochen sehr deutlich gemacht, dass für sie in diesen schwierigen Zeiten gute und verantwortungsvolle Führung besonders wichtig ist, und dass dabei vor allem

Erfahrung zählt. Der heutige Tag hat mich dabei noch weiter ermutigt. "

Für einen kurzen Moment ging ihr Blick zu Bergner, der immer noch neben ihr stand, dann schaute sie wieder in die Kameras.

„Und deshalb habe ich entschieden, dass ich bei den nächsten Wahlen wieder antreten und erneut das Vertrauen der Bürgerinnen und Bürger dieses Landes suchen werde."

„Aber Frau Bundeskanzlerin", versuchte Herrmann in dem plötzlich auftretenden Geraune dazwischenzukommen, „Sie haben es doch immer wieder gesagt, auch in dieser Krise, dass an Ihrem Abschied aus der Politik nicht zu rütteln sein wird."

„Das ist eben das Wesen der Politik", dozierte Annegret Winkler weiterhin lächelnd. „Es ist kein statischer Zustand, Politik ist eben ein dynamischer Prozess. Das hat uns ja gerade diese Viruskrise gelehrt. Vor wenigen Monaten noch hätte keiner für möglich gehalten, was da über uns hereingebrochen ist. Und doch ist es passiert. Viele mussten sich plötzlich ganz neuen, gestern noch unvorstellbaren Herausforderungen stellen. Und das gilt eben auch für mich. Ich denke, ich darf mich da nicht wegducken."

Die Kanzlerin blickte zurück auf die eben erst frisch Geimpften, von denen einige offenbar mitbekamen, was sich gerade vor ihren Augen abspielte.

„Und jetzt, wo wir endlich einen Impfstoff haben, müssen wir doch alle anpacken und diesem Land wieder auf die Beine helfen. Wirtschaftlich, moralisch, und nicht zuletzt müssen wir auch Europa wieder zusammenführen, unser großes Projekt, dem ich mich besonders verbunden fühle. Jetzt gilt es und wenn ich dazu beitragen kann, dann will ich mich gerne noch einmal in die Pflicht nehmen lassen. Jeder muss an seinem Platz anpacken, alles andere wäre doch unverzeihlicher Egoismus."

Ein Ruck ging durch die Pressemeute. Die ersten zückten ihre Handys, wollten die Sensation sofort an ihre Redaktionen durchgeben. Annegret Winkler hob die Hand.

„Und im Übrigen wollte ich Ihnen noch mitteilen, dass ich Hans-Peter Mertens, unseren Gesundheitsminister, in diesen schwierigen Zeiten ein guter und erfolgreicher Manager der Krise, in der Partei als Vizekanzler vorschlagen werde."

Nachwort

Wer ist der Erste, wer schafft es, die Welt aus dem Wahnsinn dieser Viruskrise zu erlösen? Wer bringt endlich einen Impfstoff auf den Markt, der sicher ist, der wirklich funktioniert? Ein Wettrennen hat eingesetzt, Hoffnungen werden geweckt, Milliarden weltweit in die Forschung investiert – natürlich auch mit dem Ziel, nicht nur die gesundheitliche Krise zu beenden, sondern noch mehr Milliarden damit zu verdienen, viele, viele Milliarden.

Pandemien gibt es seit Jahrhunderten. Die Pest, die Spanische Grippe, AIDS, Ebola. Aber so etwas wie Corona gab es noch nie. Eine hoch ansteckende Krankheit, die nicht zu stoppen war und sich in kürzester Zeit millionenfach auf dem ganzen Globus ausbreitete, unzählige Menschenleben forderte und die bis dahin florierende Weltwirtschaft in eine tiefe Krise riss.

Natürlich hat eine so dramatische Herausforderung auch Auswirkungen auf die Politik, und auch das weltweit. In den USA vor allem, wo das Virus innerhalb weniger Wochen einen beachtlichen wirtschaftlichen Aufschwung beendete und ihn ins Gegenteil verkehrte, die Risse in der Gesellschaft vertiefte und das Rennen um das Weiße Haus umso spannender machte. Auch in Deutschland veränderten sich die politischen Gewichtungen. Plötzlich wurde wieder Führung erwartet, starke Politiker*innen, und auch hier geht es um die Machtfrage: Wer kann sich in der Krise profilieren, wer kann von ihr profitieren, wer wird am Ende als Sieger daraus hervorgehen? Denn als der große Preis winkt der Einzug ins Kanzleramt.

Darum geht es bei VIRUS KILLER. Das Wettrennen um den Impfstoff, bei dem neue internationale Allianzen entstehen, aber vor allem auch Konkurrenz. Wo mit harten Bandagen gekämpft wird, bis hin zum Einsatz der Geheimdienste durch große Mächte, die versuchen, die entscheidenden Forschungsergebnisse zu stehlen, und den Machtkampf in der Politik.

Es ist ein aktueller Politthriller, keine Dokumentation. Ein Stück Unterhaltungsliteratur an der Realität entlang. Ein Thriller nimmt sich Freiheiten, die Handlung wie auch alle Figuren sind fiktiv. Wer dennoch glaubt, darin tatsächliche Personen zu entdecken, dem soll seine Phantasie nicht genommen werden. Und da, wo er an realen Orten spielt, gilt ganz besonders: Keinem Schauplatz, keinem Hotel, keinem Restaurant, keiner Parteizentrale, keinen Medien, keinem Golfplatz wird hier unterstellt, solchen Umtrieben tatsächlich eine Bühne zu bieten.

Und dennoch gibt VIRUS KILLER auch einen Blick hinter die Kulissen frei, vor allem in der Politik, und da, wo der Autor sich nicht selber auskennt, braucht er Unterstützung. Ich bedanke mich deshalb besonders bei Bernd Busse, der mich in die Feinheiten der Regeln für das Golfspiel einwies, bei Elmar Remberg für seine Expertise aus der Welt der Geheimdienste, und bei Antonio Pflüger für seine Kenntnisse aus dem Inneren des Bundeswirtschaftsministeriums, in dem das Außenwirtschaftsgesetz entstand, das Schutzbestimmungen für den Verkauf von deutschen Firmen aufgestellt hat, die zur kritischen Infrastruktur gehören, und dazu zählen jetzt auch Firmen aus dem Biotech-Bereich.

Ich bedanke mich bei dem engagierten Team von tredition rund um Sönke Schulz, das in kurzer Zeit ermöglicht hat, diesen hoch aktuellen Roman auf den Markt zu bringen, hier besonders bei Nadine Otto-De Giovanni, die von Anfang an eine kompetente Ansprechpartnerin war und sich auch ganz individuell um Aufmerksamkeit für das Buch kümmert, sowie bei Theresa Reichelt für die Umsetzung der Buchproduktion und des Marketings. Dank gilt auch meinem Lektor Daniel Rummelhagen.

Werner Sonne

August 2020